REINHARD ROHN
Leere Spiegel

Buch

Matthias Brasch, Polizist in Köln, hat schon bessere Tage gesehen. Als er eines Abends nach Hause zurückkehrt, ist seine Freundin Leonie Stiller ausgezogen – mit ihrer gesamten Habe. Er weiß weder, wo sie ist, noch, warum sie ihn verlassen hat.
Sechs Wochen später wird Brasch nachts von seinem Assistenten geweckt. An der Schule, an der Leonie arbeitet, ist eine junge Frau erschossen aufgefunden worden. Brasch ist sich sicher, dass er vor dem Leichnam seiner Freundin stehen wird. Was hat sie gemacht in den letzten Wochen? Mit wem war sie zusammen?
Doch die Tote ist nicht Leonie, sondern eine Kollegin. Brasch nimmt seine Ermittlungen auf. Bald rückt Stocker, ein Lehrer der Schule, mehr und mehr in den Verdacht, ein Verhältnis mit der Toten gehabt zu haben. Brasch kennt Stocker bereits – er hat ihn einmal, als er Leonie auflauerte, mit ihr zusammen gesehen. Und noch etwas irritiert Brasch ungemein. Er findet heraus, wo Leonie die letzten Wochen verbracht hat: in der Wohnung der Toten.
Sein Instinkt sagt ihm, dass Leonie in größter Gefahr schwebt ...

Autor

Reinhard Rohn, in Osnabrück geboren und als Verlagsleiter in Berlin tätig, legt mit *Leere Spiegel* seinen zweiten Roman vor. Wie schon in seinem ersten Buch dient ihm seine Heimatstadt Köln als Kulisse, in der er seine psychologischen Spannungsromane spielen lässt.

Reinhard Rohn im Goldmann Verlag

Rote Frauen. Roman (44558)

Reinhard Rohn
Leere Spiegel

Roman

GOLDMANN

Originalausgabe

Handlung und Personen in diesem Roman sind frei erfunden.
Die Handlung spielt in Köln, jedoch habe ich mir bei der
Schilderung einiger Orte ein paar kleinere Freiheiten
gestattet.
Auch eine Gesamtschule Ehrenfeld existiert nicht.

Umwelthinweis:
Alle bedruckten Materialien dieses Taschenbuches
sind chlorfrei und umweltschonend.

Der Goldmann Verlag
ist ein Unternehmen der Verlagsgruppe Bertelsmann GmbH

Originalausgabe Dezember 2000
Copyright © 2000 by Reinhard Rohn
Copyright © 2000 dieser Ausgabe by
Wilhelm Goldmann Verlag, München,
in der Verlagsgruppe Bertelsmann GmbH
Umschlaggestaltung: Design Team München
Satz: deutsch-türkischer fotosatz, Berlin
Druck: Elsnerdruck, Berlin
Verlagsnummer: 44816
Lektorat: Frauke Brodd
Herstellung: Heidrun Nawrot
Made in Germany
ISBN 3-442-44816-6
www.goldmann-verlag.de

1 3 5 7 9 10 8 6 4 2

Für Christian,
der in diesem Buch nicht vorkommt.

Prolog

Die Nacht war schwarz. Wie ein kleines, kaltes Stück Samt, das jemand aus einem unendlichen Tuch herausgeschnitten hat, dachte sie, als sie den schmalen Weg zur Schule hinaufging. Ein paar Sterne funkelten hier und da, aber so weit entfernt, dass man sie nicht sehen, sondern allenfalls erahnen konnte. Auch der Mond ließ sich Zeit. Nur zwei Laternen leuchteten müde herüber. Sie hatte gar nicht gewusst, wie dunkel es nachts um elf an ihrer Schule sein konnte.

Ihr war kalt. Warum hatte er sie ausgerechnet hierher bestellt? Zuerst hatte sie beinahe gezittert vor Glück, dass er sie endlich angerufen hatte. Das Warten war endlos und deprimierend gewesen. Dann, schon auf dem Weg zur Schule, hatte sie begonnen, einen unterschwelligen Zorn zu empfinden. Warum hatte er so lange nichts von sich hören lassen? Ein paar Mal hatte sie versucht, mit ihm zu sprechen, dann hatte sie sich sogar daran gemacht, einen Brief zu schreiben. Aber ihre Gedanken hatten sich verirrt, noch bevor sie über eine Anrede hinausgekommen war. Wenn sie die Augen schloss, hatte sie verbotene Träume, in denen nur er und sie vorkamen.

Sie würde nicht lange auf ihn warten. Eine Zigarette, vielleicht zwei. Wie ein Bunker sah die Schule in der Dunkelheit aus. Es konnte ihr Angst machen, dass sie ihr halbes Leben dort verbrachte. Die Fenster waren tote Monsteraugen. Morgen würde sie ihre Klasse überreden, die Fenster zu bemalen. Bunte Strichmännchen sollten auf den Fenstern entlangmarschieren, damit sich nachts hier niemand fürchten musste. Aber wahrscheinlich würde ihre Klasse sie nur auslachen.

Sie trat ihre erste Zigarette aus. Auf dem Bahndamm fuhr ein Zug vorbei und warf sein hastiges Licht herab. Wenn er sie küssen wollte, würde sie ihm Vorwürfe machen. In einer kalten Aprilnacht wartete niemand gern. Sollte er sehen, wie er sie besänftigte. Diesmal würde er ihr etwas versprechen müssen, einen neuen, ernsten Anfang.

Ich wünsche mir drei Kinder, dachte sie. Ich wünsche mir, dass wir eine lange Woche schweigen und nur mit Blicken reden. Ich wünsche mir, dass zwei Engel durch die Nacht fliegen und unsere Namen tragen. Ich wünsche mir einen kleinen, blauen See, in dem sich Wolken spiegeln.

Als sie endlich Schritte hörte, drehte sie sich nicht um. Warum kam er aus einer ganz anderen Richtung? Warum machte er aus allem ein Geheimnis? Aber eigentlich liebte sie Geheimnisse. Aus ihnen bestand die Sprache der Liebenden.

Die Schritte verklangen. Er stand nur da, drei, vier Meter entfernt. Er schaute sie an. Sie konnte seinen Blick spüren. Warm und freundlich tasteten seine Augen ihren Rücken ab.

Mit einer langsamen Drehung wandte sie den Kopf. Ihr Lächeln hielt noch, als sie ihren Irrtum schon bemerkt hatte.

»Hallo«, sagte die Gestalt vor ihr, ein gar nicht vertrautes Hallo. Dann sah sie die Pistole, ein kleines, schwarzes Ding. Fast hätte sie gelacht, weil das alles doch gar nicht zusammenpasste.

»Haben Sie meine Warnung nicht bekommen?« Die Gestalt kam einen leisen, vorsichtigen Schritt auf sie zu.

Sie nickte. Dass die Gestalt vor ihr kein Gesicht hatte, machte ihr mehr Angst als die Pistole, die auf sie gerichtet war. »Worüber wollen wir reden?«, fragte sie und wunderte sich, wie klein und fern ihre Stimme auf einmal klang.

Erster Teil

1

Wenn er abends auf der Landstraße nach Hause fuhr, dachte Brasch mitunter daran, die Musik im Radio hochzudrehen und die Scheinwerfer für ein paar Momente abzuschalten. Dann wären die Lichter um ihn herum Sterne, und er säße in einem Raumschiff, das von Musik angetrieben wurde, und raste durch die kalte, leere Nacht. Gab es einen Planeten der Einsamkeit? Gab es einen Stern, der nur für Verlorene da war? Eine Gefangeneninsel mitten im All?

Ein Polizist sollte andere Gedanken haben und wissen, dass niemand nachts ohne eingeschaltete Scheinwerfer durch die Gegend fahren durfte.

Brasch fürchtete sich vor dem verlassenen Haus, das ihm seltsam halbiert vorkam, seit Leonie mit all ihren Möbeln und Kleidern ausgezogen war. Nichts hatte er seitdem im Haus getan, als den Fernseher angeschaltet oder Wasser gekocht, um sich einen Kaffee zu brühen, wenn er nicht schlafen konnte. Er wollte Leonie wiederhaben. Eine fürchterliche Sehnsucht wuchs in ihm und wurde größer, von Tag zu Tag.

Wenn er die Tür aufschloss, spürte er zuerst ihren Geruch. Dieser milde, warme Geruch, der ihm immer gesagt hatte, dass sie in der Nähe war. Tagelang könnte er lüften oder irgendwelche Sprays versprühen; es würde Monate dauern, diesen Duft zu vertreiben. Gelegentlich fand er noch eine kleine, nebensächliche Spur von ihr, ein langes, schwarzes Haar, das irgendwo klebte, einen verlorenen Ohrring, einen Einkaufszettel, den sie geschrieben und dann vergessen hatte.

Brasch trat ans Fenster und blickte über die dunklen Wiesen. Da hinten lag der Rhein, den Leonie so sehr liebte. Manchmal, in warmen Sommernächten, waren sie zusammen zum Ufer hinuntergegangen, hatten den Mond gesehen, der sein Licht wie Perlen auf dem Wasser ausschüttete. Aber das war nicht oft vorgekommen. Brasch stellte sich vor, was er alles tun konnte, um Leonie zurückzugewinnen. Er könnte ihr Blumen schicken, ihr lange Briefe schreiben. He, könnte er schreiben, komm zurück, ich habe mich geändert, ich bin ein anderer geworden, ich weiß jetzt, was Liebe ist ... Aber er wusste auch, dass er ihr nicht schreiben würde. Außerdem hatte er nicht die leiseste Ahnung, wo Leonie sich in dieser verdammten Stadt aufhielt. Sie hatte sich in Luft aufgelöst, hatte ihm nichts gesagt, kein Wort, warum sie überhaupt gegangen war.

Im Fernsehen ließ er die Kanäle hin und her flimmern, während er sich in seinem Sessel zurücklegte und hastig eine Flasche Bier hinunterkippte. Menschen, die nur Schauspieler waren, liefen hektisch auf und ab, warfen sich Worte vor oder ballerten mit Pistolen herum. Ohne eine gewisse Dosis Bier würde er nicht schlafen können. Die hatte er sich selbst als tägliche Arznei verordnet. Langsam fielen ihm die Augen zu. Dann, als er schon einem unschönen, einsamen Traum entgegenglitt, meinte er noch einen Schlüssel im Schloss zu hören und vertraute Schritte in der Diele, die sich behutsam näherten. Aber das hatte er schon oft gedacht, und es bedeutete nichts.

Das Telefon schreckte ihn Minuten später auf. Es war eine halbe Stunde nach Mitternacht. Für einen kurzen, hoffnungsfrohen Moment glaubte Brasch, dass Leonie am Apparat war.

»Habe ich dich geweckt?«, fragte Mehler, sein Assistent.

»Ist schon in Ordnung.« Braschs Stimme klang müde und bitter.

»Leider kein Anruf, um dich in den Schlaf zu singen. Vor zwanzig Minuten haben zwei Spaziergänger eine Leiche gefunden.«

»Wo?«

Mehler zögerte. Einen Moment war nur ein lautes, leeres Rauschen in der Leitung, als läge da irgendwo ein Ozean zwischen ihnen, dann senkte sich Mehlers Stimme zu einem verlegenen Flüstern. »Es hat nichts zu bedeuten«, sagte er. »In Ehrenfeld an der Gesamtschule.«

Eine schreckliche Hitze erfasste Brasch, die von seinem kranken, brennenden Herz ausging. »Wer ist der Tote?«

»Eine junge Frau, Anfang dreißig, mehr wissen wir nicht«, erwiderte Mehler so langsam, als würde er sich jedes Wort von einem weißen Blatt herunterbuchstabieren. Dann fügte er hastig hinzu: »Aber es muss nicht Leonie sein. Warum sollte sich Leonie nachts an ihrer Schule herumtreiben?«

»Ich bin in zehn Minuten da«, sagte Brasch und legte auf.

Mit zitternden Händen putzte er sich die Zähne, um den schalen Biergeschmack zu vertreiben. Im Spiegel wirkte sein Gesicht seltsam alt und kantig, aber vielleicht kam ihm das nur so vor, vielleicht sahen verlassene, besorgte Männer so aus. Mehler hatte Recht: Warum sollte

Leonie sich nachts an ihrer Schule herumtreiben? Er wusste nicht, was sie in den letzten sechs Wochen und drei Tagen getan hatte. Lebte sie plötzlich ein anderes Leben, lag sie Nacht für Nacht neben einem anderen Mann und erinnerte sich nicht einmal mehr an ihn? Jeder Gedanke an sie war ein heftiger, stechender Schmerz. Zweimal hatte er vor ihrer Schule auf sie gewartet – mit klopfendem Herzen und trockenem Mund wie bei einem ersten Rendezvous. Beim ersten Mal hatte er sie erst gesehen, als sie schon fast an seinem Wagen vorbeigelaufen war. Sie war dünn geworden. Müde und angespannt sah sie aus, wie jemand, der seine Nächte mit Reden oder anderen Dingen verbrachte, und sie hatte einen langen, grünen Mantel getragen, den er nicht kannte und der ihm schon deshalb nicht gefiel. Brasch war zu stolz gewesen, um auszusteigen und ihr nachzulaufen.

Beim zweiten Mal war sie nicht allein gewesen. Ein bärtiger Mann in einem schwarzen Ledermantel hatte ihr die Glastür aufgehalten und sie zum Parkplatz begleitet. Leonie hatte gelacht und ihr Lachen mit einigen zarten Gesten untermalt. Jedes Lachen war für Brasch eine Demütigung gewesen. Eigentlich hatte er vorgehabt, ihr zu folgen, aber dann hatte er nur dagesessen und abgewartet, dass sich sein Herzschlag beruhigte.

Ehrenfeld war Kölns ehrlichster Stadtteil. Hier, abseits von jeder Postkartenidylle rund um den Dom, war die Stadt sie selbst: schmutzig und verbaut und doch auch romantisch. Arbeiter und Studenten wohnten hier, Türken und Deutsche, Aussiedler, Leute, die von der Sozialhilfe leben mussten. Früher gab es hier viele kleine Handwerker und ein paar große Fabriken, aber dann hatte man die

Fabriken geschlossen oder in ordentliche Gewerbeparks an den Stadtrand verlagert. Auch die Parfümfabrik war weggezogen, und nun roch es nicht mehr nach Kölnisch Wasser wie in all den Jahrzehnten zuvor. Geblieben war nur der Verkehr. Die wenigen Hauptstraßen waren eng und immer verstopft, und mitten durch Ehrenfeld rasten die Eisenbahnzüge in Richtung Hauptbahnhof. Ansonsten hatte der Stadtteil keinen ganz schlechten Ruf. Außer einigen Wohnungseinbrüchen und ein paar Schlägereien zwischen Türken und Deutschen war hier in letzter Zeit nicht viel vorgekommen. Bis vor vier Wochen zwei Mädchen in der Nähe der Gesamtschule vergewaltigt worden waren. Allerdings nicht in der Nacht, sondern am frühen Nachmittag. Von dem Täter gab es nur eine sehr ungenaue Beschreibung: schwarzes Haar, ungefähr ein Meter fünfundsiebzig groß, vermutlich deutschsprachig.

Mit durchgetretenem Gaspedal raste Brasch über die Autobahn Richtung Ehrenfeld. Schweiß tropfte ihm von der Stirn, und sein Herz pumpte so heftig, dass er meinte, im nächsten Augenblick würde ihm schwarz vor Augen. Solch ein Entsetzen hatte er noch nie gespürt. Je näher er der Schule kam, desto fester glaubte er, dass Leonie die Tote war. Ja, eine tiefe Vorahnung überkam ihn, dass sein Liebesunglück in einer solchen Katastrophe enden musste.

Schon von weitem sah Brasch, dass seine Leute sich bereits an die Arbeit gemacht hatten. Große Scheinwerfer leuchteten das Areal um die Gesamtschule aus. Hinter der Eisenbahnbrücke bog Brasch von der Venloer Straße ab und parkte quer auf dem Gehsteig. Die Schule lag in einer kleinen Grünanlage ein Stück hinter dem Bahndamm. Vorgebeugt wie ein Marathonläufer auf den letzten Metern, rannte er einen schmalen Weg hinauf. Er wollte nicht an Leonie denken, und doch hatte er die ganze Zeit ihr Gesicht vor Augen, wie sie in einer ihrer letzten gemeinsamen Nächte schlafend neben ihm gelegen hatte. Ihr Atem hatte in einem sanften Rhythmus eine schwarze Haarlocke hin und her bewegt. Das war ein Anblick wie Musik gewesen.

Als Brasch das gelbe Polizeiband vor sich entdeckte, wandte er sich nach links, um auf den Hauptweg zur Schule zu gelangen. Laute Stimmen waren in der Nacht zu hören. Routiniert und ohne jede Aufregung ging die Spurensicherung ans Werk. Brasch wischte sich den Schweiß aus dem Gesicht und kämpfte gegen sein Herzrasen an. Wenn Leonie die Tote war, dann wäre sein Leben in dieser Nacht zu Ende; dann hätte er nur noch die eine Aufgabe, herauszufinden, was sie in den letzten sechs Wochen getan hatte, und ihren Mörder zur Strecke zu bringen.

Mehler stand auf dem Hauptweg und rauchte. Seine Silhouette warf im Licht der Scheinwerfer einen gespenstischen Schatten. Er hatte Brasch erwartet und lächelte müde.

»Und?«, fragte Brasch. »Wer ist die Tote?« Seine Panik machte ihn so hilflos, dass er nicht einmal Leonies Namen aussprechen konnte.

Mehler schüttelte sanft den Kopf. »Es ist eine junge Frau«, sagte er, »aber es ist nicht Leonie.«

Einen Augenblick nahm die Erleichterung Brasch fast den Atem, dann formte sich in seinem Kopf ein heller, klarer Gedanke: Mein Leben ist nicht in dieser Nacht zu Ende, es geht weiter, und ich werde Leonie zurückgewinnen.

Mehler machte eine unbeholfene Geste und berührte ihn freundschaftlich an der Schulter. »Ich kann mir denken, wie du dich fühlst«, sagte er. Frank Mehler war fast einen halben Kopf größer als Brasch. Er schien ein geheimes Abkommen mit seinem Friseur zu haben, denn er trug sein braunes Haar immer streichholzlang. Ansonsten hatte sich bei ihm eine Vorliebe für schwarze Kleidung durchgesetzt.

Brasch nickte nur, statt etwas zu erwidern. Gemeinsam gingen sie zu den Scheinwerfern hinüber. Brasch sah, dass sich doch einige Anwohner neugierig an das Absperrband der Polizei drängten. Auch die Reporterin des *Stadtanzeigers* war schon aufgetaucht: eine schöne rothaarige Frau, von der er nur den Vornamen kannte: Ina. Sie lächelte ihm zu. In der Hand hielt sie einen Fotoapparat.

»Noch keine Fotos von der Toten!«, rief Mehler in ihre Richtung.

Ina knipste wieder ihr Lächeln an und warf ihre rote Mähne hin und her, aber was das bedeuten sollte, wusste Brasch nicht. Vielleicht hatte sie ihr Foto schon bekommen.

Die Männer der Spurensicherung sahen in ihren weißen Papieranzügen wie Geister aus, die aus der Nacht in viel zu grelles Licht gefallen waren. Die Tote lag drei, vier Schritte abseits vom Weg auf dem mit braunen Blättern übersäten Boden. Oben war der Bahndamm, auf dem ein leerer Zug vorbeidröhnte. Die Tote war noch jung, vielleicht Ende zwanzig. Ihr langes, dunkles Haar hatte sich in den Zweigen verfangen. Wie eine bleiche, geheimnisvolle Ophelia sah sie aus, eine Schönheit, die sich tot stellte, weil sie dadurch noch schöner wirkte. Ihre großen Augen schienen zu einem roten Schuh hinaufzustarren, der über ihr an einem Ast hing. Die Tote trug schwarze, unauffällige Halbschuhe. Der Reißverschluss ihrer Jeans war aufgerissen. Ihre Unterwäsche blitzte weiß hervor, aber wie eine Vergewaltigung wirkte das Ganze nicht, eher, als hätte jemand eine falsche Spur legen wollen.

»Sie hatte nichts bei sich? Kein Portemonnaie? Keine Papiere in der Tasche?«, fragte Brasch.

Mehler war neben Brasch getreten. »Nur einen Bund mit vier Schlüsseln«, sagte er. »War auch ein Autoschlüssel dabei, wahrscheinlich ein Golf. Pia sucht die Autos in der Umgebung ab.«

Pia Krull war die Jüngste in Braschs Kommissariat. Eine wortkarge, eisige Blonde, die sich nur für zwei Dinge interessierte: ihre Arbeit und Extremklettern. Am liebsten wäre sie am Wochenende den Dom rauf- und runtergeklettert und hätte in jeden Winkel ihre Steigeisen hineingeschlagen.

»Und die Todesursache?«

»Sie ist von hinten erschossen worden. Aus nächster Nähe. Ein ziemlich kleines Kaliber, wenn man sich die Schusswunde anschaut.«

»Ist sie hier getötet worden?«

»Vermutlich. Der Mörder hat im Gebüsch auf sie gewartet.«

Brasch wandte den Blick vom Gesicht der Toten. Mit einer langsamen, vorsichtigen Bewegung fischte ein Mann der Spurensicherung den roten Schuh aus dem Geäst und ließ ihn in einer Plastiktüte verschwinden. Jetzt erst erkannte Brasch, dass es ein Kinderschuh war.

»Was ist mit den Leuten, die sie gefunden haben?«

Mehler blickte stirnrunzelnd in seinen Notizblock.

»Harmlose Passanten, die ihren Hund hier pinkeln ließen. Haben nichts mitgekriegt. Auch sonst hat offenbar niemand etwas gehört. Aber wenn oben auf den Bahndamm ein Zug vorbeifährt, versteht man hier unten sein eigenes Wort nicht mehr.«

Auf dem Hauptweg stand Ina, die Reporterin. Sie schaute Brasch schweigend an, fast als erwartete sie, dass er sie über die Tote aufklärte. Das Mondlicht stand ihr gut; sie sah ein wenig unwirklich aus, eine bleiche Theatergestalt, die ins Leben herausgestiegen war. Auch wenn die beiden überhaupt keine Ähnlichkeiten hatten, musste Brasch sofort wieder an Leonie denken.

»Sie kriegen morgen ein offizielles Foto von der Toten, wenn wir wissen, wer sie ist«, sagte Brasch förmlich.

Ina lächelte. Lippenstift glänzte auf ihren Lippen. »Ich kenne die Tote«, sagte sie. »Vor ein paar Jahren habe ich sie einmal getroffen. Da hieß sie Maruscha und arbeitete in einer Bar im Friesenviertel.«

Brasch wollte schon fragen: Was haben Sie im Friesenviertel verloren? Doch diese Frage schien ihm plötzlich viel zu intim.

Ina berührte ihn flüchtig am Arm. »Ich habe damals eine Reihe Frauenporträts für den *Stadtanzeiger* gemacht. Bei Maruscha war alles gelogen. Sie hat mir von einem kleinen Kind erzählt, von einem Mann, der als Künstler durch Afrika fahren würde. Deshalb müsse sie in einer Bar arbeiten.«

»Es war alles gelogen?«

Ina runzelte die Stirn und schaute ihm in die Augen. »Wenn ich jemals eine Lügnerin gesehen habe, dann diese Frau. Deshalb habe ich das Porträt auch nicht gebracht.«

»Wir werden das überprüfen«, sagte Brasch. Vielleicht war die Tote tatsächlich eine Edelnutte. Aber warum hatte sie sich dann an diesem verlassenen Ort zu einem Rendezvous verabredet?

Plötzlich hatte Brasch das Gefühl, die Müdigkeit wäre ihm wie eine unheilbare Krankheit in die Glieder gekrochen. Er hatte wegen Leonie in letzter Zeit zu wenig geschlafen, und wenn, dann hatten ihn schlechte Träume gequält. Vielleicht hätte er Ina fragen sollen, wie eine Frau von einem Tag auf den anderen einen Mann verlassen konnte. Ina war eine kluge Frau; vielleicht hätte sie es ihm erklären können.

»Wenn Sie mich brauchen, rufen Sie einfach in der Redaktion an.« Konnte Ina Gedanken lesen? Sie drehte sich herum und lief den Weg hinunter. Ihr rotes Haar schimmerte im Scheinwerferlicht. Für einen Moment vergaß Brasch, warum er an diesem gottverlassenen Ort stand.

Mehler stand unvermittelt neben Brasch und grinste. »Klassefrau«, sagte er und schaute Ina nach.

»Ja«, sagte Brasch und wandte sich um. Die Tote wurde vorsichtig, als könnte man ihr wehtun, in einen Zinnsarg gelegt. Plötzlich fiel ihm ein, was Leonie zuletzt gesagt hatte – ein paar Tage, bevor sie auszog, als sie noch einmal wirklich miteinander gesprochen hatten. »Ich möchte fliegen lernen«, hatte sie gesagt. Im ersten Moment hatte Brasch wirklich geglaubt, sie redete von einem Flugschein, vom Fallschirmspringen. Erst viel später begriff er, dass sie etwas ganz anderes gemeint hatte.

Mit Mehler ging Brasch noch einmal zur Spurensicherung hinüber. Pia war noch nicht aufgetaucht. Offenbar machte es Schwierigkeiten, den Wagen der Toten in der Gegend zu finden.

»Wann wissen wir, um welche Uhrzeit die Frau getötet worden ist?«

»Morgen Mittag«, sagte Mehler. »Aber sicher ist, dass sie noch nicht lange hier gelegen hat. Es gibt übrigens noch etwas.« Der Assistent hielt einen Augenblick inne und schaute Brasch an, als sei er froh, dass sein Chef sich endlich ganz und gar auf den Fall konzentrierte. »Um zwei Minuten nach elf hat jemand die Notrufstelle angerufen und eine Meldung durchgegeben – eine halbe Meldung, genauer gesagt. ›In Ehrenfeld liegt eine ...‹ Dann hat der Unbekannte aufgelegt. Unsere Leute haben natürlich nichts unternehmen können.«

»Natürlich«, sagte Brasch. In kleinen Plastiktüten hatte die Spurensicherung all die Dinge sichergestellt, die um die Tote gelegen hatten. Zwei Bierdosen, eine leere Schachtel Zigaretten, eine rostige Speiche von einem alten Fahrrad, ein zerfetzter Regenschirm mit irgendeiner Reklameaufschrift und ein verdrecktes, aufgeweichtes Schulbuch: Algebra fürs siebte Schuljahr. Brasch war sicher, dass nichts davon einen Aufschluss geben würde. Außer der rote Kinderschuh.

»Die Tatwaffe haben wir nicht gefunden«, sagte Mehler, der Braschs nachdenklichen Blick missdeutete.

Brasch hielt die Plastiktüte mit dem roten Kinderschuh hoch. »Hat es heute Nachmittag nicht geregnet?«

Mehler richtete seinen Blick auf den Schuh, der in der Plastiktüte zu schweben schien, als wäre er ein kleiner, lebender Fisch. »Ja, aber ich verstehe nicht ganz ...«

»Der Schuh«, sagte Brasch, »ist nagelneu. Ich wette, dass das Leder noch keinen Tropfen Regen abgekriegt hat.«

»Du meinst ...«

Brasch nickte. »Der Schuh hat der Toten gehört. Oder dem Mörder.«

Es musste neben der wirklichen noch eine unsichtbare Welt geben, dachte Brasch, eine Welt, in der sich nur Geister aufhielten, ein Reservat für alles Vergangene und Verschollene: Mütter und Väter, die gestorben waren, verschüttete Phantasiegestalten aus der Kindheit und verlorene Lieben, die aus der Wirklichkeit geflohen waren. Leonie drohte in diese unsichtbare Welt einzugehen. Er redete in Gedanken mit ihr, gab ihr Recht, machte ihr Vorwürfe und versuchte sie zu überreden. Komm zurück, sagte er, aber sie lächelte nur stumm, mit einem leichten Zittern ihrer Lippen und einem undurchdringlichen Blick. Sie war ein wenig größer als er, einen Meter achtzig, und wenn sie ihre langen schwarzen Haare nach vorn warf und ausbreitete, war es, als wäre sie eine Tänzerin, die hinter ihrem eigenen Schleier aus Seide tanzte.

Als Brasch die Tasse zum Mund führte und den kalten Kaffee trank, spürte er wieder, dass ihm ein paar Momente Wirklichkeit fehlten. Irgendjemand hatte ausgerechnet hinter der Kaffeemaschine einen kleinen Spiegel aufgehängt. Brasch sah sein blasses, bärtiges Gesicht darin. Mit ernster Miene nickte er sich zu. Draußen wurde es langsam hell. Die Tote hieß Charlotte Frankh.

»Frankh mit H. Sie ist Lehrerin«, sagte Mehler. »Ausgerechnet. Lehrerinnen haben am Tag drei Millionen Kontakte. Schüler, Eltern, Kollegen. Freunde. Und wahrscheinlich gibt es auch eine Menge Leute, die sie nicht leiden können.«

Pia stand mit rot geäderten Augen da und schaute Brasch wartend an. In der Nacht hatte sie den schwarzen

Golf entdeckt; nagelneu mit getönten Scheiben, CD-Player, Bordcomputer. Auf dem Beifahrersitz hatten eine Modezeitschrift und ein Buch gelegen, »Liebe in den Zeiten der Cholera« von Gabriel Garcia Marquez, aber sonst hatte sich keine einzige verwertbare Spur gefunden, nur ein paar Fingerabdrücke, die fast alle von der Toten stammten.

»Ihr Vater ist schon gestorben, aber sie hat noch eine Mutter. Jemand muss es der Mutter sagen«, fuhr Mehler ungerührt fort.

»Mach's doch, wenn du so scharf darauf bist«, sagte Pia. Irgendwie schien es, als hätten die beiden einen heimlichen Streit miteinander gehabt. Sie hatten sich die ganze Zeit gegenseitig keines Blickes gewürdigt.

Brasch blickte auf die Uhr. Zehn Minuten nach sieben. »Ich besuche die Mutter«, sagte er leise, »aber zuerst fahre ich noch einmal zur Schule.«

Wie schnell konnte sich das Wetter ändern! Köln tat geheimnisvoll. In den frühen Morgenstunden war Nebel aufgekommen, der die Stadt einhüllte. Nebel im April. Brasch fuhr über die Innere Kanalstraße und hatte das Gefühl, als kämen sie überhaupt nicht voran. Nur manchmal huschte links ein dunkler Schatten an ihnen vorbei. Im Radio riet man, das Auto stehen zu lassen oder einfach abzuwarten, bis der Nebel sich verzog.

»Mehler hat es mir erzählt.« Pia klang, als würde Braschs Schweigen ihr etwas ausmachen. »Dass Ihre Frau ... Ihre Freundin ausgezogen ist und dass sie zu den Lehrern an der Schule gehört.«

Leonie war keine Lehrerin, sie gab keinen Unterricht, sondern war Sozialpädagogin; diesen kleinen Unterschied hatte Mehler immer noch nicht begriffen, aber Brasch lag nichts daran, Pia zu korrigieren. »Damit habe ich kein Problem«, entgegnete er und tat, als müsse er sich auf den Verkehr konzentrieren. Mehler war im Präsidium geblieben. Jemand musste sich um das Tonband des anonymen Anrufers kümmern.

»Manchmal geht Mehler mir auf die Nerven«, sagte Pia laut vor sich hin. Plötzlich lachte sie. Wenn sie ihren Kopf zurückwarf und ihr helles Lachen sang, sah sie hinreißend aus. Kein Wunder, dass Mehler sie in heimlichen Momenten intensiver als nötig betrachtete. »Er ist immer so korrekt, so adrett, dass man verrückt werden könnte. Aber er hat noch keinen korrekten, adretten Weg gefunden, wie er mich am besten zum Essen einlädt. Obwohl er es gerne möchte.«

»So sind wir Polizisten«, sagte Brasch. Es sollte ironisch klingen, aber dann fiel ihm ein, dass auch Leonie ihn so beschreiben würde: Ach, er war immer so korrekt und adrett, und er hatte keine Ahnung, wie man fliegen lernte.

Brasch bog hinter der Eisenbahnbrücke von der Venloer Straße ab. In der Grünanlage vor der Schule verteilte sich noch eine Hand voll Polizisten und streifte mit Taschenlampen durch den Nebel. Brasch hatte sie weiter suchen lassen, obwohl er wusste, dass sich nichts ergeben würde. Nicht eine brauchbare Fußspur hatten sie gefunden. Manchmal aber ging es auch für einen Polizisten nur darum, sein Gewissen zu beruhigen.

An ein paar lärmenden Schülern vorbei liefen sie in den Lehrertrakt. Brasch kannte sich aus. Vor fünf Jahren, als Leonie an der Schule angefangen hatte, war er einmal mit ihr auf einem Schulfest gewesen. Danach nie wieder. Lehrer langweilten ihn, ihr dumpfes Gerede von Lehrplänen und Erlassen oder ihre Schwärmerei vom letzten Tauchabenteuer in der Karibik oder dem Bildungsurlaub in der Ägäis.

Ein Mann stand da vor einer riesigen Fotografie, auf der anscheinend das gesamte Lehrerkollegium abgebildet war. Er trug ein graues abgetragenes Jackett, eine grüne Cordhose und rauchte hektisch. Brasch brauchte ein paar Momente, um ihn zu erkennen. Es war Grupe, der Direktor. Leonie hatte sie einander auf dem Schulfest vorgestellt. Grupe war auf eine hoffnungslose Art alt geworden.

Der Direktor drehte sich um. Er war vollkommen bleich im Gesicht, wie ein Albino oder jemand, der die letzten Monate eingeschlossen in einem Keller verbracht hatte. »Polizei?«, rief er und drückte seine Zigarette in einem Blumenkübel aus. Seine Hände zitterten. Er schien Brasch nicht wieder zu erkennen.

Brasch nickte und holte seine Dienstmarke hervor.

»Es ist eine Tragödie ...«, stammelte Grupe, während er sich umständlich eine neue Zigarette ansteckte. »Nein, mehr als eine Tragödie ... Wir sind alle fassungslos.« Sie folgten ihm in ein kleines Büro, das nur aus drei Stühlen, einem leeren Schreibtisch mit Aschenbecher und ein paar Regalen bestand. Es sah nicht so aus, als würde hier irgendjemand arbeiten.

Einer seiner Ausbilder hatte Brasch beigebracht, die Menschen, mit denen man es bei einem Mordfall zu tun hatte, in zwei Kategorien einzuteilen: diejenigen, die ein Glaskinn hatten und bei einem verschärften Verhör sofort zusammenbrechen würden, und diejenigen, die Nehmerqualitäten aufwiesen und denen man hart zusetzen musste, um etwas herauszukriegen. Grupe hatte zweifelsfrei ein Glaskinn.

Pia stellte eine Frage nach der Toten, aber Grupe schaute nur Brasch an, seine Augen waren so grau wie seine Haut. Mussten Lehrer jeden Tag so viele graue, trostlose Dinge sehen? Grupe war so nervös, dass es ihm nicht einmal gelang, die Asche seiner Zigarette ordnungsgemäß im Aschenbecher abzustreifen.

»Frau Frankh war das jüngste Mitglied unseres Kollegiums. Sie war beliebt, überall beliebt. Die Schüler mochten sie, weil sie zu ... unkonventionellen Methoden neigte. Bei den Schülern hat sie sich bestimmt keine Feinde gemacht.«

»Und bei den Lehrern?« Brasch fand seine Frage nahe liegend, jedenfalls hatte sie nichts von einem psychologischen Trick an sich. Und doch erschrak Grupe. Er wischte sich über die Stirn, als müsste er Schweißperlen vertreiben. »Kollegin Frankh war auch beim Lehrpersonal durchaus geachtet«, sagte er schließlich in gestelztem Behördendeutsch.

»Hat Frau Frankh häufiger spätabends in der Schule gearbeitet?«, fragte Pia. Brasch konnte an ihrem Tonfall erkennen, dass sie sich längst eine Meinung über Grupe gebildet hatte. Für sie war er eine Niete, ein frustrierter Pauker, der sich auf einen Verwaltungsposten gerettet hatte und der für diesen Fall so gut wie wertlos war.

»Wir haben alle einen Schlüssel für den Haupteingang«, erklärte Grupe. Er richtete sich in seinem Stuhl auf. Das Gespräch hatte wieder sicheres Terrain erreicht. »Aber ich kann mir nicht vorstellen, dass Kollegin Frankh so spät noch in der Schule gearbeitet hat.«

»Gibt es Kollegen, die privat mit Frau Frankh zu tun hatten, die sie besser kannten?«

Zuerst tat Grupe, als hätte er die Frage nicht gehört oder als müsste er nachdenken. Er blickte aus dem Fenster. Draußen schien sich der Nebel zu lichten. Wie auf einem Polaroidfoto, das man gerade aus der Kamera gezogen hatte, tauchten die Konturen einer Häuserfront auf der anderen Straßenseite auf. Dann schaute Grupe wieder Brasch an und führte seine Zigarette in einer unendlich langsamen Geste zum Mund, die aussah, als hätte er Mühe, sich in seiner zu eng geratenen Haut zu bewegen. Er nahm einen tiefen Zug. »Zwei Kollegen fallen mir ein. Kollege Stocker und Frau Stiller, unsere Sozialarbeiterin.«

Leonie. Ihr Name traf Brasch hart und unvorbereitet, so wie ein müder Boxer einen Schlag einsteckt, den er nicht kommen sieht, der für ihn aus dem Nichts heranfliegt und ihm wacklige Knie beschert. Nie hatte er den Namen der Toten aus Leonies Mund vernommen. Oder hatte er einfach nicht zugehört? Er beobachtete sich selbst, wie er etwas ganz und gar Lächerliches tat. Er holte sein Notizbuch hervor und schrieb tatsächlich ihren Namen auf. *Stocker*, schrieb er und *Stiller, Leonie.*

Brasch war ein guter Polizist. Er ging langsam und analytisch vor, wurde nie nervös, verlor nie die Übersicht. Er hatte schon ein paar Mordfälle aufgeklärt, weil er vor allem daran glaubte, dass banale Dinge das Leben eines Menschen bestimmen und manchmal auch seinen Tod. Die meisten Morde ließen sich in den ersten vierundzwanzig Stunden lösen: Eifersuchtsdramen, in denen der Ehepartner aus plötzlich aufflammender Wut zugestochen hatte, vielleicht floh er noch, versuchte ein kurzes, verzweifeltes Versteckspiel, das aber rasch zu Ende ging. Oder misslungene Raubüberfälle, in denen dem Täter die Sache schon in den ersten Sekunden aus der Hand geglitten war, weil sein Opfer sich anders verhielt, als er erwartet hatte, und er nur noch eine Lösung sah, abzudrücken oder zuzuschlagen. Da musste man nicht lange nach dem Motiv suchen, es fand sich schnell und mit ihm der Mörder. Aber dieser Fall war anders; das hatte Brasch schon gespürt, als Mehler ihn angerufen hatte und zum ersten Mal Leonies Name gefallen war.

Brasch ließ Grupe einen halben Schritt vorausgehen. Wie ein Clown, der sich in unförmigen Schuhen bewegte, setzte Grupe seine Schritte; seine Hacken schlugen beinahe zusammen, während seine Zehen nach außen wiesen. Erst als sie sich dem Lehrerzimmer näherten, reckte er den Kopf, so als wüsste er, welche Rolle er sich im nächsten Moment abverlangen musste. Das Lehrerzimmer war ein länglicher, hässlicher Raum mit grauen Betonwänden links und einer beinahe ebenso tristen Fensterfront rechts. Es roch nach Kaffee und kaltem Zigarettenrauch. Hier war Brasch nie gewesen. Ungefähr sechzig Gesichter wandten sich ihnen zu, als sie eintraten. Es muss irgendeinen Erlass geben, der es Lehrern verbietet, helle, farbige Kleidung zu tragen, dachte Brasch. Vielleicht schadet das den Schülern; vielleicht musste ein Lehrer ganz hinter den Inhalten, die er vermitteln sollte, verschwinden.

Wo nur war Leonie? Während Grupe eine kleine Trauerrede hielt und ihn und Pia vorstellte, tasteten seine Augen die Gesichter ab, aber an keinem Gesicht machten sie Halt. Brasch spürte, wie sein Herz wieder Fahrt aufnahm, wie es in ihm zu hämmern und pochen begann. Leonie war nicht da. Aber wenn er ehrlich war, hatte er zuerst die Schule aufgesucht, um sie zu sehen, um einen Grund zu haben, endlich mit ihr zu sprechen.

Dann war Brasch an der Reihe. Unkonzentriert schilderte er, was sie bisher herausgefunden hatten – viel war es nicht –; am Ende seiner kurzen Ansprache bat er das gesamte Kollegium um Mithilfe und sachdienliche Hinweise. Brasch bemerkte, wie Pia einige Male ihre hübsche, blonde Stirn runzelte. So fahrig hatte sie ihren Chef noch nie gesehen. Seinen knappen, ungelenken Worten schlug auch nur Schweigen entgegen. Allein ein älterer, weißhaariger Mann, der aussah, als trüge er seinen Pensionsbescheid schon bei sich, gleich vorne in der Aktentasche neben der Butterbrotdose, räusperte sich und fragte: »Wann dürfen wir unsere verehrte Kollegin Frau Frankh zu Grabe tragen?«

Die Frage war unangebracht und feindselig, aber niemanden im Raum schien das zu stören. Brasch bestrafte die sechzig Gesichter vor ihm mit drei Sekunden Stille, die sie beinahe reglos absaßen. »Das kann noch ein paar Tage dauern«, sagte er dann. »Und vorher haben wir ihren Mörder gefunden.«

Grupe führte Pia und ihn hinaus. Es schien auf eine geheimnisvolle Weise etwas Leben in den Direktor geraten zu sein. Er rang sich ein Lächeln ab, das wohl eine Entschuldigung sein sollte. »Sie müssen es ihm nachsehen«, sagte er.

»Wer war das?«, fragte Pia.

»Geißler, unser Lateinlehrer. Er mag keine Kinder und Leute, die viel jünger sind als er. Dreißig Jahre in der Schule haben ihn zermürbt.«

»Gibt es noch andere Ihrer Kollegen, die Frau Frankh solch eine besondere Sympathie entgegenbringen?« Pias tiefblaue Augen nahmen Grupe ins Visier.

Der Direktor steckte sich wieder eine Zigarette an. Ganz wie ein hoffnungslos verlorener Raucher saugte er an ihr, als enthielte sie irgendeine lebenserhaltende Substanz. »Frau Frankh war sehr eifrig, mehr als eifrig. Sie wollte die Schule neu erfinden, das geht natürlich nicht.«

»Verstehe«, sagte Brasch. Sie standen wieder vor der großen Fotografie, auf der das Kollegium abgebildet war. Brasch suchte Leonie. Er entdeckte sie sofort; in ihrem Sommerkleid stach sie wie eine weiße Blüte auf einer dunklen Wiese hervor. Das Bild musste vor drei oder vier Jahren aufgenommen worden sein. Leonie hatte die Eigenschaft, vor einer Kamera ganz ungezwungen und natürlich zu wirken. Sie sah jünger aus, beinahe mädchenhaft in einer Schar von alten Frauen und Männern.

»Können Sie mir sagen, wo ich Frau Stiller finde?«, fragte Brasch. Es war ein einfacher, kühler Satz, in dem aber hinter jedem Wort die Sehnsucht lauerte.

»Bedauere.« Grupe schien ernstlich betrübt; er tröstete sich mit einem tiefen Zug aus seiner Zigarette. »Sie ist heute nicht gekommen. Dabei hätten wir sie heute besonders dringend gebraucht. Unsere Schüler sind ganz durcheinander.«

»Sie fehlt?«

»Unentschuldigt. Leider.«

»Aber Sie können Herrn Stocker zu uns bitten?«

»Er ist krank. Schon seit einer Woche. Er hat private Schwierigkeiten. Mit seiner Frau, mit seinem Sohn.« Grupe hob müde die Schultern, doch dann tat er etwas Überraschendes. Seine linke Hand tauchte flink in die Tasche seines Jacketts und holte einen Zettel hervor, den er Brasch hinhielt. Das Papier war ordentlich in der Mitte gefaltet. In harten Druckbuchstaben standen ein Straßenname und eine Nummer auf dem Zettel.

»Stockers Adresse«, sagte Grupe mit einem verlegenen Lächeln. »Sie können ihn besuchen. Jederzeit.«

2

Der Nebel hatte sich gelichtet. Für einen Moment war der Himmel voller schwarzer Vögel, als Brasch in die kleine Seitenstraße am Volksgarten einbog. Sie schienen in der Luft stillzustehen, so als wüssten sie nicht wohin; als hätten sie sich verirrt und müssten sich beraten. Im nächsten Augenblick aber tauchten sie in einen großen, noch beinahe kahlen Kastanienbaum herab.

Marga Frankh, Klavierlehrerin stand auf dem großen Messingschild.

Brasch verharrte einen Moment und lauschte. Es war kurz nach zehn. Vielleicht saß Frau Marga Frankh am Klavier, spielte sich warm für den Tag und wusste noch nichts von ihrem Unglück. Oder eine Schülerin stolperte verzweifelt über die Tasten, verhunzte die einfachsten Etüden unter dem strengen Blick ihrer Lehrerin. Doch nichts war zu hören. Das Haus war stumm und schien schon einmal auf Verdacht zu trauern.

Als Brasch auf den Klingelknopf drückte, hörte er ganz entfernt eine altmodische Glocke.

Keine Polizeischule bereitete ihre Absolventen auf die ersten dreißig Sekunden vor, die in Zeitlupe abliefen, sobald man den Angehörigen eines Opfers gegenübertrat. Brasch hatte die unterschiedlichsten Reaktionen erlebt. Manchmal reichte schon sein bloßes Erscheinen, sein Zeigen der Polizeimarke, um einen Menschen in die Hölle zu zerren. Manchmal auch blickte er nur in steinerne, tränenlose Gesichter. Aber im Allgemeinen waren Tränen an der Tagesordnung, Tränen, für die er keinen Trost wusste und gegen die er sich nie wappnen konnte.

Brasch drückte noch einmal auf den Klingelknopf, und dann wurde ihm endlich geöffnet. Zögernd und nachdenklich trat er ein. Er suchte noch nach dem ersten Satz für die ersten dreißig Sekunden. Sobald die schwere Haustür hinter ihm ins Schloss gefallen war, umfing ihn völlige Dunkelheit. Vorsichtig tastete er sich durch den Flur, drei Stufen hinauf. Er roch Leonie, bevor er sie sah. Sie stand in der Tür, die sich plötzlich öffnete, ein paar Schritte rechts von ihm. Das wenige Licht, das aus der Wohnung hinter ihr drang, ließ nur ihr schwarzes Haar aufschimmern; ihr Gesicht konnte er nicht erkennen.

»Hallo, Matthias«, sagte sie leise.

Brasch war so überrascht, dass er auf der Stelle erstarrte. Er machte sich ganz still, hörte ihren beiden Worten nach. Es waren kleine zarte Schmetterlinge, die in der Dunkelheit umherflatterten und wieder verschwanden, weil sie Angst vor dem Licht hatten.

Leonie ging einen Schritt auf ihn zu, als müsse sie ihn in die Wohnung lotsen. Brasch versuchte ihr in einer vertrauten Geste über die Schulter zu streichen, doch da drehte sie sich schon ab.

»Ich habe auf dich gewartet«, sagte sie lauter und mit einer Spur Ungeduld in der Stimme. »Marga hat eine Tablette zur Beruhigung genommen und sich hingelegt.«

Brasch lief ihr in die Wohnung nach. Hier roch es nach alten Gardinen und nach fünfzig Jahren Bohnerwachs. Eine Garderobe aus altmodisch gedrehtem Messing hing an der Wand, darunter stand eine kleine Holzbank, die aussah, als hätten auf ihr Hunderte von Klavierschülern wie arme Sünder auf ihren Einsatz gewartet. Dann waren sie im Wohnzimmer angekommen. Ein schwarzer Flügel funkelte majestätisch auf blankem Parkett. Leonie ging zu einem kleinen Sekretär und setzte sich. Sie trug ein schwarzes Samtkleid, das ihr bis zu den Knöcheln reichte. Alles an ihr wirkte leise und geheimnisvoll.

»Was tust du hier?«, fragte Brasch.

Leonie beugte sich vor und strich sich eine Haarsträhne aus dem Gesicht. Brasch kannte diese Geste. Ich bin mir nicht ganz sicher, hieß diese Geste, ich will Zeit gewinnen.

»Und woher weißt du von dem Mord an Charlotte Frankh?«

Eine riesige Standuhr auf der anderen Seite des Zimmers tickte lautlos die Sekunden weg.

Leonie bändigte eine andere widerspenstige Haarsträhne. Die zweite Frage war leichter als die erste. »Unser Hausmeister hat es mir gesagt. Heute Morgen an der Schule. Einer eurer Polizisten muss es ihm verraten haben.« Leonie sprach sehr sachlich; wäre das Du nicht gewesen, hätte es wie eine gewöhnliche Aussage geklungen, die sie einem unbekannten Polizisten gegenüber abgab. In einem blitzschnellen Gedanken, der ihm wie eine Rakete am blauen Himmel durch den Kopf fuhr, begriff Brasch, dass sie sich in den letzten sechs Wochen keine Sekunde nach ihm gesehnt hatte.

Vielleicht wurde er deswegen wütend, wegen seinen leeren Nächten, seinen falschen Hoffnungen, weil allein die Erinnerung an ihren Geruch ihn um den Schlaf gebracht hatte.

»Was tust du hier?«, fragte er laut und ruppig. »Was hast du mit dem Mord an dieser Lehrerin zu tun?«

»Leise!« Leonie legte ihren Zeigefinger auf die Lippen und lächelte nachsichtig. »Nichts habe ich mit dem Mord zu tun.« Doch sofort korrigierte sie sich selbst. »Jedenfalls nicht viel.«

Brasch suchte nach einer Möglichkeit, sich zu setzen, aber die beiden einzigen Sessel standen am anderen Ende des weitläufigen Raumes. Da wäre er sich wie auf einer Theaterbühne vorgekommen.

»Du hast Charlotte Frankh gut gekannt?«

»Sie war eine gute Kollegin und wäre vielleicht eine gute Freundin geworden.«

»Und Stocker?« Eine plötzliche Eingebung ließ ihn diese Frage stellen.

»Stocker?« Leonie sprach den Namen voller Nachdenken aus, wie eine Frage, die sie in nachhaltiges Grübeln versetzte. »Stocker ist ein ... ein ganz besonderer Mann.«

»Ist jemand gekommen?« Aus dem Nebenzimmer, durch die halb geöffnete Tür, klang eine dünne, schläfrige Stimme.

»Nun hast du sie geweckt.« Leonie sprang auf. Alles in ihren Bewegungen drückte Zorn und Vorwurf aus. Sie eilte zur Tür, doch dann hielt sie abrupt inne und drehte sich um. »Hat Charlotte leiden müssen? Ist sie vergewaltigt worden?«, fragte sie flüsternd.

Brasch breitete hilflos die Hände aus. »Charlotte Frankh ist aus nächster Nähe erschossen worden«, sagte er. »Aber wir haben keine Hinweise gefunden, dass sie vergewaltigt worden ist.«

»Lüge, wenn es sein muss! Sage ihr, dass ihre Tochter nicht gelitten hat. Es würde Marga endgültig das Herz brechen.«

Das Nebenzimmer war sehr klein, kaum mehr als eine

Abstellkammer. An der Wand hing ein hölzernes Kruzifix, und darunter lag auf einer schäbigen, abgeschrammten Couch eine grauhaarige, vergrämte Frau, doch dieser Gram war nicht ein paar schreckliche Stunden alt, sondern mindestens ein halbes Leben. Marga Frankh richtete sich mühsam auf. Sie hatte tiefe Schatten unter den Augen, aber sie hatte nicht geweint.

»Sie sind der Polizist, der kommen sollte?«

Brasch nickte.

»Warum ist sie ermordet worden? Können Sie mir das sagen?« Marga Frankh streckte ihre feinen, beinahe alterslosen Klavierspielerhände nach vorne, als wäre da etwas vor ihr, das nur sie sehen konnte und das sie unbedingt ergreifen musste.

»Wir wissen es noch nicht«, erwiderte Brasch, »aber wir werden es herausfinden. Vielleicht können Sie uns dabei helfen?« Der letzte Satz trug ihm einen unfreundlichen Blick Leonies ein.

»Ja!«, rief Marga Frankh. »Ich weiß es. Weil sie Gott versucht hat, deswegen musste sie sterben. Schon als Kind hat meine Tochter Gott versucht. Sie war nicht zu bändigen, hat immer heimliche Dinge getan, statt ihr Leben Gott anzuvertrauen.«

»Aber es muss noch einen anderen Grund geben«, widersprach Brasch sanft. »Hat Ihre Tochter von Schwierigkeiten erzählt? Vielleicht, dass jemand sie bedroht hat?«

»Ach, sind Sie auch so einer, der die Macht Gottes leugnet? Der glaubt, dass es auch ein Leben ohne Gott gibt?« Marga Frankh warf ihren Worten ein höhnisches, stahlhartes Lachen nach, aber dann sank sie wieder zurück und schloss die Augen, als hätte sie dieser Ausbruch über Gebühr angestrengt.

Leonie legte ihr beruhigend die Hand auf den Arm, dann schaute sie Brasch an. In ihren Augen war nur ein kaltes Funkeln. »Vielleicht solltest du morgen wiederkommen, wenn Frau Frankh sich ein wenig erholt hat«, sagte sie. Die Rolle einer fürsorglichen Krankenschwester spielte sie perfekt.

Brasch nickte wieder. »Ich verspreche, dass wir alles tun werden, um den Mörder Ihrer Tochter zu finden«, sagte er. Es war nur ein fades Versprechen, und es brachte Marga Frankh auch nicht dazu, noch einmal die Augen zu öffnen und ihn anzuschauen.

An der Tür zum Flur wartete er auf Leonie. Die Stille in der Wohnung hatte sich bleiern auf ihn herabgesenkt. Kein Laut war zu hören, kein noch so fernes Geräusch drang von der Straße herein. Schulte eine Klavierlehrerin so ihr Gehör, dass sie in einer Wohnung lebte, in der sie jede Diele knarren hören konnte? Leonie kam nicht. Brasch hatte den schwarzen Flügel im Blick, der wie ein schwarzes, stummes Ungeheuer auf dem gebohnerten Parkett hockte. Auf einer Party vor fünf Jahren hatte er sich in Leonie verliebt, als sie sich an das Klavier der Gastgeber gesetzt und auf Zuruf Lieder gespielt hatte. Sie spielte ein wenig ungelenk, manchmal mit kleinen Stolperern, aber ihr Repertoire schien unerschöpflich, und ihr Gesicht hatte, wenn sie mitunter zwischen ihrem Haar aufschaute, geleuchtet vor Glück.

Endlich stand sie in der Tür. Das schwarze Kleid betonte ihre schlanke, hoch gewachsene Gestalt. »Ich muss mich um Marga kümmern«, sagte sie. Nun klang es wie eine halbe Entschuldigung für ihre Schroffheit. »Habe ich es dir nie erzählt …? Marga ist meine alte Klavierlehrerin. Hier …« Ihre Hände strichen mit den Fingerspitzen über den Flügel. »...habe ich meine ersten Klavierstunden gehabt.«

Brasch wurde durch diesen Anblick wieder sanfter gestimmt. So, mit den Händen am Klavier, kannte er Leonie wieder, so war sie ihm vertraut. »Wo kann ich dich erreichen? Ich würde dich ungern aufs Präsidium einbestellen müssen.« Sogar ein Lächeln gelang ihm.

Leonie antwortete nicht sofort. Sie wandte sich ab, blickte zum Zimmer nach nebenan, als hätte sie ein Geräusch gehört, aber da war kein Geräusch gewesen. »Ich wohne bei Charlotte«, sagte sie schließlich. »In ihrer Wohnung. Schon seit sechs Wochen.«

Jeder Mensch hat einen Sänger in sich, hatte Leonie ihm einmal gesagt, eine Musik, die ihm wohl tut, bei der er zu sich selbst kommt. Manchmal hörte sie Charlie Parker, aber ihr Sänger hieß Tom Waits, ein waschechter Ire, der seine schrägen, schwermütigen Songs ins Mikrofon grölte, als stände er bei jeder Aufnahme betrunken auf der winzigen Bühne eines Dubliner Pubs. Brasch hatte diese Vorliebe Leonies nie verstanden. Opernarien hätten zu ihr gepasst oder einfache, melodiöse Liebeslieder, wie andere Frauen sie hörten. Brasch hatte keinen Sänger in sich. Wenn er sich schlecht fühlte, drehte er am Radio und versuchte irgendeine ausländische Station zu finden, aber meistens blieb ihm nur eine Unmenge Bier oder eine hastig getrunkene Flasche Rotwein.

Als Brasch ins Präsidium zurückfuhr, glaubte er zu wissen, dass er Leonie nicht zurückgewinnen würde. Bei verlorenen Liebespaaren gab es kleine Gesten der Endgültigkeit; wie sie Berührungen auswichen, zaghaft, aber bestimmt, wie sie sich ein freundliches, vages Lächeln vorbehielten, hinter dem aber nur Mitleid steckte und der sinnlose Satz: Ich will dir nicht weh tun. Brasch ahnte, dass Leonie sich in den letzten sechs Wochen gar nicht mit ihm beschäftigt hatte. Er war überhaupt nicht ihr Problem gewesen, sondern etwas anderes. Und vielleicht hatte dieses andere mit dem Mord zu tun.

Mehler saß hinter seinem Schreibtisch und löffelte aus einem Plastikbecher eine Instant-Suppe. Er blickte nicht von seiner Suppe auf, als Brasch das Büro betrat. Es schien, als enthielte der Becher irgendein Geheimnis, das er unbedingt ergründen musste.

Brasch nahm auch eine Suppe und schüttete heißes Wasser auf das fahle grünliche Pulver. Seit Leonie weg war, ernährte er sich nur noch von Instant-Suppen, oder er hielt abends an irgendeiner Pizzabude, und ein- oder zweimal in der Woche ging er in den Keller und boxte am Sandsack und Punchingball. Gelegentlich stieg er auch mit Mehler in den Ring und sparrte mit ihm. Mehler war ein unangenehmer Kontrahent; er schlug nicht hart zu, aber er war schnell auf den Beinen und schaffte es, sich seinen Gegner vom Hals zu halten und ihn mit langen Geraden einzudecken.

»Wir haben bisher nicht viel zuwege gebracht«, sagte Mehler. Wie ein Basketballspieler warf er seinen leeren Plastikbecher hinter sich in den Papierkorb und blickte Brasch bekümmert an. »Die Tote ist definitiv nicht vergewaltigt worden. Vielleicht hat der Mörder beabsichtigt, es so aussehen zu lassen, aber viel Mühe hat er sich dabei nicht gegeben, oder er ist gestört worden. Und der rote Kinderschuh, der im Geäst hing, stammte aus einem Schuhmarkt, der dreihundert Filialen in Deutschland hat; allein in Köln sind es dreizehn.«

Brasch schwieg. Es tat ihm weh, an Leonie zu denken, aber es war beinahe, als suchten seine Gedanken diese Schmerzen; alle Gedanken begannen und endeten bei ihr.

»Wir haben allerdings etwas anderes«, sagte Mehler. Er drückte auf den Knopf eines kleinen Rekorders. »Polizeirevier Köln-Ehrenfeld«, meldete sich eine nüchterne Beamtenstimme. Am anderen Ende der Leitung räusperte sich jemand und nahm einen langen Anlauf für seinen ersten Satz, dann erklang eine Stimme, gepresst und heiser. »In Ehrenfeld liegt eine ...« Nach einem kurzen Zögern brach die Verbindung ab.

»Wissen wir, woher der Anruf kam?«, fragte Brasch. Er stand auf und schüttete den Rest seiner Suppe in eine Topfblume, die schon manche solcher Attacken überstanden hatte.

Mehler schüttelte den Kopf. »Noch nicht. Wahrscheinlich eine Telefonzelle. Im Hintergrund fährt ein Auto vorbei. Aber wir haben ein Profil des Anrufers. Er ist männlich, mit ziemlicher Sicherheit deutschsprachig und zwischen Mitte dreißig und Mitte fünfzig. Könnte der Mörder sein.«

»Wieso sollte der Mörder die Polizei anrufen?« Draußen vor dem Fenster war der Himmel plötzlich strahlend blau. Köln hatte den Nebel vergessen und probte für den Sommer.

»Vielleicht aus Reue, vielleicht, weil er glaubte, die Frau wäre noch zu retten. Dann hat er es sich anders überlegt.« Mehler runzelte die Stirn, er wusste, dass er nicht sehr überzeugend klang. »Vielleicht hat sie immer noch als Edelnutte gearbeitet, hat sich etwas dazuverdient und ist mit einem Freier in Streit geraten.«

»Glaubst du an Gott?«, fragte Brasch und dachte an

Marga Frankh, die stahlharte, unerbittliche Klavierlehrerin. Er schloss für einen Moment die Augen und ließ die Sonne sein Gesicht abtasten.

»Nicht direkt«, sagte Mehler. »Ich gehe mitunter gerne in Kirchen, in den Dom, wenn nicht so viele Touristen da sind, oder in die Agneskirche bei mir um die Ecke. Aber eigentlich zieht es mich nur wegen der Stille dorthin. In Kirchen gibt es diese ganz besondere Stille. Was soll diese Frage?«

»Was geschieht mit einem Mädchen, das bei einer strengen, gottesfürchtigen Mutter aufwächst, einer Klavierlehrerin, die unter einem Kruzifix ihren Mittagsschlaf hält und ansonsten ihre Schüler traktiert?«

Leise wurde die Tür geöffnet. Zuerst hatte Brasch das Gefühl, dass nur ein Flecken Dunkelheit in den Raum fiel, dann erkannte er den Schatten einer Frau. Natürlich war irgendetwas in ihm fantasielos genug, sofort an Leonie zu denken. Ina, die Reporterin, stand da. Sie sah noch atemberaubender aus als in der Nacht zuvor. In den meisten Männern hausten so viele archaische Regungen, dass sie sich beim Anblick einer einigermaßen jungen Frau sofort vorstellten, wie es wäre, mit ihr zu schlafen. Brasch war es bisher nicht so gegangen. Ina bildete eine Ausnahme.

»Hallo«, sagte sie zaghaft. »Ich hoffe, ich störe nicht.« Sie schoss ein perfektes, treffsicheres Lächeln ab.

»Kommen Sie herein«, erwiderte Mehler, dem dieses Lächeln auch eine Extraportion Charme einhauchte. »Wir haben nur über Gott und die Welt gesprochen.«

»Haben Sie schon eine Spur im Mordfall Charlotte Frankh?« Ina setzte sich. Sie hatte ihr rotes Haar mit einem schwarzen Band zusammengebunden. Brasch entdeckte, dass sich auf ihren Handrücken und an ihrem Hals drei Millionen Sommersprossen tummelten, als formten sie Stadtpläne und Landkarten.

»Wir gehen einigen Dingen nach, aber es ist noch nichts Konkretes dabei. Morgen werden wir eine erste Pressemitteilung herausgeben.« Mehler warf Brasch einen unsicheren Blick zu, als wäre er gar nicht befugt gewesen, zu antworten.

»Sie tappen also völlig im Dunkeln.« Ina änderte ihr Programm. Sie wirkte keineswegs mehr zaghaft, sondern eher wie jemand, der ständig ein Ziel verfolgte. Die filterlose Zigarette, die sie sich ansteckte, sah in ihrem roten Mund trotzdem seltsam deplatziert aus. Wie bei Models, die nicht rauchen, aber für Zigaretten Reklame machen.

»Sie schreiben aber nicht, dass wir im Dunkeln tappen«, sagte Brasch. Seine Stimme klang so schroff, dass es ihn selbst erstaunte. Mehler hob verwundert die Augenbrauen.

Ina ließ sich nicht einschüchtern. Wer die Welt mit solch grünen Augen anschaute, hatte immer noch einen Pfeil im Köcher, wenn sein Gegenüber längst ohne Waffen dastand. »Ich habe Ihnen etwas mitgebracht.« Sie nahm eine Klarsichthülle aus ihrem Rucksack, den sie über der Schulter trug, und warf sie vor Brasch auf den Schreibtisch. »Mein Bericht über Maruscha. Vielleicht können Sie etwas damit anfangen.«

Zögernd, als sei er gar nicht wirklich interessiert, öffnete Brasch die Klarsichthülle. Die tote Charlotte Frankh lächelte ihm entgegen. In einer simplen Pose hatten sich ihre Hände in ihr schwarzes Haar gegraben. Sie gab sich mächtig Mühe, lasziv zu wirken, nur ihre Augen schienen sich zu langweilen; sie blickte starr vor sich hin. Obwohl es nur ein Schwarzweißfoto war, ahnte man, dass sie irgendeinen bunten, glitzernden Firlefanz trug. Im Hintergrund glänzten Gläser und teure Champagnerflaschen.

»Wie alt ist das Foto?«, fragte Brasch.

»Vier oder fünf Jahre«, antwortete Ina. »Ich habe Sie übrigens angelogen. Ich habe den Bericht damals nicht gebracht, weil ich Maruscha für eine Lügnerin hielt. Das wäre mir völlig gleichgültig gewesen. Sie hat mich am nächsten Tag angerufen und mich angefleht, die Fotos wegzuwerfen. Sie stände kurz vor dem Examen und wollte Lehrerin werden. Außerdem würde ihre Mutter einen Schlaganfall kriegen, wenn sie die Fotos in der Zeitung sehen würde.«

»Da haben Sie sich mit Ihrem großen Herzen erbarmt und den Bericht in der untersten Schublade verschwinden lassen.« Es tat Brasch gut, ein wenig ironisch zu klingen.

Ina lächelte hinter ihrer Zigarette. Solch zahme Ironie konnte ihr nicht viel anhaben. »So ähnlich wird es wohl gewesen sein.«

Brasch schaute zu Mehler hinüber und nickte. »Ihren Bericht müssen wir vorläufig behalten.«

»Aber wie wär's mit einer kleinen Belohnung, Herr Kommissar?« Ina vertraute wieder auf die Macht ihrer grünen Augen. »Mit ein paar exklusiven Informationen über den Mordfall. Oder mit einem kleinen hübschen Abendessen in einem Lokal meiner Wahl.«

Brasch bemerkte aus den Augenwinkeln, wie Mehler vor sich hin grinste. So eine Einladung von einer schönen Frau bekam man nicht alle Tage. Da musste man sich schon als besonders treu und standhaft erweisen. Doch nicht nur Mehlers Grinsen störte Brasch, auch Inas Augenfunkeln kam ihm falsch und übertrieben vor. »Geben Sie meinem Kollegen die Adresse der Bar, in der Sie damals den Bericht recherchiert haben«, sagte er mit Polizistenstimme, bevor er sein Büro verließ.

In den letzten Wochen vor ihrem heimlichen Auszug begann Leonie seltsame Fragen zu stellen. Eigentlich waren sie ein altes Paar, das sich nicht mehr mit einer sonderbar forschenden Neugier nachstellen musste, doch plötzlich fragte sie Dinge wie: Warum bist du eigentlich Polizist geworden? Natürlich hatten sie auch vorher über seinen Beruf gesprochen, warum nicht Lehrer oder Chemiker oder Dichter, aber noch nie hatte er das Gefühl gehabt, dass sie den wahren Grund wissen wollte, den Grund, den er noch nie jemandem verraten hatte. Sie ahnte, dass es diesen einen Grund gab, aber er flüchtete sich in Redensarten, sprach von Gerechtigkeit, von Recht und Ordnung. Der wahre Grund war Scham, pure, nackte Scham, die als Erinnerung ein Leben lang nachhallte. Einmal, als Zwölfjähriger, hatte er sich in Grund und Boden geschämt. Zwei Polizisten waren in den kleinen Imbiss gekommen, den seine Eltern in einem Dorf in der Eifel betrieben, sie waren sehr gut angezogen und sehr höflich, und sie nahmen seinen Vater und seinen fast zehn Jahre älteren Bruder mit.

Damals hatte er begriffen, wie weinende Mütter aussehen und wie töricht Verbrechen sein können. Ein Verbrechen war es schon, wenn ein Vater und sein ältester Sohn nachts über Mauern kletterten und in Getränkemärkten Kisten mit leeren Flaschen stahlen, um sie am nächsten Tag zurückzubringen und das Pfand zu kassieren. Auf diese Weise hatte sein Vater den Großteil seiner eigenen Getränke bezahlt. Bis jemand Verdacht geschöpft und ihn in der Nacht fotografiert hatte.

Als die beiden Polizisten wieder abzogen, hatte der eine ein paar tröstende Worte für die Mutter gehabt, während der andere Brasch einen langen, rot verpackten Kaugummi hinhielt. Es waren freundliche Gesten, und doch lag etwas Zurechtweisendes in ihnen und eine stille Beschämung. Wie ein kleiner, kranker Vogel hatte Brasch dem Polizisten den Kaugummi aus der großen, reglosen Hand gepickt, ein Akt des Gehorsams und der Unterwerfung, aber nie hatte er ihn zu kauen gewagt, sondern wie eine Reliquie in einer Zigarrenschachtel aufbewahrt, bis er ihm Jahre später zwischen den Fingern zerbröselt war.

Zerknirscht und einigermaßen erleichtert waren Vater und Bruder schon nach drei Stunden zurückgekehrt, doch die Welt war plötzlich eine andere geworden. Nicht nur, dass er eine Zeit lang als Verbrecherkind durch den Ort laufen musste, dass er seinem Vater auswich und ihn mit Schweigen strafte; die Polizisten hatten ihm einen Lebenswunsch eingeimpft: sich niemals schämen zu müssen und immer auf der richtigen Seite des Gesetzes zu stehen.

Vielleicht wäre Leonie bei ihm geblieben, hätte er ihr von dieser Scham erzählt, dachte Brasch, vielleicht als Flüster-Geschichte für eine warme, lautlose Nacht, wenn sie sich geliebt hatten und ein paar sanfte Gefühle in ihnen nachglühten. Aber solche Gedanken führten zu nichts.

Auf der Rheinuferstraße fuhr Brasch in Richtung Süden. Im Sonnenlicht glitzerte der Fluss und gab sich idyllisch. Als Brasch an einer Ampel halten musste, nahm er das Funktelefon und tippte Pias Nummer ein. Sie war in

Charlotte Frankhs Wohnung. Nach dem zweiten Klingeln hatte er sie am Apparat.

»Hast du irgendetwas gefunden?«, fragte Brasch. Zu spät fiel ihm ein, dass er Pia eigentlich siezte. Nur manchmal am Telefon, als schaffte das eine größere Vertrautheit, rutschte ihm ein Du durch.

Pia schien das nicht zu irritieren. »Hübsche Wohnung«, sagte sie routiniert. »Ziemlich groß und aufgeräumt, aber ich glaube, unsere Tote wohnte nicht allein hier. Ein kleines, zweites Schlafzimmer ist belegt, allerdings mit Frauenkleidern. Größe 40.«

»Ich weiß«, sagte Brasch. Es klang leise und resigniert und so, als würde man jemandem, der längst gegangen ist, noch etwas hinterherrufen.

»Außerdem hat sie Briefe geschrieben; das heißt, sie hat versucht, einen Brief hinzukriegen; die übliche Nummer, so dürfe die Sache doch nicht enden, ganz ohne eine Erklärung, ohne einen Grund.« Pia lachte leise. Hatte sie noch nie Liebeskummer gehabt?

»Eine Anrede?«, fragte Brasch eine Spur zu schroff.

»Lieber Geo, Geo, du Schuft, geliebter Geo, mein Geo, Geo, du Scheißkerl. Sie hat sich eine Menge Anfänge ausgedacht, konnte sich nicht entscheiden, ob sie es auf die harte oder weiche Masche versuchen sollte. Geo – könnte eine Kurzform von Georg sein.«

Brasch bog von der Bonner Straße ab und suchte nach der richtigen Hausnummer. Wer hieß Georg? Grupe, der Direktor, fiel ihm ein, aber er war sich nicht sicher. Außerdem benötigte man eine überdimensionale, ins Unendliche reichende Phantasie, um sich die schöne Charlotte Frankh mit einem alternden, grauen Kettenraucher wie Grupe vorzustellen.

»Eines noch ist seltsam«, sagte Pia. »Charlotte Frankh scheint eine Katze besessen zu haben. Katzenkorb, Kratzbaum, Katzenklo, alles ist da. Nur die Katze ist verschwunden.«

»Vielleicht streunt sie draußen herum. Manche Leute holen ihre Katze nur zum Füttern in die Wohnung.« Vor der Hausnummer 35 hielt Brasch an. »Ich melde mich später noch einmal«, sagte er in das Funktelefon hinein, ohne eine Antwort Pias abzuwarten.

Es war ein weiß getünchtes, stolzes Haus mit großen, mächtigen Fenstern. Seht her, schien das Haus zu sagen, Marienburg ist Kölns vornehmster Stadtteil. Hier wohnen wichtige, wohlhabende Leute; Leute, die es sich leisten können, mich gut zu behandeln.

Vor dem Haus wachten ein kleiner BMW, ein silberner Mercedes und ein schwarzer Volvo-Kombi, alle drei mit einem Hochglanz-Abonnement aus der Waschanlage. Unter dem Schild *Keine Werbung* waren auf dem Klingelknopf drei Namen aufgeführt. Stocker wohnte in der dritten Etage.

Es dauerte ein paar Momente, bis die Gegensprechanlage ansprang.

»Ja, bitte?« Eine kühle, herablassende Stimme. Wenn jemand gegen ein Uhr mittags an einem solchen Haus klingelte, konnte er nur eine Belästigung darstellen.

»Brasch, Kriminalpolizei Köln. Herr Stocker, ich muss Sie in einer dringenden Angelegenheit sprechen.«

»Herr Stocker ist nicht da.« Die Stimme klang jetzt schnell und ärgerlich.

»Mit wem spreche ich dann?«

»Der Sohn.«

»Dann möchte ich Ihnen einige Fragen stellen.«

»Ich glaube nicht, dass ich Ihnen irgendwie helfen ...« Die Stimme unterbrach sich, und Brasch hörte eine zweite, undeutliche Stimme im Hintergrund. Im nächsten Augenblick wurde ihm aufgedrückt.

Ein sanfter, chromblitzender Fahrstuhl trug Brasch in die dritte Etage hinauf. Ein großer, blank geputzter Spiegel an der Rückfront riet jedem noch einmal, sein Aussehen zu überprüfen, bevor er ausstieg. Saß das Haar richtig? War die Rasur korrekt? Peinliche Schuppen auf dem Revers? Von vornehmen Arztpraxen und teuren Anwaltskanzleien kannte Brasch solche einschüchternden Fahrstühle.

Als die Fahrstuhltür aufglitt, stand Brasch einem Pferd gegenüber. Ein Anblick, der irritierte und der zweifelsfrei auch darauf angelegt war: Ein weißes Pferd segelte über ein Hindernis in den blauen Himmel hinein. Der rote Rock der blonden Reiterin bauschte sich, als wären es Flügel, als wäre sie es, die das Pferd mit sich in den Himmel zog. Wie bei den Impressionisten alter Schule schienen sich Pferd und Reiterin nur aus vielen grellen Farbtupfern zusammenzusetzen. Ein magisches, eindringliches Gemälde.

»Kommen Sie.« Ein Stück links stand der Sohn in der Tür. Wenn man Kafkas Hungerkünstler auf die Bühne bringen wollte, wäre er die Idealbesetzung gewesen, auch wenn er ein paar Jahre zu jung sein mochte. Sein Hemd und seine Hose schlotterten ihm um den Körper, als hätte er die Hoffnung, in sie hineinzuwachsen, noch nicht ganz aufgegeben. Sein Haar hatte er unter einer Wollmütze verborgen, wie es bei Jugendlichen in Mode gekommen war; vereinzelte dunkle Bartstoppeln zogen sich um seinen ernsten Mund, und ein Paar düstere Augen sagte: Ich bin zu allem entschlossen, vor allem zum Unglücklichsein. So einem melancholischen Jungen, dachte Brasch, wären in meiner Schulzeit alle Mädchen der Stadt nachgelaufen, aber möglicherweise hatten die Zeiten sich geändert.

Brasch beschloss, es auf die freundliche Tour zu versuchen. Lächelnd zog er seine Polizeimarke hervor. »Sie sind der Sohn von Herrn Stocker?«

Der Junge erwiderte das Lächeln nicht. »Das wird wohl so sein«, sagte er und schaute beharrlich an Brasch vorbei.

»Und Sie können mir sagen, wo Ihr Vater zu erreichen ist?« Jetzt erst bemerkte Brasch, dass irgendwo in der Wohnung Rockmusik dröhnte. Ein schrilles E-Gitarren-Konzert, gegen das ein Sänger vergeblich, aber mit gesunder Beharrlichkeit anschrie.

»Ich weiß nicht ...« Der Junge zuckte mit den Schultern. »Kann sein, dass er ...«

»Er ist auf dem Trainingsplatz«, sagte eine andere Stimme. Eine Frau war aus einer Tür getreten, die sich direkt neben dem Eingang befinden musste. Lautlos war sie herangeschwebt. Ordentliche Hausfrauen stellte man sich anders vor. Sie mochte auf kürzestem Weg auf die fünfzig zugehen. Ihr Haar war weiß und filzig, und sie trug einen gelben Kimono. In der Hand hielt sie eine Sonnenbrille, die sie offenbar gerade abgenommen hatte, um ihren Besucher zu mustern. Brasch meinte zu erkennen, dass sie unter ihrem Kimono nackt war, auch wenn sich keine Konturen ihres Körpers erahnen ließen.

»Thomas, du musst freundlicher zur Polizei sein«, sagte sie zu dem Jungen und tippte ihn mit ihrer Sonnenbrille an. Dann wandte sie sich Brasch zu. Ein seltsamer

Glanz wie bei Menschen, die eine lange und intensive Vorliebe für Marihuana hegten, lag in ihren blauen Augen. So, dachte Brasch, müssen sich die Menschen früher die weiße Frau vorgestellt haben, die über Friedhöfe geisterte, geheime Zauber wirkte und sich nachts in ihre Träume schlich.

»Mein Mann schaut sich das Training vom FC an. Fußball, müssen Sie wissen, ist nämlich das Wichtigste für ihn«, fügte sie hinzu.

»Ihr Mann war heute nicht in der Schule«, sagte Brasch.

»Kommt deswegen neuerdings die Polizei?« Ironie gehörte also auch ins Repertoire der weißen Frau.

»Nur wenn an der Schule Ihres Mannes eine Kollegin ermordet worden ist.«

Sie zuckte zusammen, fragte aber nichts, sondern zögerte nur kurz mit ihrer Entgegnung. »Mein Mann hat eine schwere Gastritis. Auf Deutsch Magenschleimhautentzündung. Da tut es ihm gut, sich ein wenig abzulenken.«

Der Junge stand die ganze Zeit wortlos da. Hohlwangig starrte er vor sich hin. Obschon er seine Mutter fast um einen Kopf überragte, schien er sich neben ihr kleiner machen zu wollen. Schämte er sich für sie? Für ihren Auftritt, der sie wie eine schlampige Schauspielerin wirken ließ, die ihre guten Tage längst hinter sich hatte und ihre schlechten im Bett verbrachte?

»Haben Sie Frau Charlotte Frankh gekannt?«, fragte Brasch.

Langsam, als müsse sie für einen Moment nach innen gucken, in eine andere, buntere Welt, schloss die Frau die Augen. »Nein, ich glaube nicht«, sagte sie flüsternd. »Ich kenne die Kollegen meines Mannes schon lange nicht mehr.« Wie eine Kranke, die nur für einen kurzen, lichten Augenblick ihr Leiden vergessen hatte, drehte sie sich um und schritt in die Wohnung zurück.

Der bleiche Junge schaute Brasch stumm an. In der Pose eines zu schmächtig geratenen Bodyguards stand er da, das Gesicht reglos, die Hände vor der Brust verschränkt. Dann nickte er und folgte seiner Mutter in die dunkle Höhle der Wohnung. Leise schloss sich die Tür.

3

Brasch entdeckte Stocker sofort, als er sich dem FC-Platz näherte. Er trug einen langen, schwarzen Ledermantel und stand ein Stück abseits von den anderen, ungefähr fünfzig älteren Männern, die das Training beobachteten. Ein paar Rentner hatten sogar einen Tisch aufgebaut, an dem sie Karten spielten. Man hätte beinahe meinen können, Stocker wäre einer der Trainer des Clubs; aufmerksam, mit ernster Miene verfolgte er, wie ein paar Spieler abwechselnd Bälle vors Tor schlugen, die der Mittelstürmer, der sich am Elfmeterpunkt postiert hatte, einköpfen sollte. Brasch verstand nicht viel von Fußball. Der FC Köln war keine Spitzenmannschaft; so viel wusste er immerhin.

»Sieh dir das an, dieser Versager bringt keinen Ball ins Tor.« Verächtlich breitete Stocker die Hände aus, als er Brasch neben sich bemerkte. Offenbar gehörte es hier zum guten Ton, dass man sich oder irgendjemandem, der sich näherte, seinen Eindruck vom Zustand der Mannschaft zurief.

Eine leichte, lockere Erwiderung lag Brasch auf den Lippen, die das weitere Gespräch freundlich gestimmt hätte, aber da wandte Stocker sich zu ihm um. Es war eine sorglose, fließende Bewegung, die keine Gefahr signalisierte, kein drohender Schlag, kein Griff nach einer Waffe, und doch zuckte Brasch zusammen. Ein langer, schriller Ton Einsamkeit entstand in seinem Kopf. Jetzt erst erkannte er, wen er vor sich hatte. Stocker sah gut aus, er hatte längeres, lockiges Haar, das an den richtigen Stellen grau wurde, einen gepflegten, ewigen Dreitagebart und wache blaue Augen. Brasch hatte ihn bei seinem zweiten heimlichen Besuch an der Schule gesehen. Stocker hatte Leonie nicht nur zu ihrem Volvo begleitet, wie ein harmloser Kollege es tun mochte, sondern ihr auch ein anderes, heiteres Lachen abgewonnen.

»Alles klar?«, fragte Stocker. Er lächelte ein wenig gönnerhaft, und kleine, selbstsichere Fältchen nisteten sich um seine Augen ein.

Brasch nickte wortlos. Dann zog er seine Polizeimarke hervor, eine offizielle Geste, die ihm Sicherheit verlieh. »Brasch, Kripo Köln. Sie sind Herr Stocker?«

Stocker reagierte nicht sofort; es sah so aus, als sei ihm sein überlegenes Lächeln so lieb geworden, dass er sich nur ungern davon trennte. »Was wollen Sie?«, fragte er dann und griff nach einem Zigarillo, das er sich in den Mundwinkel schob. »Ist etwas mit meiner Frau?«

Brasch kannte diese Stimmungswechsel, die seine kleine Polizeimarke auch bei den scheinbar selbstsicheren Zeitgenossen hervorrief. »Ihrer Frau geht es gut. Sie hat mir den Tipp gegeben, Sie hier zu suchen. Ich ermittle wegen des Mordes an Frau Charlotte Frankh.« Der letzte Satz war eine Rücksichtslosigkeit, die Brasch sich für gewöhnlich nicht erlaubte.

Das Zigarillo in Stockers Mund wartete vergeblich auf Feuer. »Nein«, sagte er leise und wandte den Blick ab. Offenbar war diese Nachricht wirklich eine Neuigkeit für ihn. Kein Hausmeister, kein geschätzter Kollege hatte ihn eingeweiht, auch Leonie nicht. »Nein, das kann nicht sein.«

»Frau Frankh ist am späten Abend von einem noch unbekannten Täter getötet worden.«

Das Entsetzen in Stockers Augen war echt; daran hatte Brasch keinen Zweifel. In einem solchen Moment des Schreckens verschwinden Schatten und Verstellung, da kann man einem Menschen bis tief ins Innere sehen. Leider währte dieser Moment nur Sekundenbruchteile.

»Der Direktor Ihrer Schule, Herr Grupe, gab mir den Hinweis, dass Sie uns möglicherweise mehr über die Ermordete sagen können, über ihre Freunde, was sie in ihrer Freizeit getan hat. Jede Kleinigkeit könnte wichtig sein, um den Täter zu finden.«

»Wie kann Grupe so etwas behaupten!« Das Zigarillo bekam doch das ersehnte Feuer. Stocker fasste sich wieder, als hätte der Name »Grupe« ihn in eine andere, nüchterne Wirklichkeit zurückgeführt. »Wo ist Charlotte ermordet worden? In ihrer Wohnung?«

»Sie wurde an Ihrer Schule gefunden.«

Stocker nahm einen tiefen nachdenklichen Zug aus seinem Zigarillo und blickte hinter sich auf den Trainingsplatz. Die Spieler machten nun ein Übungsspiel auf zwei winzige Metalltore. Sie lärmten und jubelten laut, wenn jemand ein Tor geschossen hatte.

»Charlotte und ich waren befreundet; wie gute Kollegen. An einer Schule, an der die meisten Lehrer kurz vor der Pensionierung stehen, gibt es für eine junge Frau nicht viele Kollegen, an die sie sich wenden kann. Ich habe Charlotte geholfen, sich ein wenig zurechtzufinden. Sie war eine begabte Lehrerin.«

Stocker hatte eine schöne, sonore Stimme. So eine Stimme konnte Kinder in den Schlaf singen oder Frauen zu bunten Träumen verführen.

»Haben Sie Frau Frankh auch privat getroffen?«
Brasch bemerkte, wie Stockers Zigarillo in seinem Mund einmal nervös auf und ab wippte. Aber ansonsten leistete er sich kein Zeichen von Unsicherheit.

»Hat Grupe das gesagt? Ja, ich habe Charlotte ein paar Mal getroffen. Sie hat sich für Fußball interessiert.«

»Sie haben sich gemeinsam Fußballspiele angesehen?«

Stocker nickte. Er warf das Zigarillo vor sich in den Sand und schien zu beobachten, wie es langsam erlosch. Alles würde man ihm zutrauen; dass er durch Bars und Nachtclubs tourte und fröhliche Champagnerbäder nahm, aber nicht, dass er mit einer schönen, jungen Frau zu einem Fußballspiel ging und sie anschließend wieder brav vor der Haustür absetzte.

Als Stocker wieder aufblickte, stand ein anderer Ausdruck in seinen Augen: kein Schrecken mehr, sondern hartes, forschendes Interesse. So schauten Lehrer Schüler an, die etwas ausgefressen hatten. »Gibt es schon eine Spur? Wissen Sie schon, wer es getan haben könnte?«

»Noch nicht«, erwiderte Brasch.

»Aber Sie sind sicher, dass es kein zufälliger Mord war? Ein versuchter Raub vielleicht?« Stockers Stimme klang plötzlich eine Spur zu drängend; wie es oft geschah, wenn sich hinter einer Frage hundert andere versteckten.

»Die Ermittlungen stehen noch ganz am Anfang«, sagte Brasch. »Zuerst einmal müssen wir wissen, was Ihre Kollegin so spät am Abend an der Schule gemacht hat.« Er hätte am liebsten die Augen für einen Moment geschlossen. Wieder spürte er die Müdigkeit nach der schlaflosen Nacht. »Wussten Sie, dass Charlotte Frankh während ihres Studiums in einer Bar gearbeitet hat?«

»Ja. Sie hat es einmal erwähnt.« Stocker nickte langsam, als fiele es ihm schwer, sich zu erinnern, oder als würde er über etwas ganz anderes nachdenken.

»Was genau hat sie Ihnen darüber erzählt?«

Stocker blickte auf. Er lächelte; es war ein spöttisches, völlig unpassendes Lächeln. »Wollen Sie das wirklich wissen, Herr Kommissar? Sie hat mir erzählt, wie plump und dumm Männer Frauen behandeln; dass Männer immer nur reden und reden, niemals zuhören, dass sie eigentlich immer alles falsch machen.«

Ein kaltes, graues Gefühl erwischte Brasch und grub sich ihm in den Magen. Stocker hatte ihn auch erkannt. Stocker wusste längst, dass er der Mann war, den Leonie verlassen hatte.

»Aber sie hat Ihnen gegenüber keine Namen erwähnt – von Männern aus der Bar, einem alten Liebhaber, von dem sie sich getrennt hat, mit dem sie vielleicht Ärger hatte?«

Stocker schüttelte den Kopf. »Sie hat mir nichts erzählt. Und ich habe sie in der letzten Zeit auch selten gesprochen.«

Die Fußballspieler verließen nun den Platz. Mit gesenkten Köpfen, wie Männer nach einer harten ungeliebten Arbeit, gingen sie vom Rasen. Auch die Rentner hatten ihren Kartentisch abgebaut und begannen, sich zu zerstreuen. Die unvermittelte Stille kam Brasch einen Moment so nahe, dass er den Wind in den Bäumen hören konnte.

»Ich komme beinahe jeden Tag hierher«, sagte Stocker. Er hob die Hände, als stände er an der Tafel einer aufmerksamen Klasse gegenüber und müsste etwas erklären. »Fußball ist die großartigste Sache, die man sich denken kann. Im Spiel vergisst der Mensch sich selbst, seine

Schwere, seine Verzagtheit, da wird er wieder zu einem heiteren Kind. Deswegen spielen wir so gerne. Wer will nicht wieder ein sorgloses, heiteres Kind sein? Früher war ich selbst ein guter Spieler, habe in der ersten Amateurklasse gespielt, und mein Sohn ... er hätte es bis in die Bundesliga bringen können.«

Wer kann das Entsetzen eines Menschen abschätzen? Es fliegt bei einer düsteren Nachricht heran, aber genauso schnell kann es auch wieder verschwinden. Ein Blick über den holprigen, zertretenen Rasen schien auszureichen, und schon hatte Stocker den Mord an seiner Kollegin als störende Erinnerung abgespeichert.

Eine Sekunde lang war Brasch versucht, nach Leonie zu fragen; wie oft sah Stocker Leonie, was redeten sie zusammen? Aber dann streckte er Stocker nur seine Hand zum Abschied entgegen. Stockers Händedruck war hart und knapp.

»Wie geht es eigentlich Ihrem Magen?«, fragte Brasch, als er sich schon halb umgedreht hatte.

»Meinem Magen?«

»Ihre Frau sagte mir, dass Sie an einer Gastritis leiden.«

Stocker nickte und legte sich tatsächlich eine Hand auf seinen Bauch. »Es ging mir schon besser«, sagte er. »Bis zu dem Moment, als Sie hier aufgetaucht sind.«

Solche Wünsche treiben aus dem Nichts heran, ungebeten aus dem Nichts, von dem das eigene Herz so voll ist. Komm, Leonie, setz dich ans Klavier, spiele ein altes Lied, drehe dich zu mir um und lächle mich heran. Und ich stelle mich neben dich, lege meine Hand auf deine Schulter, und ich sehe deinen Händen zu, wie sie über die Tasten gleiten. Deine Hände sind in Wahrheit kleine wieselflinke Schlittschuhläufer, die tanzend Töne in den Himmel werfen. Und für einen kurzen Moment wird unser Leben wie ein schöner, klarer Song; wir rufen Geigen auf uns herab, Refrains von einer Liebe mit Happy-End-Garantie, und wir wissen gar nicht mehr, was Einsamkeit ist.

Brasch war so müde, dass er den Wagen startete, aber nicht wegfuhr, sondern nur seinen Kopf auf das Lenkrad legte. Er dachte an den Satz, mit dem er Leonie damals nach ihrer ersten Begegnung gewonnen hatte: Komm, ich will dir Glück bringen. Aber das war eine Ewigkeit her, und den Satz hatte er schon beinahe vergessen gehabt. Polizisten sagten solche Sätze nicht, aber Polizisten hatten auch keinen Liebeskummer. Sie riefen nicht fünfmal am Tag in ihrer eigenen Wohnung an, in der Hoffnung, dass jemand abnahm, und sie redeten nicht mit Fotografien, die sie in einem zerschlissenen Portemonnaie mit sich herumschleppten.

Erst als ein alter Mann mit seinem Gehstock gegen die Autoscheibe schlug, »Luftverpester« schrie und mit der Polizei drohte, schreckte Brasch wieder auf. Im nächsten Moment klingelte das Telefon.

Es war Pia, aber sie meldete sich nicht auf ihre gewöhnliche, gleichgültige Art. Keuchend, als hätte sie einen harten Tausendmeterlauf hinter sich, nannte sie ihren Namen.

»Was ist los?« Brasch war sofort alarmiert. »Bist du noch immer in der Wohnung der Toten?«

»Ich habe hier jemanden ...« Pia atmete schwer ein und aus, dann rief sie: »He, wie nennt man jemanden wie dich?« Im Hintergrund war ein Würgen und Husten zu hören, einen Moment später schien ein schwerer Gegenstand zu Boden zu fallen.

»Pia!« Brasch drehte den Zündschlüssel herum und startete.

»Scheißkerl nennt man so jemanden.« Pia bekam ihre Atmung allmählich wieder unter Kontrolle. »Oder kleiner, mieser Einbrecher.«

»Was genau ist passiert?« Der Motor heulte auf, und Brasch steuerte den Wagen vom Parkplatz auf den Waldweg in Richtung Hauptstraße.

»So ein kleiner Widerling hat versucht, die Balkontür aufzubrechen. Als ich ihn mir gegriffen habe, ist er mit einem Schraubenzieher auf mich losgegangen. Ich glaube, er hat mir sogar ins Ohr gebissen.« Pia stöhnte einmal kurz auf, aber Brasch ahnte, dass ihr bereits wieder ein spöttisches Lächeln gelang.

»Alles in Ordnung?«

»Der Scheißkerl sitzt mit Handschellen an die Heizung gekettet da und darf ein Dankgebet sprechen, dass ich ihm nicht sämtliche Rippen gebrochen habe.« Pias Stimme hatte ihre alte Sicherheit wiedergewonnen. Brasch bog auf den Militärring ein und gab Gas.

4

Er hockte vor der Heizung und machte sich ganz klein. Ein hübsches Bürschchen mit himmelblauen Augen und Gel in den modisch kurzen, schwarzen Haaren. So einer, der auch mitten im Winter eine coole Sonnenbrille trug, um die Leute in seiner Nähe besser abchecken zu können. Nur als Einbrecher war er ein völliger Versager.

»Hast du einen Namen?«, fragte Brasch und zog sich einen Stuhl heran, doch das Bürschchen blickte nicht einmal auf.

»Er hat keinen Namen«, sagte Pia. Sie saß auf dem hellen Wohnzimmertisch und schälte eine Apfelsine. Ihr war nicht mehr anzusehen, dass der Junge auf sie losgegangen war. »Hat auch keine Papiere bei sich.«

Charlotte Frankh hatte offenbar eine gewisse Vorliebe für die Farbe Blau gehabt. Blauer Teppich, ein großes blaues Ledersofa, zwei dazu passende blaue Ledersessel, und an der Wand hing ein Bild, das offenbar ein schäumendes Meer darstellte, das im blauen Nirgendwo endete. Einzig die Regale waren aus Chrom. Aber auch da standen neben etlichen Büchern blaue Vasen und Tassen. Spuren von Leonie konnte Brasch nicht entdecken, kein liegen gelassenes Kleidungsstück, kein Buch oder eine Zeitschrift, die ihre Anwesenheit verriet. Nur einen vagen Hauch ihres Parfüms hatte er beim Eintreten in die Wohnung wahrzunehmen geglaubt.

»Also, was wolltest du hier?« Brasch legte dem Bürschchen eine Hand auf die Schulter. Er spürte, wie der Junge zusammenzuckte. Dann blickte er doch auf. Pia hatte keine halben Sachen gemacht. Die rechte Wange des Jungen war übel angeschwollen. In seinen Augen stand die nackte, wilde Angst, als wäre er nicht vertrauenswürdigen deutschen Polizisten, sondern einem Stamm Eingeborener in die Hände gefallen, die ihn schrecklich foltern oder zumindest über dem offenen Feuer rösten würden.

»Ich wollte die Briefe wiederhaben.« Seine Worte kamen so leise und abgehackt heraus, dass sie kaum zu verstehen waren.

»Wie alt bist du?«

»Siebzehn.« Der Junge hatte seinen Kopf wieder auf die Knie gelegt. »Fast siebzehn.«

»Du hast Frau Frankh Briefe geschrieben? Warst du einer ihrer Schüler?«

Das Bürschchen nickte langsam.

»Und du warst in sie verliebt?«

Wieder nickte der Junge, diesmal noch zögernder. Pia steckte sich das letzte Stück Apfelsine in den Mund und zog die Augenbrauen in die Höhe. Brasch hätte beinahe gelacht. Das gab es also immer noch, dass sich halbwüchsige Jungen in ihre Lehrerin verliebten. Er stand auf, nahm Pia wortlos den Schlüssel für die Handschellen ab und befreite den Jungen.

»Dieser dumme Einbruch und dein Angriff auf meine Kollegin bedeuten, dass wir ein Ermittlungsverfahren gegen dich einleiten müssen«, sagte Brasch mit ruhiger Stimme. »Das ist eine ernste Angelegenheit, aber vielleicht können wir noch einmal davon absehen, wenn du uns ein wenig von dir und deiner Lehrerin erzählst.«

»Sie war die wunderbarste Frau, die ich jemals gesehen habe. Wenn sie lachte, war es, als berührte sie einen, als würde sie einem die Hand auflegen.« So redete für gewöhnlich kein Siebzehnjähriger. Mit seiner leisen, angestrengten Stimme klang der Junge wie ein alter Mann, der sich an die Frauen seines langen Lebens erinnerte.

Brasch kannte diese Sehnsucht. Leonie hatte meistens lautlos gelacht, mit ihren braunen Augen, in denen ein helles Licht glänzte. Manchmal hatte er gemeint, ihre Augen leuchteten auch im Dunkeln, als wäre sie in Wahrheit eine schwarze, ungezähmte Katze, die irgendein Zauberspruch in eine schöne, schweigsame Frau verwandelt hatte.

»Sie hat sehr viel gelacht«, fuhr der Junge fort. »Oft mitten im Unterricht, einfach so, als wäre ihr etwas eingefallen. Fast jeder war in sie verliebt. Da war ich nicht der Einzige.«

Pia verhielt sich ganz still, aber nicht weil sie aufmerksam zuhörte, sondern weil sie sich zu langweilen schien. Geschichten von Sehnsucht und Liebe waren nichts für sie.

»Waren auch die Lehrer in Frau Frankh verliebt?«, fragte Brasch.

Der Junge taute allmählich auf. Er hatte sich ein wenig bequemer hingesetzt und schaute Brasch an. Es tat ihm offenbar gut, an Charlotte Frankh zu denken.

»Besonders die Lehrer. Jeden Tag konnte man beobachten, wie sie um Frau Frankh herumturtelten. Sie versuchten, Witze zu machen oder sie morgens an ihrem Auto abzupassen. Es war, als hätte man einen großen Stein in brackiges Wasser geworfen. Plötzlich war Leben an unserer Schule. Im Grunde verhielten sie sich alle ziemlich lächerlich.«

»Wer stand Frau Frankh besonders nahe? Stocker?«
»Nein. Stocker nicht.« Der Junge geriet in Bewegung. Er fuhr sich mit seinen schlanken Fingern durchs Haar, eine kokette, oft kopierte Geste, mit der er vor allem sich selbst beeindrucken wollte: Hallo, ich bin auf dem Rückweg in ein schönes, friedliches Land, das Selbstsicherheit heißt. Zum ersten Mal wagte er auch Pia anzusehen, aber sie rührte sich nicht. Solche Blicke perlten an ihr ab.
»Stocker war der Einzige, der das ganze Theater nicht mitmachte. Er ist stur. Er kümmert sich nur um Dinge, die ihn interessieren.«

Schade, dachte Brasch. Stocker war klammheimlich auf die Liste der Verdächtigen geraten.

»Hast du dich einmal mit deiner Lehrerin getroffen?«

Der Junge senkte den Kopf und nickte, ohne etwas zu sagen. Jetzt musste er wieder den Rückzug in ein Land antreten, das Verlegenheit hieß und in dem es eng und unbequem war.

»Oft?«

»Nur einmal. In einem Café, für eine halbe Stunde. Da hat sie wie zu einem Kind mit mir geredet. Ich wäre lieb und nett, aber eine Lehrerin dürfe sich niemals mit einem Schüler einlassen. Unter keinen Umständen. Außerdem gäbe es doch so viele hübsche, gleichaltrige Mädchen.«

»Und was hast du ihr in deinen Briefen geschrieben?«

»Nichts Besonderes.« Leise und schwer klang die Stimme des Jungen. Für einen Moment schien es, als wollte er noch etwas sagen, eine Erklärung abgeben, aber dann legte er wieder seinen Kopf auf die Knie und ließ die Stille für sich reden.

Pia lachte höhnisch auf. Sie war zum Fenster gegangen und untersuchte den leeren Katzenkorb, der da stand.

»Und wegen solch belangloser Briefe brichst du hier ein und gehst mit einem Schraubenzieher auf mich los?«

Der Junge tat, als wäre Pia gar nicht mehr da. Ganz langsam und vorsichtig, wie auf einem schwankenden Schiff, erhob er sich. Dann, als er meinte, dass er auf seinen zwei Beinen stehen konnte, starrte er Brasch an. »Ich würde jetzt gerne nach Hause gehen«, sagte er kaum hörbar.

Pia strich sich durch ihr kurzes, blondes Haar und lachte wieder. »Aber bevor du brav nach Hause gehst, musst du uns deinen Namen verraten. Wir führen nämlich Buch über jeden Einbrecher, und damit da nichts durcheinanderkommt, würden wir dich gerne auf die Reserveliste von Verdächtigen setzen.«

Der Junge strich sich über seine Hose, als hätte er im dicksten Staub gelegen und müsste sich säubern. Erst jetzt bemerkte Brasch, wie groß er in Wahrheit war. Ein schmuckes Riesenbaby in Designerklamotten. Pia war gut in Form, wenn sie ihn so schnell an die Kette legen konnte.

Ein paar Sekunden lang reagierte der Junge nicht, sondern blickte sehnsüchtig zur Balkontür, offenbar um die Chance einer schnellen Flucht zu erwägen. Die Chancen standen nicht gut. Auch Pia hatte seinen Blick bemerkt. »Mein Name ist Frank Grupe«, sagte das Bürschchen mit fester Stimme.

»Der Sohn von Direktor Grupe?« Manch kleine Überraschung konnte wirklich als gelungen gelten.

Zum ersten Mal lächelte der Junge. »Ich wusste, dass Sie so etwas denken würden. Direktor Grupe hat keine Kinder, er ist mein Onkel.«

»War Ihr Onkel auch in Frau Frankh verliebt?« Brasch

bemerkte, dass er vom Du zum Sie gewechselt war, ohne dass er genau wusste, warum. Vielleicht, weil der Junge auf einmal einer ehrbaren Familie angehörte, deren Mitglieder man unwillkürlich siezte.

»Mein Onkel«, erwiderte der Junge ernst, »war noch nie in einen Menschen verliebt. Mein Onkel ist ein Alien, er ist gar nicht von dieser Welt.«

»Aber auch wenn Ihr Onkel nicht von dieser Welt ist, hat er trotzdem einen Vornamen.«

Wieder verzog sich das ramponierte Gesicht des Jungen zu einem Lächeln. »GG«, sagte er, »steht für Georg Grupe. Darf ich jetzt gehen?«

Einmal hatten sie sich unter Wasser geliebt. Nach Mitternacht, als er aus dem Präsidium gekommen war, waren sie zum Fühlinger See gefahren. Die Nacht war beinahe vollkommen reglos gewesen; Grillen hatten gezirpt, und manchmal hatten sie vom anderen Ufer helle Stimmen hören können. Wie zwei Ertrinkende hatten sie sich umklammert, und dann war das Wasser über ihnen zusammengeschlagen. Sekundenlang hatten sie mit angehaltenem Atem in der Dunkelheit geschwebt. Nie war Leonie ihm so warm und lebendig vorgekommen; er spürte, wie ihr Herz heftig gegen seines schlug, und bewegte sich ganz langsam in ihr.

Viel später hatte sich eine dumpfe Müdigkeit in sein Leben geschlichen. Zuerst hatte Brasch es nicht bemerkt. Leonie hatte von einem Kind geredet, das sie von ihm haben wollte, aber wenn er ehrlich war, hatte er ihr gar nicht zugehört. Was sollte er mit einem Kind anfangen? Er war bei der Mordkommission; manchmal arbeitete er zwanzig Stunden am Tag. Die Müdigkeit hatte sich wie Gift in ihm ausgebreitet. Wie schafft man es, dass einem das Herz leichter wird? Die meisten Männer wissen so etwas nicht, sie kennen sich mit Computern, Ottomotoren und Steuererklärungen aus, aber von ihrem Herzen verstehen sie weniger als nichts. Leonie war eine Zauberin gewesen; sie hatte ein wenig Leichtigkeit in sein Leben gebracht. Am besten hatte es Brasch gefallen, wenn er sich in ihren dunklen Augen wiedergefunden hatte, zwei helle Punkte, die in ihren Pupillen funkelten. Oder wenn er an einem Sonntagmorgen neben ihr aufgewacht war; er hatte sie leise atmen gehört und im Zwielicht ihr schlafendes Gesicht beobachtet. Mehr als alles andere auf der Welt fehlte ihm nun dieses kleine, beinahe alltägliche Glück. Er fühlte sich krank, krank und fiebrig vor Sehnsucht – und er wusste, dass er keine gute Arbeit mehr leistete. Er war drauf und dran, auch als Polizist zu versagen.

Mehler erwartete ihn im Präsidium, doch Brasch hatte an einer Kaffeebude Halt gemacht. Ein paar Männer in orangefarbenen Uniformen standen schweigend da und leiteten mit Kaffee und Schnaps ihren Feierabend ein. Hinter dem Tresen hantierte ein farbiger Junge, dem offenbar sein Kälteempfinden abhanden gekommen war. Er trug ein leichtes, beinahe durchsichtiges T-Shirt und eine dicke 1.-FC-Köln-Pudelmütze. Aber sein Kaffee schmeckte schwer und süß, als hätte er ihn eigenhändig in den Anden gepflückt. Und sein perlweißes Lachen gab es kostenlos dazu.

Brasch versuchte nicht mehr an Leonie zu denken, sondern an die ermordete Charlotte Frankh. Pia war in der Wohnung der Toten zurückgeblieben. Der Junge hatte ihren Ehrgeiz angestachelt; sie wollte unbedingt seine Briefe finden und lesen. Als Mörder schied er vermutlich aus; er hatte kein ausreichendes Motiv und auch nicht die Nerven, seine geliebte Lehrerin in der Nacht zu ihrer Schule zu locken und sie hinterrücks zu töten.

Der Kaffee tat Brasch gut. Er brachte ihn dazu, die Augen zu schließen und ein paar Mal tief ein- und auszuatmen, ohne dass gleich Leonie in der Dunkelheit heranflog. Es gab einen alten kriminalistischen Grundsatz: Wenn man das Motiv hat, hat man auch den Mörder. Wo also war das Motiv? Charlotte Frankh war eine attraktive, lebenslustige Frau, die offenbar einigen Männern gehörig den Kopf verdreht hatte. Aber einen festen Freund schien sie nicht gehabt zu haben, keinen, der seine Zahnbürste neben ihre stellte und sie in teure Restaurants ausführte. Und doch war es bei ihrer Schönheit kaum vorstellbar, dass sie keinen Liebhaber hatte. Es sei denn, sie hätte sich mehr an das eigene Geschlecht gehalten oder in einer besonders intensiven Beziehung zu den Grundsätzen der katholischen Kirche gestanden. Beides war wenig wahrscheinlich. Wer konnte von ihren Geheimnissen wissen? Leonie, dachte Brasch mit einer gewissen Resignation, schon wieder waren seine Gedanken bei Leonie angekommen.

»Sie sehen einsam aus«, sagte eine Stimme neben ihm. Brasch zuckte zusammen. Ein roter Schatten legte sich über ihn und berührte ihn an der Schulter. Der Schatten hatte ein paar Millionen Sommersprossen und einen Namen. »Sie achten zu wenig auf sich. Auch Polizisten müssen auf sich Acht geben.« Ina winkte den farbigen Jungen hinter der Theke heran und bestellte einen Milchkaffee.

»Was tun Sie hier?«, fragte Brasch. Er klang noch elender, als er sich fühlte. »Verfolgen Sie mich?«

Ina lächelte. Gab es eine Schule des Lächelns, wo man lernte, auf tausendundeine Art zu lächeln? Wenn ja, war

Ina dort eine Musterschülerin gewesen. »Ich glaube, ich habe ein paar interessante Neuigkeiten für Sie.«

»Wahrscheinlich wissen Sie längst, wer Charlotte Frankh ermordet hat, und lassen uns noch ein wenig herumraten, bevor Sie uns auf die richtige Spur bringen.«

»Ich habe ein paar Erklärungen über die Bar eingezogen, in der Charlotte Frankh zuletzt gearbeitet hat. Haben Sie in ihrer Wohnung Drogen gefunden?« Der farbige Junge hinter dem Tresen reichte Ina mit einer galanten Verbeugung ihren Kaffee. Für schöne Frauen hatte er also noch einen Extraservice auf Lager.

»Wieso sollten wir Drogen gefunden haben?«

»Die Bar heißt Herz & Schmerz – ein wunderbarer Name, finden Sie nicht? Wie man hört, wechselt da schon mal das eine oder andere Gramm Kokain seinen Besitzer.«

»Sie erfinden schöne Geschichten«, sagte Brasch. Irgendwo hinter der Theke entdeckte er in einem Spiegel sein abweisendes Gesicht. »Könnte auch eine großartige Schlagzeile abgeben: ›Ermordete Lehrerin war der Kopf einer Drogenbande. Ermittlungen des *Stadtanzeigers* brachten Polizei auf die richtige Spur.‹ Nur hat das mit der Wahrheit nichts zu tun. Die Tote war seit über drei Jahren kein Barmädchen mehr, sondern eine zuverlässige, pünktliche Lehrerin an einer deutschen Schule.«

Ina antwortete nicht sofort. Genießerisch nippte sie an ihrem Milchkaffee. »Köstlich!«, rief sie dem Jungen zu, der mit einem weißen Lächeln und einer Verbeugung antwortete. Dann wandte sie sich mit ernstem Gesicht Brasch zu. »Die Polizei hat offenbar von gewissen Dingen keine Ahnung. Charlotte Frankh hat sich auch später noch häufiger in der Bar aufgehalten, manchmal allein, manchmal war sie in Begleitung.«

»Woher wissen Sie das?«

Verschwörerisch beugte Ina sich vor. Ein feuchter, roter Glanz lag auf ihren Lippen. »Erwähnte ich nicht bereits, dass ich ein Herz für traurige Polizisten habe?«, sagte sie mit halber Ironie. »Und deshalb habe ich ein wenig recherchiert. Ich kenne eine Frau, die schon seit Jahren in dieser Bar arbeitet. Und die Kleine habe ich heute Nachmittag um ihren wohlverdienten Schönheitsschlaf gebracht. Man erwartet uns bereits.« Eine grüne Banknote segelte auf den Tresen und lockte den farbigen Jungen heran. Mit einem freundlichen Nicken verabschiedete Ina sich von ihm.

Brasch blickte ihr nach. Es gab eine Schönheit, die ihn betörte und gleichzeitig erstaunlich kalt ließ. Ina war eine solche Schönheit. Vielleicht weil sie zu vollkommen war, weil sie keine Wärme versprach. Erst als sie sich umdrehte und ihn herausfordernd anschaute, begriff Brasch, dass sie tatsächlich auf ihn wartete.

Er wollte ihr nachfahren, doch Ina hatte wieder einmal eigene Pläne. Sie pochte gegen sein Seitenfenster und rutschte wortlos auf den Beifahrersitz. Dabei entdeckte Brasch etwas, das ihm bisher nicht aufgefallen war. Er sah ihre linke Hand; es war eine perfekt geformte, schöne Hand, zweifellos, aber sie verriet ein Alter, das Inas Gesicht zu leugnen versuchte; und außerdem war da eine lange, beinahe schwarze Narbe, die sich quer über das Handgelenk zog. Solch eine Narbe holte man sich nicht leichtfertig beim Kartoffelschälen oder Salatputzen. Dazu musste man schon kräftig am Gelenk herumsäbeln.

Brasch startete den Wagen, und Ina dirigierte ihn ins Friesenviertel.

»Was interessiert Sie so an dem Fall?«, fragte er. Erleichtert registrierte er, dass seine Stimme wieder nach ordentlichem Polizist klang.

»Ich bin Fotografin und interessiere mich für Geheimnisse«, sagte Ina. »Diese tote Frau hatte ein Geheimnis, und Sie ... Sie haben auch eines.«

Brasch lachte leise. Nein, dachte er, wenn ich ein Geheimnis gehabt hätte, dann hätte Leonie mich niemals verlassen.

»Glauben Sie, dass es Zufälle gibt? Dass jemand aus Zufall umgebracht wird?« Ina warf ihm einen forschenden Blick zu.

»Natürlich gibt es Zufälle. Manche Morde geschehen aus einem Irrtum oder einem Affekt heraus. Hinterher hat es niemand gewollt.«

»Nein, Sie irren sich gewaltig, Herr Polizist. Es gibt keine Zufälle, nichts auf der Welt geschieht aus Zufall.« Ina schüttelte den Kopf. So vehement hatte ihre Stimme noch nie geklungen. Es schien also doch etwas zu geben, das sie fernab von Ironie und Spott berührte.

»Wie können Sie da so sicher sein?«

»Weil ich Wahrsagerin bin«, sagte Ina völlig ernst und steckte sich eine Zigarette an. »Jeden Morgen lege ich mir die Karten. Im Tarot sind alle kosmischen Geheimnisse verborgen.«

Brasch lachte. »Sagen Ihre Karten auch, wer Charlotte Frankh umgebracht hat?«

»Ganz so einfach ist es mit der Wahrsagerei nicht, aber vielleicht sollte ich Ihnen einmal die Karten legen, Herr Polizist. Kann sein, dass Sie bald einen Mörder fangen. Vielleicht werden Sie dann ja Oberpolizist.« Ina nahm plötzlich ihren Fotoapparat hoch und drückte auf den Auslöser. »Damit ich ein Foto von Ihnen für mein privates Album habe«, sagte sie, und als sie spöttisch auflachte, klang sie wie eine Frau, die es gewohnt war, dass sie alles bekam, was sie haben wollte.

5

Das Herz & Schmerz war eine kleine, unauffällige Bar hinterm Friesenplatz. Von der Straße war nur ein winziges Schaufenster zu sehen, in dem auf rotem, staubigem Samt vier Fotos von leicht bekleideten Blondinen hingen. Die Damen verbargen ihre Brustwarzen unter bunten Hütchen aus Glanzpapier und schienen eine Vorliebe für aufdringliches Make-up aus den siebziger Jahren zu hegen. Als Ina gegen das Glas in der rot lackierten Eingangstür klopfte, wurde ihnen sofort geöffnet. Ein Mädchen stand da, das auf den ersten Blick wie siebzehn aussah, beim zweiten Hinschauen aber schnell um mindestens zehn Jahre alterte. Sie hatte ihre blonden Haare hochgesteckt und trug einen weißen Bademantel, als wäre sie eine große Künstlerin, die soeben in ihrer Garderobe begonnen hatte, sich für ihren Auftritt zurechtzuschminken.

»Hallo, Ina-Schätzchen«, sagte die Blonde. Sie maß allenfalls zarte einen Meter sechzig, sodass die schlanke Ina neben ihr wie eine Riesin wirkte.

Ina und die Blonde küssten sich auf die Wange, beinahe wie Schwestern, die sich eine Weile nicht gesehen hatten. »Das ist Rita, Herr Polizist. Ich habe mal eine große Reportage über sie gemacht. Überschrift: Eine Frau für alle Sorgen. War vor ein paar Jahren ein richtig großes Thema, sogar im Fernsehen, nicht wahr, Rita?«

Rita kicherte leise. »Klar, Männer erzählen eben gern von ihren Sorgen, besonders wenn sie den ganzen Abend bei mir sitzen.«

Mit einer anmutigen, puppenhaften Bewegung wandte sie sich um und ging ihnen in die Bar voraus. Grelles Licht tat solchen Etablissements selten gut. Der rote Samt auf den Sesseln war schmutzig und abgewetzt, der Boden war mit Brandlöchern von ausgetretenen Zigaretten übersät, und die Bühne mitten im Raum wirkte so winzig, als könnte da allenfalls ein viertklassiger Zauberer ein paar müde Kaninchen aus einem Zylinder kriechen lassen.

Rita hatte Braschs misstrauischen Blick bemerkt. »Da habe ich früher auch getanzt. Mache ich aber heute nur noch bei besonderen Anlässen.« Mit einem kurzen Griff hinter die Bar löschte Rita das grelle Licht und hatte alles wieder auf Mitternachtsschummer eingestellt. Gleich wirkte das Etablissement um zwei Klassen seriöser.

Ina schob sich wortlos auf einen Barhocker neben Brasch und steckte sich eine Zigarette an. Offenbar hatte sie gerade fünf Minuten Sendepause und wollte Rita das Reden überlassen.

»Hier hat Charlotte Frankh gearbeitet?«, fragte Brasch ungläubig.

Rita platzierte mit einer routinierten Geste drei Gläser auf die Bar. »Sie hat aber nicht getanzt, sondern nur Schampus ausgeschenkt. War im Grunde ein prüdes Mädchen. Hatte ein strenges Elternhaus und wollte nicht, dass jemand sie anfasste. Champagner?«

Ehe Brasch ablehnen konnte, hatte Rita schon eingeschenkt. »Das heißt, sie hat sich nicht auf besondere Weise mit ihren Gästen vergnügt, ist nie mit irgendwelchen Herren auf gewisse Zimmer gegangen?«

Rita nahm ihr Glas und stieß mit Ina an; Brasch bedachte sie mit einem durchdringenden Blick. Sie war keine echte Blondine, sie hatte viel zu schwarze Wimpern.

»Aber, Herr Polizist, solche Zimmer darf es doch in diesem Haus offiziell gar nicht geben.«

»Also ist Charlotte Frankh nie in einem dieser Zimmer verschwunden?«

»Nicht, als sie hier gearbeitet hat; allerdings hatte sie in der letzten Zeit Bedarf an einem solchen Zimmer.«

Brasch nippte vorsichtig an seinem Glas. Der Champagner war warm und eher von der Qualität, die man betrunkenen Handelsvertretern nachts um drei andrehte. Doch Rita lächelte ihn an, als erwartete sie für ihr fades Gesöff tatsächlich ein nachdrückliches Lob.

»Eines aber hat Rita vergessen zu erwähnen«, sagte Ina. Als wollte sie ihre Mitteilung ein wenig spannender machen, nahm sie einen tiefen Zug aus ihrer Zigarette. »Den Herrn, den Charlotte Frankh für ihr Zimmer brauchte, hat sie immer gleich mitgebracht.«

»Es war immer derselbe Mann?«

»Volltreffer, Herr Polizist!« Rita gönnte sich noch einen kräftigen lauwarmen Schluck. »Ein recht ansehnlicher Kerl, groß, dunkle Haare. Wäre auch mein Typ gewesen. Wie ein Mörder sah er jedenfalls nicht aus.«

»Sie würden den Herrn wiedererkennen?«

»Käme drauf an.« Rita stellte ihr Glas ab und wischte sich nachlässig durch ihr blondes Haar. »Es war natürlich immer recht schummrig, wenn sie zusammen herkamen. Aus tausenden würde ich ihn bestimmt nicht wiedererkennen.«

»Und wie lange sind die beiden in diesem Zimmer, das es bei Ihnen offiziell gar nicht gibt, verschwunden?«

»Also, die Zeit habe ich nie gestoppt. Ist nicht meine Art. Meistens habe ich gar nicht mitgekriegt, wann sie wieder gegangen sind.«

»Aber vielleicht hat dieser ominöse Herr einen Namen, den Sie rein zufällig einmal mitbekommen haben?«

Rita schaute Ina verschwörerisch an. Brasch hatte keine Ahnung, was dieser Blick bedeuten sollte. So, Schwesterchen, jetzt kommen wir zu unserem eigentlichen kleinen Geheimnis? »Kann schon sein, dass ich einen Namen mitbekommen habe«, sagte sie und zupfte ihren Bademantel zurecht, als wäre da irgendetwas in Unordnung geraten. »Aber bevor ich Ihnen bei den Ermittlungen helfe, könnten Sie mir eventuell einen Gefallen tun. Ich habe ein wenig Ärger mit Ihren Kollegen. Ein paar meiner Gäste hatten zufällig Kokain in ihren Taschen. Nicht viel. Hätte man keine Armee mit versorgen können. Wirft allerdings ein schlechtes Licht auf mich.«

»Ihnen gehört der Laden hier?« Davon, dass er mit der Besitzerin sprechen würde, hatte Ina nichts gesagt.

Plötzlich wurde Rita ernst. Sie fischte Ina die Zigarette aus dem Mund, als bräuchten ihre Lungen ganz dringend eine Dosis Nikotin. »Klar, diese Bruchbude gehört mir, ist mein Ein und Alles. Ich bin sozusagen die Mutter der Kompanie, aber nun wollen Ihre Kollegen mir den Laden zumachen. Endgültig. Ist leider kein Witz. Ich müsste all meine Mädchen nach Hause schicken und dem Arbeitsamt auf der Tasche liegen.«

»Das wollen Sie natürlich nicht.«

»Ein grauenhafter Gedanke.« Rita kippte hastig ihr drittes Glas Champagner hinunter und schaute Brasch an. Ihre zarten Nasenflügel zitterten ein wenig. Sie hatte wirklich Angst, ihr schäbiges Lokal zu verlieren.

»Ich kann nichts versprechen«, sagte Brasch, »aber ich werde mit den Kollegen reden. Wie hieß der Mann, der Charlotte Frankh begleitet hat?«

»Danke, Herr Polizist.« Rita lächelte ein frohes Kleinmädchenlachen. »Charlotte hat ein großes Geheimnis daraus gemacht. Sie wollte nicht, dass wir ihn uns überhaupt genauer anschauen. Einmal aber habe ich gehört, wie sie ihn angesprochen hat. Sie hat ihn Geo genannt.«

Brasch nahm die Erwähnung des Namens ungerührt hin. Er spürte, dass Ina ihn ansah. Ihre Augen waren plötzlich zwei dunkle, grüne Perlen.

»Könnte Geo ein Kollege der Toten gewesen sein?«, fragte sie, dabei berührte sie ihn mit der Hand, die seltsamerweise eiskalt war. Brasch hatte das Gefühl, dass sie längst einen Verdacht hegte und ahnte, worauf dieser Fall hinauslief. Deshalb hatte sie ihn und nicht Mehler hierher geführt und diese kleine Befragung inszeniert.

»Welcher Lehrer sollte das gewesen sein?«

Ina zuckte mit den Schultern. Sie zog ihre kalte Hand zurück und drehte nachdenklich an ihrem Champagnerglas.

»Nee!«, sagte Rita. Nun klang ihre Stimme ganz munter und selbstsicher. »Wie ein Lehrer wirkte der nicht, eher wie ein Künstler, der in einem eleganten Atelier lebt und große Bilder malt.«

»Wann haben Sie Charlotte Frankh und diesen Herrn hier zuletzt gesehen?«

»Oh!« Rita runzelte die Stirn, als spielte sie ein Spiel, das »Großes Nachdenken« hieß. »Ich weiß nicht. Das wird schon ein paar Wochen her sein.«

Ein paar Wochen, dachte Brasch, in denen für Charlotte Frankh einige Dinge furchtbar schief gelaufen waren.

Und wenn es jemanden gab, der über diese Wochen Bescheid wusste, dann würde es Leonie sein.

In dem Augenblick, als Brasch sich von seinem unbequemen Barhocker erheben wollte, klingelte irgendwo in einem der Hinterzimmer ein Telefon. Mit einem entschuldigenden Lächeln stöckelte Rita hinaus.

Ina schaute Brasch an. Nichts war zu hören, nur ganz weit weg Rita, die aufgeregt ins Telefon schnatterte. Für einen Moment schien die Zeit aufgehoben zu sein. Es hätte vier Uhr in der Frühe sein können, und sie saßen als Enttäuschte und Übriggebliebene da, wortlos und nur voll von Müdigkeit, oder es war acht Uhr am Abend, und sie hatten sich viel zu früh in diese Nacht gestürzt und waren nun über sich selbst und ihre fade Abenteuerlust erschrocken. Sind Augen Seismographen für Stimmungen? Ina lächelte plötzlich, als hätte sie ein schöner Gedanke berührt. In ihren Augen glomm wieder ein tiefes Funkeln. »Haben wir denselben Weg?«, fragte sie schließlich mit einer Koketterie, wie sie sich nur ausnehmend schöne Frauen leisten konnten.

Brasch nickte. »Ich kann Sie ein Stück mitnehmen, wenn Sie wollen.«

Als Ina sich vorbeibeugte, glaubte Brasch, sie wolle ihn küssen, aber ihr Gesicht glitt an ihm vorbei. Ihre roten Haare streiften seine Wange. Sie presste ihren Mund auf sein linkes Ohr und ließ ihre feuchte, heiße Zunge herausschnellen.

In den ersten zwei Tagen nach einem Mord geraten die Beamten der Mordkommission für gewöhnlich in eine Art Hochstimmung. Ihre Sinne sind überreizt, alles, was sie tun und denken, hat mit ihrem Fall zu tun. Haben sie zu

Hause eine Frau, haben sie Kinder? Sie wissen es manchmal selbst nicht mehr. Ihre Arbeit ist gut und gerecht, und jedes Stück Alltag ist hinter einem dunklen Horizont verschwunden. Sie ahnen, dass sie dem Mörder auf der Spur sind, dass sie alles wie ein Puzzle zusammensetzen werden. In dieser Hochstimmung kommt es zu den größten Ermittlungserfolgen. Doch nach drei Tagen nimmt die Euphorie ab, Jäger zu sein; Misserfolge und Irrtümer haben sich eingestellt, und die ermüdende Suche nach den kleinsten Details beginnt, die Ermittler aufzureiben. Außerdem haben sie das Gefühl, als würde sich der Mörder mit jedem Tag, der vergeht, ein Stück von ihnen entfernen.

Brasch versuchte sich in diese Euphorie der ersten Tage hineinzudenken. Wer war dieser Geo, mit dem Charlotte diese billige Bar aufgesucht hatte? Und warum hatte sie ihn nicht zu sich eingeladen, wenn er zu Hause vielleicht eine nette Ehefrau und drei reizende Kinder hatte, die nicht eben erpicht auf fremden Damenbesuch waren? Kam Georg Grupe für diese Rolle als geheimnisvoller Liebhaber in Frage? Nein, nicht wenn Brasch einen letzten Rest von dem verstand, was in Frauen vor sich ging. Sahen Frauen wie Charlotte oder Leonie die Welt vollkommen anders? Taugte in ihrer Welt ein grauer, mittelmäßiger Mann wie Grupe zum großen Lover?

Zum ersten Mal dachte Brasch daran, dass er die Ermittlungen an Mehler abgeben sollte. Er verlor sich in diesem Fall wie in einem zu großen, dunklen Raum, weil alles mit Leonie zu tun hatte. Wusste Leonie, wer Geo war? Aber wenn er Mehler die Sache übergeben würde, um selbst ein paar kleinere Diebstähle oder Raubüberfälle zu betreuen, dann gäbe es für ihn keinen Grund mehr, Leonie nachzuspüren und mit ihr zu sprechen.

Mehler lehnte in der offenen Tür und wartete auf Brasch. Von dem Kaffee in seiner Hand stieg eine Wolke auf. »Schroedel hat nach dir gefragt«, sagte er mit tonloser Stimme.

Doktor Schroedel war einer der jüngsten und fähigsten Staatsanwälte Kölns. Er galt als umgänglich, solange er das Gefühl hatte, die Ermittlungen seiner Polizisten liefen in die richtige Richtung.

»Die Mutter hat in Schroedels Anwesenheit die Leiche identifiziert.« Mehler folgte Brasch ins Zimmer. »Sie hat plötzlich angefangen, mitten in der Leichenhalle ein lateinisches Gebet zu sprechen.«

»War Leonie auch dabei?«

Mehler nickte und nippte an seinem Kaffee. Wenn Doktor Schroedel herausbekam, wer Leonie war, dann konnte Brasch sich sofort aus diesem Fall verabschieden und sich für die nächsten Tage schon einmal vornehmen, Büroklammern zu sortieren oder Bleistifte anzuspitzen.

»Er hat aber nicht einmal nach Leonies Namen gefragt«, fuhr Mehler fort. »Und Leonie hat so getan, als würde sie mich nicht kennen. Sie sieht müde aus und so, als mache sie sich zu viele Sorgen.«

»Sie wohnt bei der Toten«, erwiderte Brasch leise. »Vor sechs Wochen ist sie bei ihr eingezogen.«

Mehler sagte nichts, sondern atmete nur tief ein und aus. Draußen wurde es allmählich dunkel. Der Himmel nahm einen silbrigen Schimmer an, als wäre er aus Glanzpapier. Für einen Moment war es unwirklich still, vielleicht, weil die ganze Stadt staunend zu diesem Himmel aufschaute. Dann rauschte ein Wagen mit Martinshorn vom Hof.

»War Leonie eine Freundin der Toten?«, fragte Mehler.

Ihn interessierte der silberne Himmel nicht. Er saß an seinem Schreibtisch, hatte sich zurückgelehnt und rauchte. Er sah aus, als wartete er auf etwas.

Ja, dachte Brasch, das war die richtige Frage. Männer sind allein auf der Welt, sie sind einsame Wölfe, sie haben Kollegen, sie haben Feinde, und manchmal finden sie einen Komplizen, mit dem sie sich betrinken und dem sie Geschichten erzählen, die sie selbst nicht glauben. Frauen sind anders; jede Frau auf der Welt hat eine beste Freundin, vor der sie keine Geheimnisse hat und mit der sie alles bespricht.

Brasch nahm das Telefon und wählte Pias Nummer.

»Ich habe die Briefe des Jungen gefunden.« Brasch bemerkte an Pias Tonfall, dass sie spöttisch vor sich hin grinste. »Vier Briefe voller Unsinn. Sogar Gedichte hat der Kleine geschrieben. Ich verstehe nichts von Gedichten, aber den Nobelpreis gibt's für diesen Schmus bestimmt nicht.«

»Wir suchen etwas anderes«, sagte Brasch ernst. »Wir wollen wissen, wer Charlotte Frankhs beste Freundin war. Hast du ein Adressbuch gefunden? Oder besonders persönliche Briefe, die nicht von irgendeinem durchgeknallten Schüler stammen?«

»Nichts«, erwiderte Pia genauso ernst. »Sieht fast so aus, als hätte Frau Charlotte Frankh gerade erst ihren großen Frühjahrsputz hinter sich gebracht.«

»Du musst weitersuchen.« Brasch legte auf. Als er sich umwandte, stand eine Gestalt in der Tür, die er im ersten vagen Moment für Georg Grupe hielt. Es brauchte ein verlegenes Hüsteln und einen vorsichtigen Schritt in den Raum, um der Gestalt einen anderen Namen zu geben. Der Mann war Geißler, der alte Lateinlehrer.

»Ich habe angeklopft, aber niemand ...« Geißler neigte den Kopf, als wäre er nicht ganz sicher, ob er eintreten dürfe. Er war sehr groß, gewiss einen Meter neunzig, und wirkte mit seinem silbergrauen, ordentlich gescheitelten Haar wie ein englischer Aristokrat, der sich nichts mehr wünschte als die Rückkehr zu strengen, monarchischen Grundsätzen. Er trug seinen dunklen Trenchcoat zugeknöpft. Nur eine schwarze Krawatte lugte dezent unter einem schwarzen Schal hervor. Eigentlich fehlte nur ein kunstvoll gedrechselter Spazierstock.

Brasch bedeutete ihm mit einem Nicken einzutreten. »Es gibt noch keinen Termin für die Beerdigung von Frau Frankh«, sagte er mit leisem Gift in der Stimme, ohne Geißler aus den Augen zu lassen.

Geißler setzte sich mit einer langsamen, schwerfälligen Bewegung auf den einzigen Besucherstuhl vor Braschs Schreibtisch. »Man hat mich missverstanden«, begann er. »Ich habe mich vielleicht auch ein wenig schroff ausgedrückt. Dabei lag mir das Wohl der jungen Frau Frankh immer am Herzen. Ich habe auch versucht, ein wenig auf sie aufzupassen, aber sie hat sich lustig über mich gemacht. Hat gemeint, mich an der Nase herumführen zu müssen.« Mit der einen aristokratischen Hand strich Geißler über ein rechtes Auge, als hätte sich dahin wirklich eine Träne verirrt.

»Warum hätten Sie auf Frau Frankh aufpassen sollen?«, fragte Brasch.

»Weil ...« Wie ein erfahrener Bühnenschauspieler hob Geißler die Stimme und schaute erst Mehler und dann Brasch an. Mit dieser volltönenden belehrenden Stimme musste er über die Jahrzehnte Tausende von Schülern zur Verzweiflung getrieben haben. »Weil die Welt nicht gut eingerichtet ist, weil einer jungen Frau heutzutage eine Menge hässlicher Dinge geschehen können. Das hat auch die alte Frau Frankh gemeint. Und es hat sich leider Gottes auch bewahrheitet.«

»Sprechen Sie von Marga Frankh?«

»Sie hat mich eindringlich gebeten, ein Auge auf ihre Tochter zu haben.« Geißler schickte seinen Worten ein strenges Nicken nach. Seine Hände hatte er gefaltet, als hätte er kein Büro der Polizei, sondern eine gotische Kathedrale betreten.

Plötzlich spürte Brasch, dass dieser alte, stocksteife Lehrer ihn wütend machte. »Und wie haben Sie auf Charlotte Frankh aufgepasst? Haben Sie auch in der Mordnacht ein Auge auf sie gehabt?«

Geißler schüttelte den Kopf, nicht überrascht oder gar beleidigt. Dass man seinem aristokratischen Gehabe mit Zorn begegnete, schien für ihn keineswegs eine Erfahrung zu sein, die ihn beunruhigte. »Nein, ich habe sie dann und wann zum Tee eingeladen, aber sie ist nie gekommen. Sie war ein störrisches junges Ding. Ich habe allerdings darauf geachtet, wer sie besucht.«

Brasch verstand nicht sofort, so ungeheuerlich kam ihm Geißlers letzter Satz vor. »Sie haben Frau Frankh nachspioniert, haben vor ihrem Haus herumgelungert?«

Geißler lächelte; es war ein kaum angedeutetes Lächeln, das eine gewisse spöttische Nachsicht walten ließ; offenbar war es für gewöhnlich Schülern vorbehalten, die Geißler als hoffnungslose Fälle betrachtete. »Nein, aber ich wohne Parterre und Frau Frankh in der ersten Etage. Da bleiben gewisse nachbarschaftliche Kontakte nicht aus.«

Einen Moment war Brasch unfähig zu antworten. Er

spürte nur, dass seine lächerliche Wut verflog und Müdigkeit ihn übermannte. Am liebsten hätte er die Augen geschlossen und eine lange Minute an nichts und niemanden gedacht, stattdessen drückte er auf das Tonbandgerät, das auf seinem Schreibtisch stand.

»Erzählen Sie«, sagte Brasch.

»Sie haben nicht gewusst, dass Frau Frankh und ich in einem Haus wohnen?«, fragte Geißler. In seiner Stimme schwang ein Hauch echter Überraschung, als hätte er die deutsche Polizei für weitaus gewissenhafter und zuverlässiger gehalten. »Frau Frankhs Mutter und ich sind alte Bekannte aus dem Bridge-Club. Ich habe ihrer Tochter die Wohnung besorgt und mich auch an der Schule für sie verwendet, damit sie die Stelle bekommt, aber besonders dankbar hat sie sich nicht gezeigt. Junge Frauen sind heutzutage offenbar so, glauben, dass ihnen alles zufallen muss.«

Die Entrüstung, in die Geißler sich hineinredete, verlieh ihm eine ganz neue Lebendigkeit. Er beugte sich vor, er hob die Hände, senkte sie wieder. »Ich habe wirklich versucht, mit ihr auszukommen. Doch nicht ein einziges Mal hat sie mich in ihre Wohnung eingeladen. Gegrüßt hat sie mich, aber nicht mehr. Kein freundliches Wort kam über ihre Lippen. Und als dann die Sache mit der Katze passiert ist, hat sie sofort mich beschuldigt. Es war empörend.« Geißler verstummte abrupt und schaute Brasch mit seinen blauen, wässrigen Augen an, als fände er es nun an der Zeit, dass sein Gegenüber ihm ein erstes vorsichtiges Zeichen der Zustimmung gäbe.

»Was ist mit der Katze passiert?«, fragte Brasch.

»Sehe ich wie ein Katzenmörder aus?«, entgegnete Geißler voller Empörung. Er schien dem Gespräch auf eigenen Pfaden zu folgen. »Jemand hat die Katze vergiftet und ihr vor die Tür gelegt. Ich habe nur den Schrei gehört und bin dann die Treppe hinaufgelaufen, aber da ist Frau Frankh auch schon über mich hergefallen und hat mich beschuldigt. Sie hat dabei Worte gebraucht, die ich hier nicht wiederholen möchte.«

Brasch brauchte nicht viel Fantasie, um sich die Szenen dieser wunderbaren Nachbarschaft vorzustellen. Ein alter, selbstgerechter Herr, der einer jungen Frau auf Schritt und Tritt folgte und das für Fürsorge hielt.

»Und haben Sie einen Verdacht, wer die Katze getötet haben könnte?«, fragte Mehler.

Geißler hob seine knöchernen, grauen Hände. »Die Katze war ein echtes Ärgernis; sie hat ihr Geschäft meistens in den Gärten der Nachbarschaft verrichtet. Trotzdem fällt mir aber niemand ein, den ich verdächtigen würde. In unserer Straße wohnen keine Katzenmörder.«

»Aber Sie können uns sagen, wer Frau Frankh häufiger besucht hat?« Mehler kam heran, lehnte sich an Braschs Schreibtisch und steckte sich wie ein aufsässiger Schüler einen langen Kaugummi in den Mund; fast sah es aus, als wolle er Geißler damit provozieren.

»Frau Frankh war viel unterwegs. Sie hat nicht oft Besuch erhalten. Ein paar Kollegen kamen gelegentlich. Stocker, zweimal sogar Grupe. Vor sechs Wochen ist Frau Stiller, die Sozialpädagogin unserer Schule, bei ihr eingezogen.« Geißler verstummte effektvoll, als sei er sicher, der etwas begriffsstutzigen Polizei erneut mit einer wichtigen Mitteilung auf die Sprünge geholfen zu haben. Wie eine besonders bittere Medizin hatte Leonies Name aus seinem Mund geklungen.

Brasch fiel keine Erwiderung ein, nur eine vage, abwehrende Handbewegung. Er sah Geißler an. Steinern saß der alte Lehrer da und erwiderte seinen Blick. Wenn es stimmte, dass in jedem Menschen ein Tier haust, dann hatte sich vor sehr langer Zeit ein Basilisk seiner Seele bemächtigt.

»Warum sind Sie eigentlich zu uns gekommen?«, fragte Brasch.

Für einen Moment senkte Geißler den Blick, als müsse er sich erst an den wahren Grund seines Besuches erinnern. »Wenn Sie gestatten, möchte ich mir erlauben, eine Frage zu stellen, eine bedeutsame, aber heikle Frage, wie ich hinzufügen muss.«

Brasch nickte gleichgültig. Manchmal kam es vor, dass Menschen, die mit einem Mord zu tun hatten, die Polizei mit abstrusen Verdächtigungen und Fragen bedachten, die nichts anderes als Ausdruck ihrer Neugier waren.

»War Frau Frankh schwanger? Ist das überprüft worden? Ich meine, wenn sie schwanger war, dann könnte man doch gewiss den Vater ermitteln. Das würde wichtige Aufschlüsse geben.«

»Wie kommen Sie darauf, dass Frau Frankh schwanger gewesen sein könnte?« Für einen kurzen Moment war Brasch unsicher, ob Geißler nicht vielleicht Recht hatte. Aber nein, wenn Charlotte Frankh schwanger gewesen wäre, hätte es im Obduktionsbericht gestanden.

»Nun …« Geißler zögerte plötzlich. Ein kleines nervöses Hüsteln stahl sich zwischen seine Worte. »Sie hatte sich verändert, sie war bleich und wirkte krank, und einmal morgens, in der ersten Pause, habe ich sie aus der Damentoilette kommen sehen. Ich hätte schwören können, dass sie sich gerade übergeben hatte. Gefragt habe ich sie aus verständlichen Gründen allerdings nicht.«

Brasch wandte sich zum Fenster herum. Der alte Geißler begann ihn zu langweilen. Draußen war es dunkel geworden; an dem tiefblauen Himmel leuchteten zwei Sterne auf. Brasch dachte an Leonie. Jeden Tag hatte sie sich zwischen ältlichen, schlecht gelaunten Männern wie Geißler und Grube aufgehalten, doch wenn sie etwas erzählt hatte, dann hatte sie nur von ihren Schülern gesprochen. Oder sie hatte gar nichts gesagt. Sie hatte sich auf den Dachboden zurückgezogen und gemalt, oder sie hatte sich an ihr altes Klavier gesetzt und gespielt, keine Lieder, sondern nur schrille, unzusammenhängende Töne, die niemals eine Melodie ergaben. Aber vielleicht lag die Melodie ja zwischen den Tönen, wenn sie spielte; vielleicht konnte nur er sie nicht hören.

»Und wer hätte der Vater des Kindes sein können?«, fragte Mehler.

Geißler antwortete nicht sofort. In einer Geste der Verlegenheit strich er sich über sein dichtes, graues Haar. »Der Vater dieses Kindes hätte doch gewiss ein Motiv gehabt. Es wäre doch wichtig zu wissen, wer dieser Vater ist.«

Auch große, aristokratische Männer können klein wirken, wenn sie sich auf ihrem Stuhl zusammenkauern, wenn sie eine Haltung annehmen, die physiologisch keineswegs gesund ist.

»Können Sie uns einen Namen nennen?« Mehler erhob sich von der Schreibtischkante. Als drohender Schatten baute er sich neben Geißler auf. Doch der alte Lehrer zeigte keine Regung.

»Ist es einer Ihrer Kollegen, den Sie in Verdacht haben? Es würde uns sehr helfen, wenn Sie uns den Namen nennen würden«, sagte Brasch. Er sprach sehr leise und langsam, wie bei einem Verdächtigen, der nur noch einen kleinen Anstoß brauchte, um zu gestehen.

Geißler verharrte einen Augenblick. Er hatte den Kopf gesenkt und blickte auf seine Hände. Das war eine Rolle, die er nicht kannte und die eigentlich Schülern vorbehalten war: verlegen um eine Antwort zu ringen. Seine Körpersprache verriet, dass er es zutiefst bedauerte, ins Präsidium gekommen zu sein.

Brasch ließ die Stille für sich arbeiten, auch Mehler sagte kein Wort mehr.

Plötzlich sah Geißler auf. Sein dunkler Blick verriet Brasch, dass Geißler über alles Mögliche nachgedacht haben konnte, aber nicht darüber, einen Verdächtigen zu nennen. »Sie war also nicht schwanger«, sagte er mit fester Stimme. Ohne eine Erwiderung abzuwarten, erhob er sich und machte die drei Schritte zur Tür. Wenn alle Lehrer aus diesem harten Stein gehauen wären, dann hätte man eine Menge Mitleid für ihre Schüler aufbringen müssen.

Brasch schaltete das Tonband ab. Als Geißler sich noch einmal mit einem kurzen Nicken umwandte, fragte er: »Haben Sie eine Familie, Herr Geißler? Jemand, der Ihnen nahe steht?« Er wusste selbst nicht, warum er die Frage stellte; vielleicht wegen des Hauchs von Versöhnlichkeit, der in ihr steckte.

Geißler zog überrascht die Augenbrauen in die Höhe. »Meine Frau ist tot«, sagte er leise. »Seit einundzwanzig Jahren, vier Monaten und drei Tagen lebe ich allein.«

In tiefem, abweisendem Schweigen lag das Haus da. Obwohl ein wenig Licht von der Straße herüberfiel, war selbst das Schild *Marga Frankh – Klavierlehrerin* kaum zu lesen. Nur das schrille Kreischen von Nachtvögeln war zu hören, so als schwebten sie über dem Haus und schrien ihre Flüche und Verwünschungen hinab.

Niemand öffnete Brasch. Einmal meinte er Schritte um das Haus herum zu hören, aber dann verging jedes Geräusch wieder in abgrundtiefer Stille. Marga Frankh saß still im Gebet vertieft da und war für niemanden außer ihrem Herrgott zu sprechen, oder sie hatte sich eine andere Bleibe für die Nacht gesucht.

Ziellos fuhr Brasch einer Straßenbahn nach. Das war eines der Bilder, die eine seltsame Sehnsucht in ihm entfachen konnten: eine leere, hell erleuchtete Straßenbahn, die mitten in der Nacht über den Rhein fuhr und flirrende Lichter auf das Wasser warf. Manchmal war er mit Leonie nächtelang durch Köln gekreuzt. Sie liebte solche Spazierfahrten, mit leiser Musik und viel wohlwollendem Schweigen. Noch in den abgelegensten Stadtvierteln entdeckte sie Geschäfte, die ihre Neugier entfachten. Wie oft hatte Brasch sie gesehen, wie sie vor einem düsteren Schaufenster stand und aufgeregt Dinge bestaunte, die es in der Welt der großen Kaufhäuser gar nicht mehr gab: ein Miederwarengeschäft in einer Seitenstraße der Südstadt, einen Hutmacher in der Nähe der Universität oder einen Schrotthändler, der seinen Elektromüll wie Kunstwerke ausstellte.

Als die Straßenbahn in einem Tunnel verschwand, klingelte das Telefon.

Jemand räusperte sich, als wäre er noch nicht gewöhnt, mit einem Telefon umzugehen. »Gibt es Schwierigkeiten bei den Ermittlungen?«, fragte Schroedel ohne eine Begrüßung. Anscheinend bevorzugten auch Staatsanwälte manchmal besondere Geschäftszeiten.

»Nein, alles im grünen Bereich«, antwortete Brasch, aber er hörte an Schroedels Stimme, dass es sehr wohl Schwierigkeiten gab. Schroedel klang kurzatmig, was bei ihm stets auf eine gewisse Verärgerung schließen ließ.

»Sie leiten den Fall Frankh überaus unorthodox«, sagte Schroedel. »Keine Teambesprechung, keine Berichte, kein Gespräch mit mir, aber ich bin ja auch nur der ermittelnde Staatsanwalt.«

So viel Sarkasmus hatte Brasch ihm gar nicht zugetraut. »Wir waren pausenlos unterwegs«, erwiderte er. »Und wir sind mit den Ermittlungen ein gutes Stück vorangekommen. Wir wissen, dass die Tote einen Freund hatte, mit dem sie sich heimlich in einer Bar getroffen hat. Vermutlich ein verheirateter Kollege, der sie nicht in ihrer Wohnung besuchen konnte, weil unten in ihrem Haus der Lateinlehrer ihrer Schule Wache schob und sie auf Schritt und Tritt beobachtete.« Brasch verstummte. Ihm missfiel der rechtfertigende Tonfall, in dem er seine Erklärungen vorbrachte.

»Interessant.« Schroedel klang nun weniger kurzatmig, eher gelangweilt, als wäre er mit zehn anderen Dingen beschäftigt. Brille putzen beim Telefonieren war seine Spezialität. »Es hat eine Beschwerde gegeben«, sagte er nach einer kurzen, wohlgesetzten Pause, »eine ernstzunehmende Beschwerde. Die Mutter der Toten hält Sie nicht für geeignet, in diesem Fall weiter zu ermitteln. So nachlässig und unprofessionell haben Sie die Befragung durchgeführt.«

Ein Gedanke ließ Brasch sofort gefrieren. Leonie steckte dahinter, dachte er. Sie hatte die Mutter der Toten zu ihrem Protest aufgestachelt.

»Sie haben nichts zu sagen?« Schroedel verlor nie die

Geduld, nun allerdings schien er mehr als nur mittelmäßig verärgert zu sein.

»Die Befragung war recht kurz«, entgegnete Brasch zögernd, »aber es hat keine Probleme gegeben.« Er hörte sich selbst nicht zu, sondern versuchte zu verstehen. Hastige, halbfertige Gedanken irrten durch seinen Kopf. Warum wollte Leonie, dass er den Mord an Charlotte Frankh nicht mehr weiter untersuchte?

»Natürlich habe ich Sie verteidigt«, sagte Schroedel in Braschs Leere hinein. »Der Bürger hat in diesem Staat sehr viel Mitspracherecht, aber es kann nicht sein, dass er sich auch noch die Polizeibeamten aussucht, die für ihn tätig werden. Gleichwohl erwartete ich Ihren Bericht. Morgen um zehn Uhr.«

Die Leitung brach ab. Brasch hatte plötzlich das Gefühl, eine ganze Weile nicht geatmet zu haben. Er schnappte nach Luft, als wäre er mit letzter Kraft durch eiskaltes Wasser an die Oberfläche gelangt. So konnte sich Fassungslosigkeit auch ausdrücken, dass Atmen zu einer Kunst wurde, die man auf einmal nicht beherrschte. He, Leonie, wie atmet man, wie kriegt man wieder Luft in seine Lungen? He, Leonie, wie schnell kann ein Mensch sich ändern, von einem Tag auf den nächsten, von einer Woche auf die andere?

Leonie hatte ihn nie belogen. Wenn Ehrlichkeit eine olympische Disziplin wäre, dann wäre Leonie auf die Goldmedaille abonniert gewesen. Selbst die kleinste Lüge wollte ihr nicht über die Lippen kommen. In einem anderen Leben vor knapp zweitausend Jahren musste sie eine barmherzige Samariterin gewesen sein. An keinem Bettler konnte sie vorbeigehen, ohne ihm eine Münze zuzustecken. Und wie viele von diesen nutzlosen Obdachlosenzeitungen hatte sie gekauft, die in den Straßenbahnen angeboten wurden. Arglos fiel sie auch immer auf die Lügen ihrer Schüler herein, glaubte jede Geschichte, die man ihr auftischte. Und jedes Mal war ihre Enttäuschung neu und echt, wenn sich etwas als Lüge herausstellte. Aber das hatte sie nie abgeschreckt. Sie schien nur für die Wahrheit empfänglich zu sein, nicht für die Lüge. Einmal hatte Leonie vom Bahnhof einen Ausreißer, irgendeinen jungen Schnorrer, mitgebracht, der sich mit einer falschen, aber herzergreifenden Mitleidsgeschichte durchschlug. Brasch hatte sich den Spaß erlaubt, ihn auf die Probe zu stellen, ein kleines, harmloses Frage-und-Antwort-Spiel. Das Ergebnis war eindrucksvoll gewesen. Panisch war der Bursche vom gedeckten Tisch aufgesprungen und geflohen, als er erfuhr, dass Brasch Polizist war. Wie kam ein Polizist an eine Zauberin wie Leonie, die allen Menschen zu vertrauen schien.

Und doch hatte Leonie ihn ohne ein Wort verlassen. Und nun wollte sie ihn aus dem Fall herausdrängen.

Mitten auf der Straße wendete Brasch seinen Wagen. Viel zu schnell raste er über den Rudolfplatz und dann den Ring hinauf. Zum ersten Mal an diesem Tag hatte er das Gefühl, nicht müde zu sein, sondern so wach, wie er es gewohnt war. Fast als wäre es ihm gelungen, in sein altes, unbeschädigtes Selbst wie in einen Panzer zurückzukriechen.

Pias Auto stand nicht mehr vor dem Haus. Trotzdem brannte in der ersten Etage des Hauses Licht. Als Brasch auf den Klingelknopf drückte, sprang nicht die Gegensprechanlage an, wie es am späten Abend in solchen Häusern üblich war. Ihm wurde sofort geöffnet, als hätte Leonie ihn erwartet. In ihrem schwarzen, samtenen Kleid stand sie in der Tür und lächelte. Ich freue mich, sagte ihr Lächeln. Ich freue mich wirklich, dass du kommst; wir haben uns so lange nicht gesehen.

Brasch machte einen schnellen, beinahe heiteren Schritt auf sie zu. Es stimmte, dass Menschen die Zeit anhalten konnten. Für ein paar Momente waren sie fähig, sich ein vollkommen anderes Leben vorzustellen, das nichts mit ihrem alten, abgenutzten Dasein zu tun hatte. Leonie trat einen Schritt aus der Zeit heraus; sie wurde eine andere, die ewig, nie verlorene Geliebte, die er nur ein paar Stunden nicht gesehen hatte.

Fast hätte Brasch sie in den Arm genommen, aber dann erlosch Leonies Lächeln, und ihn überkam das misstrauische Gefühl, sie wäre nicht allein in der Wohnung.

»Hast du Besuch?«, fragte er voller Argwohn.

Leonie strich sich eine schwarze Locke aus der Stirn. Brasch meinte kleine, dunkle Falten unter ihren Augen zu entdecken, die sich da vor ein paar Wochen noch nicht eingeschlichen hatten.

»Deine Kollegin ist vor ein paar Minuten gegangen. Sie hat mir immerhin den Weg auf die Toilette gestattet.« Leonie hielt ihr winziges Mobiltelefon in der Hand und deutete damit auf eine Tür, die vom Flur abging; auf den anderen drei Türen klebten unübersehbar die Siegel der Kriminalpolizei. Pia hatte nichts dem Zufall überlassen. Offenbar war sie mit ihrer Durchsuchung der Wohnung nicht fertig geworden.

Aus dem Zimmer hinter Leonie klang leise Musik. Brasch brauchte ein paar Sekunden, um Charlie Parkers sanftes, melancholisches Saxophon zu erkennen. Wer liebt mich?, sang das Saxophon in eine kleine, hallende Leere hinein. Ist hier jemand, der mich liebt?

»Es ist wirklich niemand da«, sagte Leonie, die Braschs Zögern missdeutete. Kein Gefühl lag in ihrer Stimme.

Der Raum hatte die sparsame Größe, die deutsche Architekten in solchen Häusern Kinderzimmern zubilligen. Ein nackter Deckenstrahler erhellte ein Bett, zwei alte, weiß lackierte Holzstühle, eine abgeschrammte Kommode und einen winzigen Schreibtisch, auf dem neben einem offenbar ausrangierten Computer und einem Stapel Bücher Leonies alter Kassettenrekorder stand und Charlie Parker spielte. An der Wand hing die Fotografie einer bergigen Schneelandschaft. So ähnlich mochten auch billige Pensionszimmer in der Eifel aussehen.

Der Schmerz, der Brasch anflog, war wie ein schwarzer, trauriger Vogel. Hier, dachte er, sie lebt lieber hier auf zwölf Quadratmeter Trostlosigkeit als in unserem Haus. Er konnte sich überhaupt nicht vorstellen, was sie in diesem Zimmer tat, wie sie es in dieser Enge aushielt.

Leonie setzte sich auf das Bett. Das Telefon legte sie neben sich wie ein überflüssiges, lästiges Utensil. Hatte sie telefoniert, als er an der Tür geklingelt hatte? Brasch wagte nicht, sie danach zu fragen. Abwartend und gefasst saß sie in dem kalten Deckenlicht da und schaute ihn an. Sie hatte immer viel besser schweigen können als er. Besonders wenn ihm unbehaglich zumute war, musste er reden und sich die Menschen mit Worten vom Leib halten. Aber jetzt fehlten ihm die Worte.

»Ich brauche im Moment nicht viel«, sagte Leonie und machte eine fahrige Handbewegung in den Raum hinein. Ihre Augenbrauen zitterten plötzlich heftig. Das war eine Eigenart, die Brasch an ihr seit Jahren nicht mehr beobachtet hatte. Als er sie kennen lernte, war Leonie ein Nervenbündel gewesen. Eine Affäre mit einem Künstler, einem Bildhauer oder Maler, war verzweifelt schief gelaufen. Vielleicht hatte sie auch deshalb seine Nähe gesucht. Ein verständnisvoller Polizist, auf den man sich verlassen konnte, bot ein echtes Kontrastprogramm zu einem egozentrischen Künstler, der keinen Erfolg hatte und deshalb soff und schrie und die ganze Welt verfluchte.

»Warum willst du mich aus dem Fall raushaben?« Einen Moment später wusste Brasch, dass er die falscheste aller Fragen gestellt hatte.

Leonie lachte kurz auf, aber es war ein kühles, distanziertes Lachen, als würde ein Luftballon zerplatzen. »Es ist wirklich tröstlich zu wissen, dass du als Polizist immer im Dienst bist. Doch ich kann dich beruhigen: Ich habe kein schlechtes Wort über dich gesagt.«

Charlie Parker spielte noch, aber mittlerweile schien sich sein Saxophon von den anderen Instrumenten zu entfernen; fremd und unpassend klangen seine Melodien.

»Die Mutter der Toten hat sich über mich beschwert«, sagte Brasch und wandte das Gesicht.

»Marga Frankh beschwert sich über alles und jeden. Sich zu beschweren gehört zu ihrem Leben. Am liebsten beschwert sie sich beim lieben Gott, nun hat sie sich zur Abwechslung einmal den Staatsanwalt ausgesucht.«

So kannte Brasch Leonie nicht: dass sie für alles eine schnelle Erklärung parat hatte.

»Hat Charlotte Frankh dir am Abend gesagt, wohin sie fährt? Warum sie so spät noch das Haus verlässt?«

»Ich war nicht hier, war den ganzen Abend unterwegs«, sagte Leonie, wobei sie das Wort »unterwegs« seltsam zweideutig betonte. Sie bereitete ihre langen, zartgliedrigen Hände in einer Geste aus, die Brasch nicht verstand.

Zum ersten Mal fiel ihm auf, dass sie auch seinen Ring nicht mehr trug. Er fragte sich, wo sie gewesen war.

»Wir suchen einen Mann, den Charlotte Frankh Geo genannt hat. Hast du eine Ahnung, wer das sein könnte?« Brasch beobachtete Leonies Gesicht. Wie schnell konnte einem ein vertrauter Mensch fremd werden? Wie schnell konnte jemand die fünf Jahre abstreifen, die er mit einem anderen verbracht hatte? Leonies Augenbrauen zuckten wieder; ansonsten verriet nichts, dass sie unsicher oder aufgeregt war.

»Geo klingt wie Geodreieck«, sagte sie vage in den Raum hinein. »Ich kenne niemanden, den Charlotte so genannt haben könnte.«

Brasch ahnte, dass sie log, aber er fand kein Indiz für seinen Verdacht. Sie war so anders, als er sie in Erinnerung hatte, nicht mehr die stille, in sich gekehrte Leonie, die am liebsten das Leid der ganzen Welt gelindert hätte. Es hieß, dass Frauen sich neue Kleider, eine neue Frisur zulegten, wenn sie sich von einem Mann getrennt hatten, aber Leonie hatte etwas viel Schlimmeres getan. Sie hatte gleich ein anderes Ich angenommen.

Er stand auf und ging zum Fenster, aber da war nichts zu sehen, weil der Mond verschwunden war und die sauberen, kleinen Gärten in völliger Dunkelheit dalagen. Plötzlich versuchte er sich an den schönsten Augenblick zu erinnern, den er mit Leonie erlebt hatte.

»Weißt du noch, wie wir unsere erste Nacht zusammen verbracht haben?«, sagte er. »Es war draußen am Rhein. Wir hatten nur eine dünne, viel zu kleine Decke dabei gehabt, und irgendwann in der Nacht stand der Mond so weiß und klar am Himmel, dass sein Licht uns aufweckte. Und später ist dann aus dem Nichts ein Hund aufgetaucht. Ein großer, weißer Hund, der um uns herumschlich, bevor er wieder verschwand. Ein Mondhund, hast du gesagt.«

Leonie schwieg und regte sich nicht.

Brasch fand sein Gesicht im Fenster gespiegelt. Seltsam bleich und halbiert sah es aus, als stände da nur ein halber Mensch und suchte nach der anderen verlorenen Hälfte.

»Ich habe nicht gedacht, dass du gekommen bist, um alte Erinnerungen aufzufrischen.« Wenn in Leonies Stimme ein Hauch von Vertrautheit gewesen war, dann hatte sie ihn innerhalb eines Wimpernschlags mühelos gegen blanken Stahl eingetauscht. »Ich habe gedacht, du bist als Polizist hier, um einen Mord aufzuklären. Charlotte Frankh war meine Kollegin.«

Brasch drehte sich abrupt um. Er machte eine abwehrende Handbewegung. Hier war nichts mehr zu machen. Es half nichts, auf Leonie zuzulaufen, sie zu rütteln, ihr mit der Faust ins Gesicht zu schlagen. Noch nie, nicht einmal in seinen härtesten Vernehmungen hatte Brasch das Gefühl gehabt, einen Menschen so ganz und gar nicht zu erreichen.

Er nahm seinen Notizblock hervor. Eine dienstliche Geste, die ihm Sicherheit verlieh. »Wir suchen eine Freundin von Charlotte Frankh, jemand, der ihr sehr nahe stand. Vielleicht hatte sie ja an der Schule eine Vertraute.«

Leonie lachte wieder. Brasch glaubte plötzlich eine graue Strähne in ihrem schwarzen Haar zu sehen. »Bestimmt nicht. Charlotte hat die meisten unserer Kollegen gehasst und ist ihnen aus dem Weg gegangen. Ihre beste Freundin war eine Psychologin, die letztes Jahr mit ihrem

Mann nach Kanada ausgewandert ist. Ich habe sie angerufen. Übermorgen wird sie nach Deutschland kommen. Zur Beerdigung.«

»Du kannst mir also ihre Telefonnummer geben?«

Mit einem angedeuteten Nicken stand Leonie auf und holte ihren schwarzen Lederbeutel hervor, der über einem der schäbigen Stühle hing. Wie ein Relikt aus einer guten, vertrauten Zeit kam Brasch dieser Ledersack vor. Leonie setzte sich an den Schreibtisch und blätterte in ihrem abgewetzten Adressbuch, das sie stets vor ihm verborgen hatte. Dann schaute sie ihn an und diktierte ihm eine ellenlange Telefonnummer. »Helga heißt die Freundin. Habe ich euren Ermittlungen damit sehr geholfen?«

Brasch beugte sich vor. Wenigstens für einen winzigen Moment wäre er Leonie gerne ganz nah gekommen, aber sie wandte sofort das Gesicht ab. Brasch fiel auf, dass auch Charlie Parker endlich aufgehört hatte zu spielen. Mit einem lauten Geräusch schaltete sich der Kassettenrekorder ab. Zum nächsten Gespräch würde er Leonie ins Polizeipräsidium bestellen müssen.

Dankbar, dass er wieder ging, erhob Leonie sich. Hatte sie wirklich gelächelt, als er gekommen war? Jetzt war ihr Gesicht dunkel und verschlossen, aber dadurch wirkte sie noch geheimnisvoller und schöner.

»Rufst du mich an, wenn dir etwas über Charlotte Frankh einfällt?«, sagte Brasch. Er suchte die graue Strähne in ihrem Haar, konnte sie aber nicht mehr entdecken. Vielleicht war es nur ein besonderer Glanz gewesen.

Leonie nickte ihm wortlos zu und verschränkte ihre Hände in einer Geste der Unentschlossenheit.

An der Wohnungstür blieb Brasch noch einmal stehen und drehte sich um. Manche Fragen sollte man nicht stellen; manche Fragen waren wie eine Brücke, über die man besser nicht ging.

»Wo ist dein Klavier?«, fragte er. »Was hast du mit deinen Möbeln gemacht, bevor du hier eingezogen bist?«

Leonie lächelte ein wenig verlegen. Einmal tanzten ihre Augenbrauen auf und ab. »Es gibt Spediteure, die auf Notlagen vorbereitet sind«, sagte sie leise. »Ich habe meine Möbel vorläufig in ein Lager bringen lassen. Aber ich habe schon eine neue Wohnung gefunden.«

In welcher Zeit leben Menschen? Manche leben nur in der Vergangenheit, umgeben von leeren Spiegeln, in denen niemand wohnt, allenfalls ein paar verblichene Spukgestalten. Brasch sah das Licht über Köln. Majestätisch ragte der Dom im weißen Dunst auf. Im Vergleich zu anderen Metropolen war Köln eine dunkle Stadt, die nur einen wirklichen Lichtpunkt besaß. Brasch hätte sich gern ein Stück heitere Gegenwart gewünscht, aber wenn er ehrlich zu sich war, wusste er nicht, wo er dieses Stück Gegenwart finden sollte. Er hätte Hedwig suchen können, Leonies wilde jüngere Schwester, aber dann ertappte er sich dabei, wie er Pia anrief, ohne überhaupt zu wissen, was er mit ihr reden wollte. Allerdings vergeblich. Nicht einmal ihre Mailbox war eingeschaltet.

Brasch machte kein Licht, als er sein Haus betrat. Mittlerweile fand er sich hier auch im Dunkeln zurecht. Es gab Bahnen der Dunkelheit, denen er folgte. Beinahe lautlos schlich er in die Küche. Im Kühlschrank herrschte bereits die Trostlosigkeit eines Single-Haushaltes. Ein Stück ranziger Butter lag da neben drei letzten Flaschen Bier. Zu Leonies Zeiten hatte hier meistens drangvolle Enge geherrscht. Brasch trank die erste Flasche im Licht des halb geöffneten Kühlschranks. Mit der zweiten setzte er sich ans Fenster und blickte zum Rhein hinunter. Ein einsames Licht schien herüber. Vielleicht hatte ein Schiff dort festgemacht, oder ein paar Jugendliche liefen mit einer Taschenlampe umher. Es war so still, dass kein einziges Geräusch zu hören war. Keine Stimmen, kein Auto, nicht einmal der Ruf eines Vogels, der durch die Nacht flog.

Für ein paar Momente schloss Brasch die Augen. Er wollte an die ermordete Charlotte Frankh denken, daran, dass irgendjemand in dieser Stadt offenbar einen geheimen Grund gehabt hatte, sie zu töten, aber sofort trat auch Leonie in seine Gedanken, so als wären sie und die Tote Zwillinge, die jetzt und immer zusammengehörten. Warum wohnte Leonie in Charlottes Wohnung? Was hatte sie mit dem Mord zu tun?

Brasch kapitulierte. Morgen um Punkt zehn Uhr würde er Schroedel seinen Bericht überreichen, der dürftig genug ausfallen würde, und dann würde er sich für befangen erklären und den Fall abgeben. Vielleicht sollte er Urlaub machen, aus Köln verschwinden und für zwei, drei Wochen in die Karibik fliegen. Aber er wusste, auch da würde er nur am Strand sitzen und an Leonie denken. Noch immer schien ihr Geruch ihn einzuhüllen. Das war das Schlimmste, dass er meinte, überall ihre Nähe riechen zu können. Wonach roch sie? Nach Blättern im Herbst, nach späten Sonnenstrahlen, nach einer sanften Berührung wie im Vorübergehen ...

Brasch schreckte aus einem matten Halbschlaf auf, weil fern und schrill das Telefon läutete. Ungelenk stolperte er durch die dunkle Wohnung und wäre beinahe über den letzten Ledersessel gestürzt, den Leonie ihm gelassen hatte. Als er abnahm, meldete sich niemand. Er glaubte zuerst, nur ein leeres Rauschen zu hören, dann jedoch meinte er, kurze, aufgeregte Atemzüge wahrzunehmen. Da atmete jemand abgehackt und hektisch ein und aus. Sofort meldete etwas in seinem Kopf ihm den Namen Leonie, aber das war nur ein müder Reflex. Warum sollte Leonie ihn anrufen und sagte dann kein Wort? Nein, jemand rauchte nervös am Telefon, daher das seltsame Atmen. Leonie hatte noch nie geraucht. Ina, fiel ihm plötzlich ein, die rothaarige Fotoreporterin vom *Stadtanzeiger*, die ihm nachzustellen schien. Ina rauchte mindestens eine Schachtel Zigaretten am Tag.

Als er ihren Namen mit heiserer Stimme in den Hörer hineinsprach, setzte die Atmung am anderen Ende der Leitung für einen irritierenden Moment aus. Dann wurde aufgelegt.

Es war ein Uhr dreiundzwanzig. Der Mond war aufgezogen und warf sein mattes Licht über die Wiesen am Rhein. Reglos standen die riesigen Bäume im silbernen Schein, als wären sie Wächter, als müssten sie darauf achten, dass keine Geister aus dem Flussbett stiegen, um das Land heimzusuchen. Einmal glaubte Brasch den Schatten einer Katze zu sehen, die durch seinen mehr und mehr verwilderten Garten schlich. Dann ermüdete es ihn, weiter hinauszustarren, als müsse da etwas zu erkennen sein, das eine Bedeutung besaß. Der Anrufer hatte offenbar nicht vor, sich wieder zu melden. Brasch öffnete die letzte Flasche Bier und zog Leonies Zettel aus seinem Notizbuch. Wie spät war es um diese Uhrzeit in Kanada?

Zögernd tippte er die Nummer ein und wartete. Dreimal klingelte es irgendwo auf der anderen Seite der Welt, dann meldete sich eine Frauenstimme und nannte einen unverständlichen Namen. Brasch fiel ein, dass Leonie ihm keinen Nachnamen genannt hatte. Vielleicht war alles ein Irrtum gewesen, eine billige Täuschung, um ihn loszuwerden.

»Martin Brasch, German Police«, sagte er. »May I talk to Mrs. Helga, please.« Seine Stimme schwankte, und er spürte, dass er mindestens eine Flasche Bier zu viel getrunken hatte.

»Was wollen Sie?«, erwiderte die Frauenstimme. Ihr Deutsch war aus kaltem, unfreundlichem Stein.

»Entschuldigen Sie«, sagte Brasch, »aber wir haben erst jetzt herausgefunden, dass Sie eine Freundin von Frau Charlotte Frankh waren.«

»Ja«, sagte die Stimme, nur ein kurzes »ja«, das einen langen Anlauf von ein paar tausend Kilometern nahm und dabei immer eisiger wurde.

Brasch geriet für ein paar Momente aus dem Takt. Er versuchte sich vorzustellen, was für eine Frau da einsilbig am anderen Ende in Kanada saß, aber kein Bild baute sich vor seinen Augen auf. »Wir haben ein paar Fragen, die bei unseren Ermittlungen weiterhelfen könnten. Sie waren eine enge Vertraute von Frau Frankh?«

»Ich war vor ein paar Jahren ihre Therapeutin«, sagte die Stimme reserviert. »Ich habe Charlotte bei ihren Alkoholproblemen geholfen.«

Wieder zögerte Brasch. Er hatte das Gespräch ohne einen Plan begonnen, und nun schien es ihm vollkommen zu missglücken.

»Warum hatte Frau Frankh Alkoholprobleme?«

»Hören Sie«, sagte die Stimme und nahm einen ernsten und verärgerten Tonfall an. »Ich glaube nicht, dass wir darüber am Telefon ein geeignetes Gespräch führen können. Es gibt eine Schweigepflicht für Therapeuten, und von ihr fühle ich mich nicht entbunden. Ich komme übermorgen nach Köln. Dann können Sie mir Fragen stellen, und ich werde entscheiden, ob ich sie Ihnen beantworte.«

»Eine Frage müssen Sie mir aber sofort beantworten.« Brasch saß in seiner deutschen Dunkelheit und versuchte nun, genauso kalt und unfreundlich zu klingen. »Wir suchen einen Mann, der Charlotte Frankh sehr nahe stand und den sie Geo genannt hat. Hat sie mit Ihnen über diesen Mann gesprochen?«

Die Stimme erwiderte nichts. Nur ein lautes, statisches Rauschen drang aus Kanada herüber.

»Sind Sie noch da?« Voller Ungeduld nahm Brasch das Telefon und ging wieder zum Fenster. Draußen war der Mond hinter dichten Wolken verschwunden, und die riesigen Bäume, die ihre Äste in die Nacht streckten, waren nur als besonders dunkle Flecken zu erahnen.

»Ich denke nach«, sagte die Stimme schließlich. Sie klang plötzlich ganz nah und nicht mehr so eisig und abweisend. »Er kann es nicht gewesen sein. Er hat Charlotte vielleicht betrogen und ausgenutzt, aber er hat sie bestimmt nicht umgebracht.«

»Dann wissen Sie, wer Geo ist?«

Wieder dauerte es ein paar Sekunden, bis die Frau sich zu einer Antwort entschloss. »Geo ist der Geographielehrer. Charlotte hat am Anfang einen Spaß daraus gemacht und ihn damit aufgezogen, dass er nur Sport- und Geographielehrer ist. Sie war sehr verliebt in ihn. So verliebt, wie eine Frau niemals sein sollte.« Die Stimme verlor sich erneut in Nachdenklichkeit, fast als redete sie gar nicht mehr mit ihm, sondern eher mit sich selbst.

»Den Namen?«, rief Brasch. »Kennen Sie den Namen?«

»Ja, gewiss«, sagte die Stimme. Sie klang wieder genauso eisig wie am Beginn des Gesprächs, aber nun galt dieses Eis nicht mehr ihm, sondern schien einen anderen Grund zu haben. »Der Mann ist verheiratet. Er heißt Achim Stocker.«

Als Brasch den Hörer auflegte, hatte er zum ersten Mal seit Wochen wieder das Gefühl, etwas Sinnvolles geleistet zu haben. Morgen würde er sich einen kleinen Triumph erlauben. Er würde den Fall an Mehler übergeben, aber zuvor würde er ihm Stocker ans Messer liefern. Stocker war der Mann, den sie suchten.

Leonie lachte. Sie hob die Hand vor ihren Mund, beugte sich ein wenig vor und machte sich kleiner, so, als wolle sie dieses Lachen für sich behalten, als dürfe es nicht in die Welt davonfliegen. Aber sie sah wunderschön aus. Brasch hätte zum Komiker, zum Stegreifartisten werden können, damit sie immer weiter lachte.

Manchmal lachte sie aber nicht. Dann atmete düsteres Schweigen aus ihr. Der erste Besuch bei seinen Eltern war solch ein Schweigetag gewesen. Seine Eltern hatten den Kaffeetisch auf ihre unbeholfene, kleinbürgerliche Art gedeckt, und Leonie war in einem flammend roten langen Kleid erschienen. Solch ein Feuerkleid hatte man in der Eifel noch nie gesehen. So sehr seine Eltern sich auch abgemüht hatten, ein Gespräch in Gang zu bringen – Leonie hatte nur genickt, aber kaum ein Wort gesagt.

Leonie lachte. Sie konnte sich neben kleine, blond gelockte Mädchen stellen und sich neue Kinderreime erzählen lassen, oder sie erfand selber welche, aberwitzige Abzählreime, denen sie ihr anderes, helleres Lachen hinterhersang. Leonie lachte. Sie lagen nebeneinander, Haut an Haut, und Leonie war eine Krake, ihre Hände waren riesige Tentakel, die ausgelassen über seine Brust, seine Arme wanderten und ihm das Lachen beibrachten, es wie einen tiefen, fernen Klang aus seinem Körper hervorholten. Leonie lachte. Sie saß summend am Klavier, verirrte sich in schrägen Melodien, und dann plötzlich brach das Lachen wie eine helle Klangkaskade aus ihr heraus. Auch ihr Klavier lachte mit, es gluckste und kicherte, immer höher, immer schriller, bis es sich wie in die Unendlichkeit entfernte …

Brasch erwachte mühsam und widerwillig. Noch immer meinte er, Leonies Lachen zu hören, das ihm von einem wirren Traum in den nächsten hinterhergejagt war. Er brauchte eine Weile, ehe er begriff, dass das Telefon neben seinem Bett unablässig klingelte. Im Zimmer war es taghell. Ein Blick zur Uhr ließ Panik in ihm aufsteigen. Es war zehn Minuten nach acht.

»Ja?«, rief Brasch mit heiserer Stimme in den Hörer.

»Na endlich«, sagte Mehler. »Gott sei Dank, dass du abhebst. Bist du ins Koma gefallen?«

Entsetzt blickte Brasch an sich herab. Er lag im halb aufgeknöpften Hemd und in zerknitterter Hose da. In der Nacht hatte er nicht einmal mehr geschafft, sich auszuziehen. »Ich habe verschlafen«, sagte er entschuldigend. »In fünfzehn Minuten bin ich im Präsidium.«

»Wir haben ein neues Problem.« Mehler sprach stockend und so, als mache er sich beim Sprechen tausend andere schwere Gedanken. Im Hintergrund waren Stimmen zu hören. »Es hat einen zweiten Toten gegeben. Grupe ist tot.«

Brasch richtete sich langsam auf. Er blickte in den Garten, der grün und friedlich im frühen Sonnenlicht dalag.

Sogar ein paar Vögel sangen. So ähnlich musste ein idyllischer Morgen im April aussehen.

»Ist er ermordet worden?«

Mehler stöhnte auf. »Wir wissen es noch nicht. Er liegt mit zertrümmertem Rückgrat in der Schule. In seinem Sternenpalast.«

Zweiter Teil

6

Die Männer der Spurensicherung stiegen in ihren weißen Papieranzügen aus einem Mannschaftswagen, als Brasch zur Schule hinauffuhr. Vor dem Eingang stand Ina und rauchte. Immer wieder blickte sie zur Straße hinüber. Offenbar wartete sie auf jemanden. Brasch fiel auf, dass er sie noch nie in Begleitung gesehen hatte. Sie schien die perfekte Einzelgängerin zu sein, die immer allein arbeitete und nie einen anderen Reporter dabei hatte.

Als Ina ihn entdeckte, winkte sie ihm zu und lächelte. Sie hat auf mich gewartet, schoss es Brasch durch den Kopf. Der Gedanke erschreckte ihn mehr, als dass er ihm gefiel. Ina hatte ihre roten Haare zu einem strengen Zopf geflochten, wie Schulmädchen es früher getan hatten, aber dadurch wirkte sie eher müde und abgehärmt.

»Sie kommen spät, Herr Polizist«, sagte sie spöttisch. »Ich habe schon gefürchtet, Sie hätten heute Ihren freien Tag.« Wenn Ina ihn in der Nacht angerufen hatte, nur um ihm ein paar kunstvolle Atemzüge vorzuführen, dann ließ sie sich jedenfalls nichts davon anmerken.

Brasch ignorierte ihr Lächeln. »Wo ist Grupe?«, fragte er ohne eine Begrüßung.

Ina schwenkte die Arme. »Hat die Erde mit unbekanntem Ziel verlassen«, sagte sie. Es sollte irgendwie humorvoll klingen, aber eine sonderbare Bitterkeit schwang in ihren Worten.

Gemeinsam gingen sie um das Schulgebäude herum. Durch die großen Fensterscheiben war zu sehen, dass sich sämtliche Schüler in der Aula versammelt hatten. Auf dem Podium stand Geißler und hielt eine Rede, wobei er immer wieder seine rechte Hand hob, als würde er höheren Beistand für sich und die Schule herabflehen.

Hinter der Schule begann die Absperrung der Polizei. Linker Hand lag die Turnhalle und rechter Hand ein seltsames Kuppelgebäude, das auf drei Betonpfeilern ruhte. Eine gewundene Treppe ohne Geländer führte zu der Kuppel hinauf. Ein Stahlgitter, das offenbar den Zugang zur Treppe versperrt hatte, war beiseite geräumt worden. Mehler, Pia und drei Männer der Spurensicherung standen am Eingang zur Kuppel und blickten zu ihnen hinunter.

»Das ist der Sternenpalast?«, fragte Brasch. Bei seinem ersten Besuch in der Schule war ihm dieses Gebäude nicht aufgefallen. Auch Leonie hatte nie davon erzählt.

Ina nickte. »Wussten Sie, dass Grupe es mit seinem eigenen Geld gebaut hat? Er hat sich eigens eine Genehmigung dafür besorgt. Es sollte ein Observatorium werden.«

Der Eingang zur Kuppel mochte in einer Höhe von acht oder neun Metern liegen. Wenn Grupe von dort in die Tiefe gestürzt war, hatte er keine Chance gehabt.

»Die Leiche ist vor ein paar Minuten abtransportiert worden«, sagte Ina. »Sah unecht aus, eher wie eine kaputte Marionette.«

Als Brasch die kahlen Betonstufen hinaufschritt, spürte er schon nach wenigen Metern, wie ihn ein Schwindelgefühl erfasste. In seinem Kopf begann etwas unaufhörlich zu klopfen. Geländer an Treppen – und mochten sie noch so provisorisch sein – waren doch keine überflüssige Einrichtung. Ina war nicht anzumerken, dass die Höhe ihr etwas ausmachte. Mit anmutigen, gleichmäßigen Bewegungen schritt sie vor ihm her. Am Ende der Treppe hatte Brasch weiche Knie und war völlig außer Atem. Ein flüchtiger Blick in die Tiefe und er wäre wahrscheinlich mitten in der Bewegung erstarrt und festgefroren. Dann hätte ihn die Feuerwehr abseilen müssen, und Ina hätte ein paar wundervolle Fotos von der Rettung eines höhenkranken Polizisten bekommen.

Pia eilte Brasch entgegen und schaute ihn besorgt an. Fast sah es aus, als wollte sie ihm hilfreich ihre Hand entgegenstrecken und hielte sich im letzten Augenblick zurück. »Alles in Ordnung?«, fragte sie stattdessen. Auf ihrer makellos weißen Stirn zeigte sich eine mitfühlende Falte.

Brasch nickte wortlos. Die Betonkuppel war viel größer, als es von unten wirkte. Licht drang nur durch ein etwa zwei Meter großes Loch in der Decke herein. Die Spurensicherung hatte daher zwei große Scheinwerfer aufgebaut, die den weitläufigen Raum gleißend hell ausleuchteten. Mehler hatte sich mit den drei anderen Männern in der Kuppel verteilt und suchte den Boden nach Spuren ab. Geisterhafte Schatten warfen die vier Gestalten an die Wände. Ansonsten war außer nacktem Beton nichts auszumachen. Keine Werkzeuge, keine Waffen, nichts.

»Dieses Gebäude hat tatsächlich Grupe bauen lassen?«, fragte Brasch. Allmählich erholte er sich von seiner Höhenangst.

»Er wollte hier nächstes Jahr eine Sternwarte einrichten. Das muss ihn eine hübsche Summe gekostet haben«, sagte Pia. »Eigentlich sind Lehrer nicht so verrückt, dass sie ihrer Schule Geld schenken.«

»Wer hat Grupe gefunden?« Brasch beobachtete, wie Ina ins Licht trat und wahllos ein paar Fotos schoss, als wollte sie ihm ausdrücklich beweisen, dass sie nicht wegen ihm, sondern beruflich hier war.

»Der Hausmeister. Der arme Kerl ist ganz durcheinander. Zwei Tote innerhalb von vierundzwanzig Stunden an seiner Schule. Kein schlechter Schnitt.« Pias Stimme klang ruhig, so als gäbe es hier keine schweren Fragen, sondern nur leichte Antworten.

»Haben wir Anzeichen gefunden, dass sich eine zweite Person mit Grupe hier aufgehalten hat?«

Pia schüttelte den Kopf. »Bisher nicht. Sieht aus, als wäre er hier aus freien Stücken heruntergesprungen. Könnte Selbstmord gewesen sein.«

»Möglich, aber warum sollte Grupe sich umgebracht haben?«, fragte Brasch. Langsam bewegte er sich wieder auf die Treppe zu.

»Vielleicht hat er Charlotte Frankh getötet und ist mit dieser Schuld nicht fertig geworden.«

Der halbe Blick, den Brasch in die Tiefe riskierte, reichte aus, um ihm sogleich wieder weiche Knie zu bescheren. Noch hatte er keine Ahnung, wie er hier herunterkommen sollte. Doch abseilen lassen. Oder darauf warten, dass eine freundliche Firma kam und ein sicheres Metallgitter anbrachte.

»Wenn Sie Höhenangst haben, dürfen Sie nicht hinunterschauen.« Pia war dicht neben ihn getreten. Für sie als Extremkletterin war Treppensteigen ohne Geländer nur ein müdes Aufwärmprogramm. »Dann ist es, als würden Sie in einen Strudel geraten, der Sie in den Abgrund reißt. Schauen Sie geradeaus, schauen Sie nach oben. Der Himmel ist heute wunderbar blau.«

Brasch versuchte zu lächeln. »Blaue Himmel machen mich nervös«, sagte er und entschied sich, am besten gleich den Rückzug anzutreten. Er sah noch, wie Mehler ihm erstaunt nachblickte und Ina in einer unbestimmten Geste die Hand hob, aber da war er schon die ersten Stufen hinabgestiegen. Wie ein alter Mann, dem die Arthritis in den Gelenken wütete, schritt er die Treppe hinunter.

Konnte es sein, dass Grupes Sturz ein Unfall war, dass er sich nachts die Sterne in seinem Betonpalast anschauen wollte und sich dabei einen fatalen Fehltritt geleistet hatte? Aber niemand, der einigermaßen bei Verstand war, würde in der Nacht hier herumklettern. Es sei denn, er wäre betrunken. Ja, einen Betrunkenen mit ein paar herausfordernden Worten die Treppen hinaufschicken käme beinahe einem Todesurteil für ihn gleich. Als Brasch einen Rhythmus gefunden hatte und er seine Füße gleichmäßig voreinander setzte, beruhigte sich sein Herzschlag ein wenig. Fünf, sechs Schritte kam er mit einer gewissen Sicherheit voran. Er wagte sogar, einen leichtsinnigen Moment nach unten zu blicken. Am Fuß der Treppe stand Stocker neben einer ganz in Schwarz gekleideten Frau. Mit ernster Miene schaute Stocker zu ihm hinauf. Brasch beschleunigte seine Schritte, aber jetzt war er aus dem Takt geraten. Auch wenn er nur noch drei, vier Meter an Höhe zurückzulegen hatte, fühlte er sich wie auf einem Schiff, das plötzlich in schweres Wasser geraten war und zu kentern drohte. Gab es bunte Pillen gegen Höhenangst? Wenn ja, würde er sofort die nächste Apotheke ansteuern und sich einen beruhigenden Vorrat für die nächste Kletterei zulegen.

Als er endlich rettendes Ufer erreicht hatte, war

Stocker verschwunden. Die schwarze Frau schaute ihn mit stummem, vorwurfsvollem Blick an. Sie war alt, zweifellos weit über fünfzig, aber Brasch wusste sofort, dass er Grupes Witwe gegenüberstand und ein paar tröstende Worte finden musste.

Elisabeth Grupe kochte Kaffee. Sie tat das gewissenhaft, in einem eleganten Glaskolben, so als wären besondere Gäste gekommen und nicht zwei Polizisten, die den rätselhaften Tod ihres Mannes untersuchen sollten. Sogar einen Teller mit Gebäck stellte sie parat. Ein Wort kam ihr dabei aber nicht über die Lippen. Die Trauer machte sie stumm und ließ nur ein paar Gesten übrig.

Brasch trank den heißen, tiefschwarzen Kaffee, während Pia kopfschüttelnd ablehnte. Sie setzte sich auch nicht, sondern blieb am Fenster stehen und schaute in einen Garten hinaus, der aussah, als hätte eine Schachspielerin hier ihre festen Ordnungsprinzipien verwirklicht. Kleine Buchsbäume säumten Blumenbeete ein, und Koniferen standen als Grenzwächter Spalier.

Auch das Esszimmer vermittelte den Eindruck freundlicher Ordnung. Rustikale Stühle, die vermutlich aus einem Antiquitätengeschäft stammten, gruppierten sich um einen Tisch, den eine weiße Spitzendecke zierte. An der Wand zwischen zwei großen, blanken Gläserschränken hingen Porzellanteller, die in ihrer Schlichtheit aussahen, als hätten sie ein Vermögen gekostet.

Grupes Witwe setzte sich, aber so zögernd und zaghaft, als sei sie ganz sicher, dass sie gleich wieder aufstehen musste, um irgendetwas aus der Küche zu holen.

»Ich kann es nicht glauben«, sagte sie schließlich, tief über ihre Kaffeetasse gebeugt. »Aber als mein Mann heute Morgen nicht da war, habe ich gleich gewusst, dass etwas passiert sein musste.«

Brasch schaute zu, wie ihre Hände über den Tisch glitten und ein wirres Muster zogen. Die ersten braunen Altersflecken hatten sich in ihre Haut gegraben. »Wann ist Ihr Mann gestern Abend aus dem Haus gegangen?«

»Es war gegen neun. Er hat nicht viel gesagt, nur, dass er noch einmal kurz in die Schule fahren müsste.«

»Aber Sie wissen nicht, warum er losgefahren ist? Hat ihn jemand kurz zuvor angerufen?«

»Ich weiß es nicht.« Sie schaute auf. Eine andere Art von Trauer war in ihren Augen zu lesen. »Ich weiß schon lange nicht mehr, was mein Mann denkt und tut.« Sie atmete so heftig aus, als wollte sie nie wieder Luft holen. Brasch bemerkte, dass sie plötzlich zu frieren schien.

»Glauben Sie, dass Ihr Mann freiwillig aus dem Leben geschieden ist?« Pia setzte sich nun doch. Neben der trauernden, grauhaarigen Elisabeth Grupe sah sie wie ein junges, wildes Mädchen aus, das gerade erst die Schule verlassen hatte. Ihre Frage reiste nicht mit Lichtgeschwindigkeit; es dauerte ein paar lange Sekunden, bis Elisabeth Grupe sie verstanden hatte.

Sie nickte. »Es hat ihn alles immer sehr mitgenommen«, sagte sie. »Jedes Problem, das in der Schule auftauchte, jeder kleinste Streit im Kollegium, jedes schwierige Gespräch mit Eltern oder älteren Schülern. Er konnte auch nichts vergessen, besonders nicht die Dinge, die ihm misslungen waren. Er war ein sehr ängstlicher Mensch. Niemals hätte er Lehrer werden dürfen. Physiker, Wissenschaftler, aber niemals Lehrer.« Sie trank einen Schluck Kaffee, aber auch das schien sie nicht zu erwärmen. Fröstelnd strich sie sich über die Oberarme.

»Nein«, sagte sie dann und hob den Blick zu Brasch. »Nein, er hätte sich nicht umgebracht. Er hatte etwas, für das er lebte: dieses Observatorium, das er für die Schule bauen wollte.«

»Diese Sternwarte war tatsächlich seine Idee?« Der Gedanke, dass jemand für ein paar tausend Sterne am Himmel lebte, erschien Brasch überaus befremdlich.

»Vor sieben Jahren fing es an. Nichts hat ihn mehr interessiert. In jeder freien Minute hockte er über Büchern und Sternenkarten, und nachts stand er mit einem Teleskop am Fenster. Es existiert sogar irgendwo ein Stern, der seinen Namen trägt, weil er ihn als Erster entdeckt hat. Ja, so etwas gibt es. Man kann sich in einem Stern verewigen.«

»Sie haben sich nie mit Sternen beschäftigt?«

»Nein, ich habe nichts für die Astronomie übrig. Ich bin eigentlich Professorin für Theaterwissenschaft, aber jetzt lehre ich nicht mehr, sondern schreibe nur noch Bücher.«

Brasch sah, dass auch Pia überrascht die Augenbrauen zusammenzog. Alles hätte er sich beim heiteren Beruferaten vorstellen können: dass Elisabeth Grupe seit dreißig Jahren einen Häkelkurs an der Volkshochschule leitete oder beim Finanzamt die Buchstaben K–O betreute, aber nicht, dass sie Professorin fürs Theater war.

»Hatten Sie nie daran gedacht, Kinder zu haben?« Pias Frage überraschte Brasch, dann dachte er an Grupes Neffen, das Bürschchen, das bei Charlotte Frankh eingebrochen war.

»Mein Mann wollte anfangs keine Kinder, und schließlich war es zu spät.« Wenn ein Bedauern in ihren Worten lag, wusste sie es zu verbergen. »Männer sind anders«, sagte sie und blickte Pia beinahe mütterlich an. »Sie begreifen nicht, dass es für alles eine Zeit gibt. Meine Zeit, Kinder zu bekommen, war abgelaufen, als Georg endlich daran dachte. Dabei wäre er ein wunderbarer Vater geworden.« Plötzlich wandte sie den Kopf, als lauschte sie, als geisterten da irgendwo Stimmen durchs Haus, die sie hören und verstehen musste, aber da war nur Stille, die langweilige Stille eines Kölner Vororts. Tränen traten in ihre Augen.

»Hat Ihr Mann Feinde gehabt?«, fragte Pia. »Jemanden, der ihn bedroht hat?«

Stumm schüttelte Elisabeth Grupe den Kopf und tupfte sich mit einem blütenweißen Taschentuch über die Augen. »Bei einem Lehrer weiß man nie, wer auf einmal seinen Hass auf ihn entdeckt, aber mein Mann hat versucht, es allen recht zu machen. Natürlich hat es trotzdem Ärger gegeben. Schüler, die nachts anriefen oder ihm Drohbriefe schickten.«

»Kennen Sie Frau Charlotte Frankh?«

Die Frage ließ sie zögern. Sie schaute Brasch an, als müsse er ihr ein Stichwort liefern, das ihrer Erinnerung weiterhalf. »Eine sympathische Person«, sagte sie dann und griff an ihrem weißen Taschentuch herum. »Ich habe sie zwei-, dreimal auf Schulfesten getroffen. Aber ich glaube nicht, dass mein Mann sie näher gekannt hat. Sie waren beide gute Kollegen, nicht mehr. Das haben Sie doch wissen wollen?«

Brasch nickte. »War Ihr Mann vorgestern Abend zu Hause?«

»Nein«, sagte Elisabeth Grupe. Ihre Antwort kam schnell und so, als habe sie auch schon darüber nachgedacht. »Ich habe in meinem Zimmer gearbeitet, aber ich weiß, dass er das Haus verlassen hat. So gegen dreiundzwanzig Uhr.«

»Und das war nicht ungewöhnlich?«

»An manchen Tagen war an ihm alles ungewöhnlich. Irgendjemand hätte ihn anrufen können und ihm sagen, das man vom Rheinufer aus einen bestimmtenStern genau erkennen würde. Und schon wäre er losgefahren und hätte die halbe Nacht am Fluss verbracht.« Sie hob die Arme und senkte sie wieder in einer Geste der Ratlosigkeit. Ja, dachte Brasch, so ist das: Man lebt in einer Wohnung, aber eigentlich ist man einen Kontinent weit entfernt; man verliert sich aus den Augen und kennt sich nicht mehr, ohne überhaupt zu wissen, wann dieses Nichtkennen begonnen hat.

»Er hat Ihnen nicht gesagt, wohin er gefahren ist?«

Elisabeth Grupe schüttelte sanft den Kopf. »Wir haben in der letzten Zeit nicht viel miteinander gesprochen. Manchmal kam es mir so vor, als wäre ihm sogar das Reden zu viel geworden.«

»Dürfen wir das Arbeitszimmer Ihres Mannes sehen?«, fragte Pia. Ihre Stimme klang so nachsichtig und rücksichtsvoll, wie Brasch sie nur selten bei ihren gemeinsamen Ermittlungen erlebt hatte.

Elisabeth Grupe erhob sich stumm. Jetzt erst fiel Brasch auf, dass sie aussah, als hätte man einen großen Frauenkopf auf einen viel zu kleinen, mageren Körper gesetzt. Gab es Magersucht auch bei Professorinnen, die fast sechzig waren und Bücher schrieben?

Grupes Zimmer lag in der ersten Etage. Eine gewundene Holztreppe führte hinauf. An den Wänden hingen kunstvolle Fotografien, die offenbar Szenen aus verschiedenen Theateraufführungen zeigten. Brasch verstand zu wenig davon, um einen Schauspieler oder ein bestimmtes Stück zu erkennen. Vor einer Tür am Ende eines kurzen Ganges verharrte Elisabeth Grupe für einen Moment. Fast sah es aus, als wolle sie anklopfen, dann drehte sie den Schlüssel, der im Schloss steckte, herum und öffnete.

»Das ist sein Zimmer«, sagte sie leise, ohne Anstalten zu machen, es zu betreten.

Brasch konnte sich erinnern, nur einmal einen ähnlichen Raum gesehen zu haben; vor Jahren bei einem Antiquar irgendwo in der Südstadt, als Leonie einen längst vergriffenen Roman gesucht hatte. Grupes Zimmer war in dieser dezent geschmackvollen Wohnung extraterritoriales Gelände. Die Jalousien waren nur einen Spaltbreit hochgezogen, trotzdem konnte man die heillose Unordnung auf den ersten Blick erkennen. Auf drei Bücherstapeln neben der Tür lagen einige zerknitterte Kleidungsstücke, die bei genauerer Betrachtung als Hemden und Hosen zu identifizieren waren. Vor dem Schreibtisch, der unter einem Wust von ungeordneten Papieren kaum auszumachen war, standen zwei alte zerschlissene Polstersessel. Auch auf ihnen türmten sich Bücher und Zeitungen, und irgendwo ragten aus dem Durcheinander eine Matratze, auf der eine gelbe Decke lag, und ein Computer mit Bildschirm heraus. Wenn Grupe tatsächlich Selbstmord begangen hatte, wie Pia vermutete, dann war ihm sein Vermächtnis ziemlich gleichgültig gewesen.

Als Elisabeth Grupe das Licht anschaltete, leuchteten Sterne von den Wänden auf. Der Effekt war selbst in diesem Durcheinander ungeheuer; fast als hätte man ein wirkliches Observatorium betreten.

»Vor drei Jahren hat er sämtliche Schränke und Regale

ausgeräumt und Sternenkarten an die Wände gemalt«, sagte sie. Noch immer hatte sie keinen Fuß in das Zimmer gesetzt.

»Nicht schlecht!« Pia drehte sich staunend einmal im Kreis. Ein silbriger Glanz lag auf ihrem Gesicht. »Fehlt nur noch die richtige Musik, und man könnte abtanzen.« Dass Pia offensichtlich eine heimliche Leidenschaft wie Tanzen hegte, überraschte Brasch. Langsam schritt er in das Zimmer hinein. Die Bücher, die da überall verstreut herumlagen, waren keine Schulbücher, sondern hatten mit Sternen und fremden Galaxien zu tun. Grupe hatte anscheinend auch eigene Aufzeichnungen und Berechnungen angefertigt. Etliche handgeschriebene Blätter lagen auf dem Schreibtisch.

Wortlos stand Elisabeth Grupe an der Tür und starrte in den Raum. Noch immer hielt sie ihr weißes Taschentuch in der Hand. Als Brasch sie anschaute, senkte sie den Blick. War es Trauer oder Scham darüber, dass jemand hier eindrang und diese fremde, bizarre Seite ihres Mannes entdeckte? Georg Grupe hatte vorgesorgt. Auf einem kleinen Tisch in einer Ecke fand sich neben drei randvollen Aschenbechern eine ganze Batterie von Flaschen. Da war alles vorhanden, was dem Sternenforscher eine lange Nacht verkürzen konnte: Whiskey, Cognac, Grappa, auch ein paar Flaschen Rotwein. Die schmutzigen Gläser daneben bezeugten, dass Grupe einen gewissen Zuspruch gebraucht hatte. Aber noch etwas anderes erweckte Braschs Aufmerksamkeit. Eine kleine gerahmte Fotografie hing da an der Wand, mitten in einem Sternenbild, wo es nach der reinen Lehre der Astronomie gewiss nicht hingehörte. Das Foto musste vor einer halben Ewigkeit aufgenommen sein. Grupe war darauf zu sehen, ein viel jüngerer, heiterer Grupe, der ein buntes Sommerhemd trug und in die Kamera lächelte. Auch der zweite Mann war Brasch kein Fremder, nur hatte er sich über die Jahre kaum verändert – wenn man davon absah, dass sein Haar an den Schläfen grau und sein Gesicht kantiger geworden war: Stocker hielt ein Sektglas in der Hand, und es sah aus, als würde er gerade eine elegante, wenn auch ein wenig ironische Verbeugung andeuten. Zwischen den beiden Männern stand eine blonde Frau mit weichen, makellosen Gesichtszügen und schaute ein wenig verlegen in die Kamera. Heutzutage, dachte Brasch, würde eine Frau von solcher Schönheit als Model von teuren Hochglanzmagazinen herablächeln, oder sie würde in irgendwelchen Fensehserien mitspielen. In der Hand hielt sie einen Reiterhelm. Auch ihre dunkle Jacke wies sie als Turnierreiterin aus.

»Die großen drei«, sagte Elisabeth Grupe. »So haben sie sich damals genannt.« Resignation lag in ihrer Stimme und die Erkenntnis, wie bitter und schmerzhaft der Blick in die Vergangenheit sein konnte.

»Wer ist die Frau?« Vorsichtig nahm Brasch das Foto von der Wand.

»Das ist Katharina.« Der Laut, den Elisabeth Grupe von sich gab, klang wie ein leises, müdes Lachen. »Sie wurde Stockers Frau.«

Für einen Moment glaubte Brasch an einen Irrtum. Konnte man sich so sehr verändern? Nichts deutete auf den ersten Blick auf die Frau im gelben Kimono hin, die er in Stockers Wohnung gesehen hatte. Aber dann stellten sich doch ein paar Ähnlichkeiten her. Nicht nur das blonde Haar, sondern die Form ihres Mundes und der seltsame Glanz in ihren Augen.

»Wann ist das Foto aufgenommen worden?« Nun beugte sich auch Pia über das Bild.

»Vor mehr als fünfundzwanzig Jahren. Sie waren noch Studenten. Katharina muss der Schwarm der halben Universität gewesen sein. Vor allem war sie eine gefeierte Springreiterin. Das Foto wurde bei einer Meisterschaft in Aachen aufgenommen.«

»Haben Sie das Foto gemacht?«

»Aber nein.« Elisabeth Grupe schüttelte sanft den Kopf. »Ich habe meinen Mann erst kennen gelernt, als Katharina schon Stockers Frau war. Er hat das nie verwunden. Mich hat er nur aus Trotz geheiratet oder aus Angst, allein zu bleiben.«

Für einen Moment schaute Brasch sie an, aber sie reagierte gar nicht, sondern erduldete nur stumm seinen Blick. Es schien Elisabeth Grupe nichts auszumachen, solche bitteren Dinge auszusprechen. Vorsichtig hängte Brasch das Bild zurück und wandte sich wieder zur Tür. Grupes persönliche Papiere zu untersuchen würde zwei Beamte für mehrere Stunden in Anspruch nehmen.

»Wann sind Sie Frau Stocker das letzte Mal begegnet?«

»Nie«, sagte Elisabeth Grupe. »Georg hat dafür gesorgt, dass ich sie niemals kennen gelernt habe.«

Sie verließen das Zimmer. Als Elisabeth Grupe das Licht ausschaltete, sah es für einen Augenblick aus, als würde eine ganze Galaxis erlöschen.

Manchmal könnte man ein wenig Wärme gut gebrauchen. Man könnte sich in eine heiße Badewanne legen, leise Jazzmusik laufen lassen und nachdenken. Oder man könnte sich irgendwo in einer teuren Bar einen doppelten Whiskey gönnen und fremden Leuten zusehen, denen man niemals wieder begegnen würde. Oder man könnte sich ein schwarzes Tuch über den Kopf legen und in der eigenen Dunkelheit zu meditieren lernen. Oder ... Brasch saß in seinem Auto und fror. Er fühlte sich erschöpft. Die Anwesenheit anderer strengte ihn an, und er begann zu bemerken, dass er jede Ausflucht nutzte, um ein wenig allein zu sein. Pia hatte er ziemlich unfreundlich aufgefordert, in der Wohnung zu bleiben und die beiden Beamten einzuweisen, die sich um Grupes Papiere kümmern sollten.

Gab es einen Hinweis darauf, dass die Todesfälle von Grupe und Charlotte Frankh nicht zusammenhingen? Nein, einen solchen Zufall konnte es nicht geben, aber vielleicht hatten sie in eine falsche Richtung gedacht. Vielleicht lief irgendwo ein Irrer herum, der einen besonderen Grund hatte, Lehrer aufs Korn zu nehmen. Die Kriminalität an den Schulen hatte in den letzten Jahren stetig zugenommen.

Es war elf Uhr dreiundzwanzig, als Brasch wieder auf den Parkplatz der Schule einbog. Seinen Termin bei Doktor Schroedel hatte er längst verpasst, vermutlich aber rechnete der Staatsanwalt nach dem zweiten Todesfall ohnehin nicht mit ihm. Mehler stand mit zwei Männern der Spurensicherung zusammen, die gerade ihre Sachen in einen Polizeitransporter luden.

»Habt ihr etwas gefunden?«, fragte Brasch. Er war froh, nicht noch einmal in die Betonkuppel hinaufsteigen zu müssen. Zum ersten Mal bemerkte er, wie warm und freundlich der Tag geworden war.

Mehler griff sich durch sein kurz geschorenes Haar. Er sah bleich und übernächtigt aus. »Grupe scheint sich in seinem Betonpalast häufiger die Nächte um die Ohren geschlagen zu haben. Siebenunddreißig Zigarettenkippen haben wir eingesammelt, dazu zwei Streichhölzer, die allerdings eine Eigenart haben.« Er hielt eine kleine Plastiktüte in die Höhe, in der zwei längliche, abgebrannte Zündhölzer lagen. »Sie sind ungefähr einen Zentimeter länger als gewöhnliche Streichhölzer. Keine besonders gute Ausbeute.«

Brasch nickte. »Eines aber haben wir«, sagte er, »den Mann, den Charlotte Frankh Geo genannt hat.«

Niemand begegnete ihnen, als sie die Schule betraten. Die kahlen, freudlosen Gänge lagen verlassen da. Offenbar hatte der ungeklärte Tod ihres Direktors den Schülern einen freien Tag beschert. Nur Stocker und Geißler saßen stumm im Lehrerzimmer, und Brasch beschlich sofort das Gefühl, als belauerten sich die beiden Männer trotz ihrer Reglosigkeit. Stocker saß am Fenster, vor sich eine aufgeschlagene Zeitschrift, ganz wie ein ordentlicher Angestellter in der Mittagspause, den alles interessierte, nur seine eigentliche Arbeit nicht. Geißler hatte die Tür im Blick. Vor ihm lag ein leeres Blatt Papier, als habe er etwas notieren wollen, aber dann waren ihm doch irgendwo zwischen Denken und Schreiben die Worte ausgegangen. Er erhob sich abrupt und begrüßte Brasch und Mehler mit einem förmlichen Nicken. Sein Gesicht wirkte noch grauer und strenger; wie schlecht und unvollkommen die Welt war, hatte sich wieder einmal bestätigt.

»Ich möchte eine Mitteilung machen«, sagte Geißler laut und gönnte jedem Wort eine deutliche Betonung. »Es gibt da einen Jungen an unserer Schule, den Grupe verdächtigt hat, ein Mädchen belästigt zu haben. Dieser Bursche hat üble Drohungen ausgestoßen. Vielleicht hat er …«

Brasch unterbrach den alten Lateinlehrer mit einer abwehrenden Handbewegung. »Bitte entschuldigen Sie uns für ein paar Minuten. Wir müssen dringend mit Herrn Stocker sprechen.«

Mehler führte Geißler auf den Gang hinaus, kehrte aber im nächsten Augenblick zurück.

Stocker war Geißlers kleiner Auftritt keinen Blick wert gewesen. Ungerührt saß er da und schaute auf seine Zeitschrift. Für einen langen Moment war es so still, dass man das Surren einer Halogenröhre hören konnte, die noch brannte.

Er weiß, dass wir es herausgefunden haben, dachte Brasch und schaute Stocker an, aber es macht ihm nichts aus; er spielt häufiger Spiele, die mit Lügen und Betrügen zu tun haben.

Während Mehler sich an der Tür postierte, ging Brasch langsam auf Stocker zu und setzte sich ihm gegenüber an den Tisch. Ein altes, abgenutztes Schülerpult, mit Kerben und eingravierten Namen, als würden auch die Lehrer hier in einer übergroßen Langeweile ihre Spielchen treiben. Stocker blickte noch immer nicht von seiner Zeitschrift auf.

»Wir haben ein paar Fragen an Sie«, sagte Brasch.

»Ja?« Stocker sah nun doch auf. Sein Gesicht war dunkel und ernst. Auch wenn Brasch nie begriffen hatte, was Frauen an Männern gefiel, so musste er sich eingestehen, dass Stocker attraktiv war; er kleidete sich geschmackvoller als andere Lehrer, und seine blauen Augen konnten jeder Frau das Gefühl vermitteln, er hätte für sie und ihre Sorgen das allergrößte Verständnis.

»Sie haben sich um Grupes Witwe gekümmert?« Brasch beschloss in seiner Befragung einen kleinen Umweg zu nehmen.

»Ich kenne Elisabeth schon sehr lange. Da ist es selbstverständlich, dass ich mich um sie kümmere.« Stocker klappte die Zeitschrift zu, die vor ihm lag. Es war ein Sportmagazin.

»Haben Sie eine Ahnung, wie Grupe zu Tode gekommen sein könnte? Hatte er persönliche Feinde?«

»Ich bin kein Polizist.« Stocker brachte ein mattes Lächeln zustande, und Brasch hatte sofort das Gefühl, dass Leonie ihrem werten Kollegen Stocker alles über ihn erzählt hatte, von seinen Schwächen, seinen Vorlieben, der Art, wie er eine Vernehmung anging. »Aber jeder Lehrer hat Feinde. Wir sind auf der Welt, um Feinde zu haben, und jedes Jahr, mit jeder neuen Klasse, die wir unterrichten, kommen ein paar Feinde hinzu.«

Stocker blickte auf seine Hände. Seine Aussage war nichts wert, nichts mehr als Allgemeinplätze, und niemand wusste das besser als er selbst.

»Wo waren Sie gestern Abend?«

Stocker lehnte sich zurück und verschränkte die Arme vor der Brust. Für einen Augenblick sah es aus, als wolle er auf Zeit spielen, doch dann antwortete er gelassen: »Herr Hauptkommissar, ich bin gewillt, Ihnen jede Unterstützung zukommen zu lassen, auch wenn ich nicht weiß, was es Sie angeht, wie ich den gestrigen Abend verbracht habe. Ich war mit meinem Sohn in einem italienischen Restaurant. Außerdem ...«, er beugte sich vor und strich sich eine seiner leicht ergrauten Locken zurück, eine Geste, die kokett wirkte und Selbstsicherheit verriet, »...war Grupe mein Freund, und auch wenn ich es vielleicht nicht auf eine Art zeige, die einen Polizisten überzeugt, geht mir sein Tod so nahe, als wäre jemand aus meiner Familie gestorben.«

»Wie war Ihr Verhältnis zu Charlotte Frankh?« Brasch hatte Stockers Augen im Blick, aber da war nichts, keine verräterische Regung, kein nervöses Flattern.

»Was hat man Ihnen erzählt?«, fragte Stocker, ohne jedoch eine Entgegnung abzuwarten. »Herr Brasch, Sie sind doch auch ein Mann, Sie wissen, wie so etwas geht. Man trifft eine Frau, man kommt sich näher, man hat ein wenig Spaß und trennt sich wieder.« Ein leicht kölscher Zungenschlag hatte sich in seine Worte geschlichen, so als wollte er, dass sie auf diese Weise harmloser klangen.

»Und warum haben Sie zuerst gelogen? Es wäre besser für Sie gewesen, Sie hätten uns von Ihrem Verhältnis mit Charlotte Frankh erzählt.«

»Sie haben ja Recht.« Stocker hob die Schultern. So ist die Welt, sagte diese Geste, so bin ich, doch ich kann es nicht ändern. »Meine Frau weiß zwar, dass ich gelegentlich mit anderen Frauen zusammen bin, aber sie ist krank. Ich darf sie nicht unnötig aufregen. Im übrigen habe ich meine Beziehung zu Charlotte vor ungefähr drei Monaten beendet.«

»Wie lange hatten Sie ein Verhältnis mit Frau Frankh?«

»Ein paar Monate vielleicht. Außerdem würde ich eher von einer intensiven Freundschaft sprechen, nicht von einem Verhältnis.«

»Sie erinnern sich nicht mehr genau, wann Ihre Affäre begann?«

»Ja«, sagte Stocker. Er schien so selbstsicher zu sein, dass er sich sogar einen gewissen Ärger über Braschs ironische Frage leisten konnte. »Ja, ich erinnere mich nicht mehr so genau, wann es angefangen hat. Ich führe nicht Buch über so etwas. Charlotte war eine sehr junge, unsichere Person. Sie hat Schutz und Hilfe bei einem Mann gesucht, mehr als ich ihr schließlich bieten konnte.« Stocker griff nach einem Zigarillo und zündete es langsam an, dabei wanderte sein Blick zu einem großen weißen Schild, auf dem in roten Buchstaben *Rauchen verboten* stand.

»Aber Sie erinnern sich vielleicht noch, was Sie vorgestern Abend, als Charlotte Frankh ermordet wurde, gemacht haben?« Braschs Stimme klang nun härter und kompromissloser.

»Brauche ich ein Alibi?« Stocker nahm einen genießerischen Zug, aber dann verharrte er plötzlich. Mit leeren, reglosen Augen schaute er an Brasch vorbei zur Tür.

Brasch hatte kein Geräusch gehört, doch als er sich umwandte, stand Leonie in der halb geöffneten Tür, einen Schritt hinter Mehler, der stumm an der Wand lehnte und sie nur anschaute. Einen Moment zögerte sie, wie eine Schauspielerin, die nicht wusste, ob sie zu früh aus den Kulissen getreten war oder vielleicht schon ihr Stichwort verpasst hatte. Ihr schwarzes Haar hatte sie hochgesteckt, ganz aber hatte es sich nicht bändigen lassen. Einzelne Strähnen schwebten um ihren Kopf. Sie ist eine Tänzerin, dachte Brasch und atmete ein paar Sekunden lang nicht. Eigentlich ist sie nur durch Zufall zu einer Sozialarbeiterin geworden.

»Achim war bei mir«, sagte Leonie kaum hörbar. »Wir haben den Abend zusammen verbracht ... und uns unterhalten.«

Brasch wusste, dass sie log. Aber sie hatte einen Schnellkurs belegt, sie war eine Meisterin der Lüge geworden. Keine Wimper zuckte, keine Augenbraue tanzte auf und ab. Brasch konnte sich nicht erinnern, jemals einen ernsten, lauten Streit mit Leonie gehabt zu haben.

Manchmal hatten sie sich in Schweigen und Stille verkrochen, aber es war keine gemeinsame Stille gewesen, sondern jeder hatte so getan, als wäre der andere gar nicht da. Dann fiel ihm etwas anderes ein. Ein Gedanke, der wie ein kleiner wilder Vogel heranflatterte, während Leonie langsam näher kam und Stocker einen neugierigen Blick zuwarf, so als müsse sie ihn mit den Augen abtasten, um zu erfahren, wie es ihm ging. Vielleicht hat Leonie sich gelangweilt in den letzten zwei, drei Jahren, dachte Brasch. Vielleicht gab es eine schrille Seite an ihr, die er nie entdeckt hatte. Konnte eine Frau einen Mann nur aus Langeweile verlassen? Weil es zu keiner Sekunde ein Abenteuer war, mit ihm zusammen zu sein?

Ohne ein Wort setzte sich Leonie neben Stocker. Wäre Brasch ein unbeteiligter Beobachter gewesen, hätte er die beiden für ein hübsches, freundliches Lehrerpaar halten können, aber im nächsten Moment rückte Stocker ein wenig von ihr ab, als wäre zu viel Nähe nichts für ihn.

»Gibt es einen Zeugen dafür, dass Herr Stocker bei dir war?«, fragte Brasch. Das vertraute Du für Leonie nahm Stocker ohne Überraschung hin.

»Ich glaube nicht«, sagte Leonie. Sie schaute Mehler an, als habe er die Frage gestellt. »Wir haben uns bemüht, dass uns niemand sieht.« Ein leises Lächeln schmückte ihren Satz.

Stocker sagte nichts. Er rauchte und sah dem Qualm seines Zigarillos nach. Die Dinge liefen gut für ihn.

»Du wirst eine förmliche Aussage im Präsidium machen müssen«, sagte Brasch. »Vielleicht musst du sie sogar vor Gericht beeiden.«

Leonie nickte stumm. Als Brasch aufstand, konnte er nicht anders. Er ging an ihr vorbei und strich im Vorbeigehen flüchtig über ihre Hand, die blass und ohne Ring auf der Rückenlehne ihres Stuhls lag. Aber er spürte diese Berührung gar nicht richtig; er spürte nur, wie kalt seine eigene Hand war. Ohne sich noch einmal umzuschauen, verließ er das Lehrerzimmer.

7

Wenn man im tiefsten, einsamsten Winkel der Eifel aufwächst, fast hundert Kilometer von der nächsten größeren Stadt entfernt, dann gibt es ein paar Dinge, die sich einem unweigerlich ins Herz graben. Das eine war Braschs Sehnsucht nach Wald, aber nicht nach dem Wald, den Großstädter kennen, dieser öden Ansammlung von Bäumen mit Ruhebänken, Hinweisschildern und sauber gefegten Wegen, sondern dem geheimnisvollen, dunklen Wald, der hinter seinem Elternhaus begann. Viele Stunden hatte er in diesem Wald verbracht, war den Spuren von Rehen und Wildschweinen hinterhergelaufen, oder er hatte einfach nur dagelegen und mit geschlossenen Augen die vielen, verschiedenen Düfte eingeatmet. Wie eine Decke aus Luft waren die Gerüche gewesen, manchmal schwer von Tannennadeln, abgestorbenem Holz oder pilziger, aufgeworfener Erde, dann wieder ganz leicht und hell, weil alles nach Frühling und zarten, grünen Blättern roch. Der Wald war der einzige Ort gewesen, wo er aufhören konnte zu denken. Hier trieben die Gedanken mit den Gerüchen dahin, sie lösten sich auf, so wie sich Schatten auflösten, wenn Sonne durch fahles Geäst schien.

Das andere, was sich in ihm eingegraben hatte, war eine gewisse Art Lampenfieber, die Furcht, Aufmerksamkeit zu erregen, Blicke auf sich zu ziehen, in denen nichts als blanke Neugier lag. Zu viele Menschen in einem Raum, die sich ihm zuwandten, konnten Brasch immer noch schweißnasse Hände bescheren, und nichts war für ihn schlimmer, als eine Pressekonferenz zu geben, in eine Kamera zu starren oder in einer großen Lagebesprechung zu sitzen.

»Ergebnisse«, sagte Doktor Schroedel, »wir müssen endlich ein paar Ergebnisse präsentieren.« Der Staatsanwalt war ein wenig zu klein geraten, mehr als einen Meter sechzig hatte der liebe Gott ihm nicht zugebilligt, und wenn er mit zusammengekniffenen, funkelnden Augen über seine Brille blickte, sah es immer ein wenig so aus, als wäre er ein altkluges Kind, das statt Räuber und Gendarm lieber Verbrecher vor Gericht spielte. Aber der Eindruck täuschte. Schroedel war in der Lage, gleichzeitig mehrere komplizierte Ermittlungen zu leiten und dabei keine Einzelheiten aus dem Auge zu verlieren. »Ich kann mich nicht erinnern, wann wir nach zwei Tagen umfangreicher Ermittlungen jemals so auf der Stelle getreten sind. Kann mir das jemand erklären?«

Schroedel beherrschte auch die Kunst, eine Frage zu stellen und niemanden dabei anzusehen, und doch wusste jeder sofort, wer gemeint war.

Obwohl neben Mehler und Pia noch zwei Leute von der Spurensicherung und ein Gerichtsmediziner im Raum waren, traf die Frage bei Brasch punktgenau ins Ziel.

Brasch räusperte sich, aber es gelang ihm, seine Müdigkeit und den Widerwillen zu einer Rechtfertigung zu überwinden. »Die Tote hat ein recht ungewöhnliches Leben geführt, zumindest für eine Lehrerin. Sie hat während ihres Studiums in einer Bar gejobbt, und dort hat sie noch vor ein paar Wochen einen Liebhaber getroffen, den sie aller Welt verheimlicht hat. Aber wir kennen den

Mann mittlerweile. Er ist Lehrer an der Schule und außerdem ein enger Freund von Grupe.«

Brasch sah, dass Mehler heftig nickte und Pia begonnen hatte, wirre Kreise auf ein Blatt Papier vor sich zu malen. Sie tat das immer, wenn sie besonders konzentriert war.

Schroedel stöhnte auf. »Haben Sie das Alibi des Mannes überprüft?«

Brasch nickte. »Scheint wasserdicht zu sein.«

»Wer hat ihm das Alibi verschafft?«

»Eine junge Kollegin, die an seiner Schule arbeitet, behauptet, mit ihm zusammen gewesen zu sein.« Brasch spürte, dass Pia von ihrem Blatt aufsah und ihn anschaute. Blau und fragend blitzten ihre Augen auf. Ja, das war der Notausstieg aus diesem Fall gewesen, und Brasch war achtlos an ihm vorbeigerannt. Ein Wort über Leonie, und er hätte mit der ganzen Sache nichts mehr zu tun gehabt, hätte sonnigen Urlaub in der Karibik oder auf den Bahamas machen können.

Schroedel schien ein wenig besänftigt. Er nahm die Brille ab und blickte aus einiger Entfernung durch sie hindurch, als müsse er überprüfen, ob sie tatsächlich noch durchsichtig war. Mit zusammengekniffenen Augen sah er wie ein kleiner, schlecht gelaunter Japaner aus. »Was gibt es am zweiten Tatort?«

Nun waren eindeutig Mehler und der Rechtsmediziner an der Reihe. Die Geschichte mit den Zigarettenkippen und den beiden ungewöhnlich langen Streichhölzern kannte Brasch schon. Ansonsten hatte die Untersuchung keine weiteren Spuren erbracht. Auch Grupe hatte nichts Ungewöhnliches bei sich getragen. Ein Portemonnaie mit hundertfünfzig Mark und zwanzig Pfennigen, einer Kreditkarte, einem Abholschein einer Reinigung und drei recht zerknitterten Fotos. Eines zeigte seine Frau, ein Urlaubsfoto aus einem der letzten Jahre, das zweite war bei der Grundsteinlegung für das Observatorium aufgenommen worden. Grupe stand mit einer Schaufel in der Hand da und lächelte etwas linkisch in die Kamera. Nur das dritte Foto bot eine kleine Überraschung. Es war ein altes Foto von Katharina Stocker. Ein lächelnder, über zwanzig Jahre jüngerer Grupe hatte den Arm um ihre Schulter gelegt und küsste sie sanft auf die Wange. Katharina Stocker aber lächelte nicht; mit düsteren Augen und so, als würde sie diese Berührung kaum ertragen, starrte sie den Betrachter an.

»Keine weiteren Anhaltspunkte?«, fragte Schroedel.

Mehler schüttelte den Kopf. »Auch mit dem roten Kinderschuh, den wir über der Toten im Geäst gefunden haben, sind wir nicht weitergekommen. Sicher ist nur, dass er ein paar Stunden vorher noch nicht dort hing. Das Leder hat keinen Tropfen Wasser abgekriegt. Einer anderen Sache werde ich heute noch nachgehen. Angeblich hat Grupe einen Schüler beschuldigt, einem Mädchen aufgelauert und sie belästigt zu haben. Danach soll der Schüler ihn massiv bedroht haben. Bisher ist der Schüler aber nur durch kleine Ladendiebstähle aufgefallen.«

Schroedel nickte. Offenbar war seine schlechte Laune in einen gewissen Gleichmut umgeschlagen.

Der Gerichtsmediziner war ein langer, bleich aussehender Jüngling mit schütteren Haaren, der irgendeinen Allerweltsnamen trug, den Brasch sich nie merkte. Mit gepresster, hastiger Stimme trug er seine Ergebnisse vor. Demnach hatte Grupe sich das Genick zwischen dem dritten und vierten Halswirbel gebrochen. Eine tödliche Verletzung, die eindeutig vom Sturz herrührte. Ansonsten wies seine Leiche nur weitere Kopfverletzungen auf, aber keine, die auf einen Kampf hindeuteten. Grupe war auch nicht betrunken gewesen; im Blut hatte man einen Alkoholgehalt von 1,0 Promille gefunden. Eine Besonderheit gab es allerdings. »Der Tote muss kurz vor seinem Tod noch Geschlechtsverkehr oder zumindest eine sehr starke Erektion gehabt haben. Wir haben Spuren von Samen an seinem Penis und in seiner Unterbekleidung gefunden«, erklärte der Gerichtsmediziner.

»Unmöglich!« Pia blickte von ihren wirren Kreisen auf. »Grupe hat seine Wohnung erst um dreiundzwanzig Uhr verlassen. Meinen Sie im Ernst, dass er nicht direkt zu seinem Sternenpalast gefahren ist, sondern noch irgendwo eine schnelle Nummer geschoben hat?«

Der bleiche Gerichtsmediziner zuckte erschrocken zusammen. Dass jemand seine Untersuchung so vehement in Zweifel zog, war er nicht gewohnt. »Ich weiß es nicht«, sage er leise. »Aber der Tod dürfte zwischen Mitternacht und vier Uhr in der Frühe eingetreten sein.«

»Vielleicht war Grupe doch nicht allein in seinem Observatorium. Er könnte sich dort mit jemandem verabredet haben. Oder er ist dorthin gelockt worden.« Kaum hatte Brasch seinen Verdacht ausgesprochen, zweifelte er schon selbst daran. Aus welchem Grund sollte ein grundsolider Schuldirektor sich spätnachts mit einem Unbekannten treffen?

»Und bevor ihn jemand die Treppe hinuntergestoßen hat, ist es noch zum Geschlechtsverkehr gekommen?« Schroedels spöttischer Tonfall verriet, für wie abwegig er Braschs Vermutung hielt. Seine kleinen Kinderhände griffen nach der Akte, die vor ihm lag. »Übermorgen um zehn Uhr sehen wir uns wieder«, sagte er. »Dann sollten wir wissen, inwieweit die beiden Todesfälle zusammenhängen oder ob es sich bei Grupes Tod um ein tragisches Unglück handelt. Im Übrigen werden wir beide Leichen zur Bestattung freigeben. Die Mutter der ermordeten Charlotte Frankh hat mir einen Rechtsanwalt auf den Hals gehetzt. Sie will ihre Tochter morgen Vormittag begraben.«

Als er aufstand und mit einem letzten Routinelächeln den Raum verließ, kam Brasch der seltsame Gedanke, was Staatsanwalt Dr. jur. Schroedel tun würde, wenn seine nette, stets gut gelaunte Gattin ihre drei Sprösslinge in ihren Zweitwagen verfrachten würde und auf dem Küchentisch nur einen kleinen Zettel zurückließe: unbekannt verzogen. Post an den Absender zurück. Dann fiel ihm jedoch ein, wie unangebracht diese Frage war. Menschen wie Schroedel widerfuhr solch ein Unglück nicht.

Die meisten Menschen ertragen keine Niederlagen. Niederlagen machen sie krumm. Niederlagen verformen sie. Manche rennen mit einer Pistole auf die Straße hinaus, und wenn die Sache glücklich ausgeht, dann ballern sie nur in die Luft und richten keinen Schaden an. Andere kriechen in ihr Schweigen wie in eine dunkle, trockene Höhle und kommen nie wieder zum Vorschein. Brasch hatte schon als Kind nicht mit einer Niederlage umgehen können, aber nun konnte er sie überhaupt nicht mehr ertragen. Jeder hat ein Stück unberührte Dunkelheit in sich, ein kleines, kaltes Universum, und dahin verschlug es ihn. Leonie war sein größter Sieg gewesen. Aber was war ihm von diesem Sieg geblieben? Seine Erinnerungen an Leonie waren kein Film, den er sich zum Trost immer wieder vorspielen konnte, sondern nicht mehr als ein paar bunte Postkarten. Ja, sagten diese Postkarten, da, in diesem schönen glücklichen Land bist du einmal gewesen, aber das ist längst vorbei, nun gibt es dieses Land nicht mehr, jedenfalls nicht für dich.

Nach der Besprechung ging Brasch in den Keller des Präsidiums hinunter. Es kam ihm selbst wie eine kleine, unangebrachte Flucht vor, während Pia pflichtbewusst wieder in Grupes Wohnung gefahren war und Mehler den Schüler verhörte, der angeblich seinen Direktor bedroht hatte. Nach Schweiß und viel zu warmer Heizungsluft roch es im Polizeikeller. Mitten im Raum war ein Boxring aufgebaut, und an den Seilen standen die Utensilien bereit, die man zu einem handfesten Training brauchte: Medizinbälle, Hanteln, Sandsäcke und Punchingballs. Nur wenige Beamte nahmen sich die Zeit, hierher zu kommen, schon gar nicht, wenn sie an einem Fall arbeiteten. Brasch und Mehler waren die einzigen, die regelmäßig trainierten. Schweigend mühten sie sich an den Geräten ab, und sobald sie ihren Rhythmus gefunden hatten, sobald ihr Körper ganz in der Gedankenlosigkeit funktionierte, sparrten sie ein paar Runden. Boxen wird meistens missverstanden; es geht nicht darum, auf jemanden einzuprügeln, bis er am Boden liegt; das kann man getrost stiernackigen Türstehern in gewissen Nachtbars überlassen. Es geht darum, schnell zu sein, die Aktionen seines Gegenübers zu erahnen und die eigene Faust geschickt wie einen Degen einzusetzen, ohne selbst getroffen zu werden. Nicht der brachiale Schläger siegt am Ende, sondern der Boxer, der den Überblick behält, der weiß, wann er schlagen und wann er zurückweichen muss.

Brasch begann mit ein paar einfachen Lockerungsübungen, doch schon nach wenigen Minuten streifte er sich die Boxhandschuhe über und ging an den Sandsack.

Er probierte ein paar einfache Kombinationen, dann steigerte er das Tempo. Er schlug härter zu, rechte und linke Gerade, die aber nicht präzise trafen. Gegen einen guten Gegner wie Mehler hätte er in solch einer Form keine Chancen gehabt. Es gelang ihm auch nicht, seinen Rhythmus zu finden und die Gedankenmaschine in seinem Kopf abzustellen. Ein paar Namen kreisten da umher, aber in all diesem Wirrwarr aus Namen stimmte etwas nicht. Es ging ihm wie einem Forscher, der eine wunderschöne, drei Meter lange Formel an eine Tafel gemalt hatte und wusste, dass irgendwo ein winziger Fehler steckte, der die ganze Berechnung zu einem falschen Ergebnis brachte. Was hatten sie übersehen? Wo war der Zusammenhang zwischen dem Mord an Charlotte Frankh und Grupes Tod?

Immer schneller schlug Brasch auf den Sandsack ein. Schweiß rann ihm den Rücken hinunter. Er spürte, dass er müde wurde, und deshalb schlug er noch schneller und heftiger zu. Bis er so erschöpft war, dass er kaum noch Luft in seine Lungen bekam. Schließlich ließ er sich auf den Rücken fallen. Keuchend, mit einem leichten Schwindelgefühl schloss er die Augen, und sofort glaubte er in seiner Erschöpfung, dass ein paar funkelnde Sterne um ihn herumzischten. So mochte es auch Grupe ergangen sein, wenn er im Vollrausch in den Sternenhimmel geguckt hatte. Grupe war ein seltsamer Verlierer gewesen. Er hatte die falsche Frau geheiratet, er hatte den falschen Beruf gewählt, und am Abend zuvor war er eindeutig am falschen Ort gewesen.

Als Brasch die Augen wieder aufschlug, wusste er plötzlich, dass er einen beinahe unverzeihlichen Fehler begangen hatte. So etwas gab es manchmal, dass Dinge von einer Sekunde auf die nächste aufbrachen, die in einem rumort hatten. Schweißnass ging er zu seinen Kleidern hinüber, zog sein Mobiltelefon hervor und ließ sich Grupes Nummer geben.

»Ja?« Elisabeth Grupe hob beim ersten Klingeln ab. Sie klang ganz unwirklich, wie jemand, der aus einem viel zu langen Schlaf gerissen worden war.

Brasch meldete sich. »Wie geht es Ihnen?«, fragte er sanft.

»Ich sortiere Papiere«, sagte sie leise. »Es gibt so viel zu bedenken. Wen man benachrichtigen muss. Wie das Grab aussehen soll.« Sie machte eine Pause. »Ihre Kollegin ist vor ein paar Minuten gegangen. Eine nette junge Frau.« Im Hintergrund spielte ein Klavier, kein klassisches Klavierkonzert, aber auch keine Barmusik. Für einen flüchtigen Moment glaubte Brasch, Leonie säße da in Elisabeth Grupes trauriger Wohnung und improvisierte am Klavier, indem sie ein paar kurze Melodien ineinander wob.

»Wir sind auf Ihre Hilfe angewiesen«, sagte Brasch. »Ich brauche ein Tonband mit der Stimme Ihres Mannes. Hat er vielleicht einmal ein Interview gegeben, das aufgezeichnet wurde, oder gibt es eine Schulrede, die er auf Tonband festgehalten hat?«

Elisabeth Grupe zögerte. Nur ihr vorsichtiges Atmen war zu hören. »Nein«, entgegnete sie schließlich. »Ich glaube nicht ... Oder doch, es gibt ein Videoband von der Grundsteinlegung seines Observatoriums. Zu diesem Anlass hat mein Mann ein paar Worte gesprochen, wenn ich mich recht erinnere.«

»Könnten Sie mir das Band vorspielen? Über das Telefon?«

»Ich bin nicht sehr geschickt in solchen Dingen. Es

wird einen Moment dauern.« Brasch nahm nicht wahr, dass Elisabeth Grupe den Hörer aus der Hand legte. Er hörte überhaupt keine Geräusche im Hintergrund, keine Schritte, kein Suchen, nur das Klavier, das nun lauter und leidenschaftlicher klang. Der Klavierspieler stöhnte plötzlich auf, eine zweite Melodie, die aus Stöhnlauten bestand, und Brasch fiel ein, dass es Keith Jarrett war, der da spielte. Das legendäre Köln-Konzert von 1975, das Leonie auch manchmal spät am Abend aufgelegt hatte.

In Elisabeth Grupes Haushalt waren alle Dinge an ihrem Platz. »Ich habe die Kassette eingelegt«, sagte sie leise.

»Halten Sie Ihren Telefonhörer vor den Lautsprecher Ihres Fernsehers. Ich möchte, dass es so klingt, als würde Ihr Mann mit mir telefonieren.«

Elisabeth Grupe entgegnete nichts, aber Keith Jarrett verstummte abrupt, stattdessen war ein schwaches Rauschen und Knistern zu hören; es klang seltsam leer und abwesend, wie in jener Zeit vor Erfindung der telefonischen Pausenmusik, wenn man in den Dschungel einer Behörde geraten war und von Büro zu Büro geschaltet wurde. Dann tauchte schwankend und ein wenig zu leise eine Stimme aus der knisternden Stille auf. »Meine Damen und Herren, verehrte Kollegen und liebe Schüler.« Etwas raschelte, als wäre der Redner mit den Händen oder seinen Notizen dem Mikrofon zu nahe gekommen. »Und natürlich ... möchte ich auch unseren Schulrat Doktor Bremer und ... unseren zweiten Bürgermeister Herrn Thon begrüßen. Ein Traum beginnt mit dem heutigen Tag wahr zu werden. Unsere Schule wird den Sternen ein Stück näher kommen. Der Grund, warum wir uns heute hier versammelt haben, ist ein wahrhaft kosmischer ...«

Die Stimme gehörte eindeutig Grupe. Er war kein begnadeter Redner, alles klang sehr abgehackt und abgelesen. Aber es war auch die Stimme des Mannes, der in der Nacht, als Charlotte Frankh ermordet worden war, im Polizeirevier Ehrenfeld angerufen hatte. Brasch war sich beinahe vollkommen sicher. Eindeutigen Aufschluss musste eine Stimmanalyse geben. Aber wenn Grupe der Anrufer gewesen war, dann gab es eine eindeutige Verbindung zwischen seinem Tod und dem Mord an Charlotte Frankh. Grupe hatte in seinem halb fertigen Observatorium gesessen, aber er hatte nicht in die Sterne geschaut, sondern zum Bahndamm hinüber. Er hatte den Mörder gesehen und vermutlich auch identifiziert. Aber aus irgendeinem Grund hatte er ihn nicht der Polizei gemeldet. Möglicherweise hatte der Mörder ihn gezwungen, das Telefonat zu beenden. Nein, das war unwahrscheinlich. Dann hätte der Mörder Grupe schon in diesem Augenblick töten müssen.

»Genügt es Ihnen?« Elisabeth Grupe hatte die Stimme ihres Mannes sanft ausgeblendet.

»Ja«, sagte Brasch. »Ich werde jemanden vorbeischicken, der die Kassette abholt. Sie ist ein Beweismittel.«

Elisabeth Grupe fragte nichts, sie atmete nur einmal tief ein und aus. Mitunter kommt es vor, dass Angehörige von Ermordeten oder Verunglückten erst ein paar Stunden später begreifen, was überhaupt geschehen ist. Eine Weile läuft ihr normales Leben im Angesicht der Katastrophe weiter, da funktionieren sie noch, bis das Unglück sie wie ein plötzlicher Phantomschmerz überfällt. Die Frage nach einer Geliebten, einer Dame, die Grupe auch abends um elf noch beehren durfte, wagte Brasch nicht zu stellen. Das würde Pia erledigen müssen.

»Eines habe ich Ihnen nicht gesagt.« Elisabeth Grupe sprach leise, in einem heiseren Tonfall, der eigentlich Geständnissen in Beichtstühlen vorbehalten war. »Mein Mann war ein Mörder. Jedenfalls hat er das gemeint.«

»Er hat jemanden umgebracht?«

Sie lachte gequält auf. »Nein, nicht wirklich. Aber er hat davon geträumt, und diesen furchtbaren Traum konnte er nicht loswerden. Deshalb hat er zuletzt nur noch in seinem Arbeitszimmer geschlafen.«

»Und wen hat er im Traum umgebracht?«

Elisabeth Grupe antwortete nicht sofort. Brasch konnte sich ihr mageres Gesicht vorstellen. »Er hat es mir nicht gesagt, aber ich weiß es natürlich. Es war Achim.«

»Stocker?« Plötzlich fing im Hintergrund die Klaviermusik wieder an, so als habe Keith Jarret nur eine kleine Pause eingelegt und sei nun mit einem verlegenen Lächeln wieder auf die Bühne geklettert.

»Achim war immer sein Vorbild. Mein Mann hat ihn bewundert. Achim hatte die schönere Frau, er war der bessere Lehrer, und wenn er sich etwas vornahm, schaffte er es auch.«

»Ihr Mann war Rektor an der Schule. In der Hierarchie stand er über Stocker.«

»Ja, gewiss.« Brasch spürte, dass Elisabeth Grupe traurig vor sich hin lächelte. »Aber die eigenen Erfolge haben für meinen Mann nie eine Bedeutung gehabt.«

Als Brasch die Verbindung unterbrach, fiel ihm auf, dass Elisabeth Grupe keinen Namen für ihren Mann gehabt hatte. Auch Leonie hatte ihn fast nie mit Namen angesprochen. Vielleicht war das ein Zeichen von Liebe gewesen. Wenn man kein kleines, bestimmtes Wort für den anderen hatte.

8

Wo geht man hin, wenn es Abend wird, wenn man genug hat nach zehn Stunden ordentlicher Arbeit fürs Finanzamt und das Wohl der Welt? Brasch kannte das Gefühl noch: nach Hause kommen, in die eigenen paar Quadratmeter, die man der feindlichen Welt abgerungen hatte. Aber seit Leonie ausgezogen war, hatte sich Dunkelheit in seinem Haus eingenistet, und kaum hatte er den Schlüssel ins Schloss gesteckt und die Tür hinter sich geschlossen, schlug dieses Dunkel lautlos über ihm zusammen. Was sollte er hier tun? Bier trinken und auf alte Stimmen lauschen oder mit ein paar Eimern Farbe das ganze Haus rot oder grün streichen, jedenfalls so, dass nichts mehr an Leonie erinnerte? Er hatte es noch nie vermocht, Dinge um ihn herum angenehm und geschmackvoll einzurichten. Die Möbel hatte Leonie gekauft, die Blumen hatten ihr gehört, sie hatte Bilder und Lampen ausgesucht. Irgendwo in einer Ecke lag ein Haufen schmutziger Wäsche, und ein paar Hemden würde er mit einem alten Bügeleisen, das Leonie dagelassen hatte, leidlich zurechtbügeln müssen, um nicht am nächsten Tag vollkommen zerknittert im Präsidium zu erscheinen.

Es war zwanzig Uhr dreiunddreißig, als Brasch in seine kleine, auf ewige Ruhe programmierte Seitenstraße fuhr, aber er hielt nicht an, sondern warf nur einen kurzen Blick zu seinem stummen Haus. Dann gab er wieder

Gas. Der Wagen gehorchte dankbar. Gleich, dachte Brasch, gleich schalte ich tatsächlich die Scheinwerfer aus und fliege durch die Nacht. Aber dann suchte er im Radio nur nach einem Sender, der sanften Jazz brachte. Auf der Liste der vom Aussterben bedrohten Musikarten steht Jazz an erster Stelle. Brasch fand nur ein Violinkonzert, irgendein frühes Stück von Brahms.

Charlotte Frankhs Wohnung lag in völliger Dunkelheit da. Hinter keinem Fenster brannte Licht. Dafür erstrahlte die darunter liegende Wohnung in Festbeleuchtung. Schatten bewegten sich hinter den weißen Vorhängen hin und her. Offenbar hatte Geißler seinen Bridge-Club zu Gast, oder das Lehrerkollegium tagte privatissime. Leonies roter Volvo war nirgendwo in der Straße zu sehen. Brasch fuhr weiter. Als er die Nummer der Wohnung wählte, schaltete sich nach dem fünften Läuten der Anrufbeantworter von Charlotte Frankh an. Es war seltsam, die Stimme einer Frau zu hören, die vor zwei Tagen ermordet worden war. Die Stimme klang viel jünger, als er erwartet hätte, beinahe als würde eine aufgedrehte Siebzehnjährige versuchen, eine ordentliche, nüchterne Telefonansage hinzubekommen.

Ob Stocker auch ausgeflogen war oder brav zu Hause saß und Klassenarbeiten korrigierte, konnte Brasch von der Straße nicht erkennen. Aber nur in einem Fenster brannte ein schwaches Licht; das sah eher aus, als läge die weiße Frau Stocker bei Kerzenschein mit ihrer Sonnenbrille da und rauchte still vor sich hin. Brasch stellte seinen Wagen ab und klingelte.

Es dauerte eine halbe Minute, bis die Gegensprechanlage ansprang.

»Sind Sie der Arzt?«, fragte eine leise Frauenstimme.

»Ich bin von der Polizei«, sagte Brasch. »Kann ich Ihren Mann sprechen?«

»Nein, mein Mann ist nicht da.« Der Hustenanfall, der aus der Gegensprechanlage antwortete, sprach dafür, dass Stockers Frau entweder Kettenraucherin war oder eine schwere Asthmatikerin. Dann wurde die Gegensprechanlage ausgeschaltet. Brasch drückte noch einmal auf den Klingelknopf.

»Ich habe Herzrasen. Kann nicht mehr atmen«, sagte die Stimme. Immerhin hatte Katharina Stocker ihren Husten wieder unter Kontrolle bekommen. »Wissen Sie, wie das ist? Als wäre das eigene Herz aus Glas, als würde es zerspringen.«

»Vielleicht wäre es besser, Sie würden mir die Tür aufdrücken«, entgegnete Brasch sanft. »Wir könnten uns unterhalten.«

Katharina Stocker zögerte kurz. »Nein«, sagte sie dann, »ich warte auf den Arzt. Nur der Arzt kann mir helfen.«

Auch fünfmaliges langes Läuten konnte die Gegensprechanlage nicht mehr zum Leben erwecken. Als Brasch auf die Straße trat, sah er, dass Katharina Stocker das Licht gelöscht hatte. So versteckten sich kleine Kinder im Dunkeln.

Brasch setzte sich in seinen Wagen und wartete. Statt Brahms wurde nun ein Orgelkonzert gesendet. Käme in den nächsten Minuten wirklich ein Bereitschaftsarzt angefahren und näherte sich im Eilschritt und mit Lederköfferchen dem Haus? Nichts geschah auf der Straße. Drei Autos fuhren vorbei, eines im Schritttempo. Es gehörte zu einem privaten Wachdienst, den die Bewohner Marienburgs engagiert hatten, seit hier ein paar größere Einbrüche vorgekommen waren, die bisher noch nicht aufgeklärt werden konnten.

Irgendwo in der Nacht saß ein Mann in einem Sendestudio, der sich selbst der Nachtfalke nannte, und telefonierte mit Hörern. Offenbar hatte die Telefonseelsorge keine Sprechstunde mehr. Aber warum taten Menschen so etwas? Welchen Grad von Verzweiflung musste jemand erreicht haben, wenn er vor ein paar hunderttausend Hörern sein Unglück entfaltete? Doch plötzlich erschrak Brasch. Der erste Mann, der anrief, hieß Andreas, aber er sprach mit Braschs Stimme, mit seiner Bitterkeit und Sehnsucht.

»Sie hat mich verlassen«, sagte Andreas. »Ich habe mich so sicher gefühlt, aber dann ist sie gegangen. Ohne einen Grund zu sagen. Wie konnte sie mich verlassen? Sie weiß doch, dass sie meine Familie ist, dass ich sonst niemanden habe.«

Der Nachtfalke war ein routinierter Zuhörer. »Habt ihr Streit gehabt? Sie muss dir doch etwas gesagt haben, bevor sie dich verlassen hat.«

»Sie war immer so sanft«, sagte der Mann, der Andreas hieß. »Niemals mehr wird es einen so sanften Menschen auf der Welt geben.«

»Und was wirst du jetzt tun?«

»Ich habe ihr geschrieben.« Nun bekam die Stimme des Mannes einen beflissenen, aber gleichzeitig hilflosen Klang. »Ich wollte von dir wissen, ob das eine gute Idee war.«

»Hast du ihr einen Brief geschrieben?«

»Nicht direkt«, entgegnete Andreas. »Ein Gedicht; das heißt, kein richtiges Gedicht. Ich kann keine Gedichte schreiben. Ich habe ein altes Lied von Elvis Presley übersetzt und ihr geschickt. Love me tender. Was hältst du davon?«

Der Nachtfalke brauchte einen Moment, um zu antworten. »Eine wirklich gute Idee«, sagte er dann, aber es war genau zu hören, dass er log.

Als in Stockers Wohnung wieder ein Licht anging, drehte Brasch das Radio ab. Anscheinend musste er sich wegen Katharina Stocker keine Sorgen machen. Der Arzt war noch nicht gekommen, aber sie hatte immerhin den Lichtschalter wieder gefunden.

Es war kurz nach dreiundzwanzig Uhr, als Brasch wieder in seine Straße einbog. Der Mond stand bleich über den Bäumen am Rhein, und ein herber, feuchter Geruch drang von den Wiesen herüber. Brasch fühlte sich endlich so müde, um gleich durch die Dunkelheit der Wohnung in sein Bett zu schleichen.

Ein Wagen stand vor seinem Haus, ein dunkler BMW, den er nicht kannte. Im Innern brannte eine kleine Leselampe. Eine Gestalt stieg aus. Für einen Augenblick dachte Brasch wieder an Leonie, dann hielt er den Schatten für Hedwig, ihre Schwester, die er in den letzten Wochen einige Male vergeblich angerufen hatte. Manchmal war sie mitten in der Nacht vorbeigekommen, um sich bei Leonie auszuheulen oder sich Geld zu leihen. Hedwig war eigentlich Grafikerin, aber sie schlug sich mit Gelegenheitsarbeiten für drittklassige Werbeagenturen durch. Außerdem besaß sie das absolut sichere Talent, sich mit den falschen Männern einzulassen. Meistens landete sie bei verheirateten Geschäftspartnern ihrer Agenturen.

»Immer im Dienst? Ich habe auf Sie gewartet.« Es war nicht Hedwig, sondern Ina, die auf ihn zukam. Sie trug einen langen schwarzen Mantel; ihr Haar schimmerte wie dunkelrote Seide. In der Hand hielt sie ihren schwarzen Rucksack, ohne den sie wohl niemals das Haus verließ.

Im ersten Augenblick hatte Brasch das Gefühl, seine Müdigkeit habe ihn stumm gemacht. Er nickte nur, ohne ein Wort zu erwidern, und hob die Hand zu einem halbherzigen Gruß.

»Ich möchte mit Ihnen reden«, sagte Ina. »Und Ihnen etwas zeigen.«

Brasch begriff, dass sie mit ihm in sein halbiertes, kaltes Haus gehen wollte. Jeder, der einen Blick in seine leere Wohnung warf, würde sofort wissen, was mit ihm los war.

»Worum geht es?«, fragte Brasch.

Inas Augen musterten ihn, als wäre er betrunken und als müsste sie sich über den Ernst seines Zustandes klar werden. Noch nie hatte Brasch einen so perfekten Mund gesehen, tiefrot und wohlgeformt.

»Ich könnte einen Kaffee gebrauchen. Oder hätte Ihre Frau etwas dagegen?« Das war ein plumper Test, aber Brasch fühlte sich zu erschöpft, um darauf einzugehen.

Er schloss die Haustür auf und schaltete das Licht an. Diesmal stürmten keine Geister auf ihn zu, die aus Gerüchen und alten Worten bestanden. Das Licht war grell. Brasch fiel ein großer, weißer Fleck an der Wand auf, wo Leonies antiker Spiegel gehangen hatte. Auch den Kleiderständer aus elegantem Chrom hatte sie mitgenommen.

Ina schaute sich mit offener Verwunderung um. »Sind Sie gerade erst eingezogen?«, fragte sie.

»So ungefähr«, erwiderte Brasch einsilbig.

Er ging in die Küche. Das war der Raum, der beinahe vollkommen intakt geblieben war. Ausgerechnet die

Küche, die Brasch ohnehin nie benutzte. Hier kochte er sich allenfalls morgens einen Kaffee; selbst für ordentliche Spiegeleier reichten seine Kochkünste nicht aus. Ein paar schmutzige Tassen stapelten sich im Spülbecken, und leere Bierflaschen standen unter dem Küchentisch. Wenn es überhaupt nötig gewesen wäre, hätte er auch an den Flaschen die Tage zählen können, seit Leonie fortgegangen war.

Ina sagte nichts, sondern ging zum Fenster und blickte in die Dunkelheit hinaus. Kein einziges Licht drang vom Rhein herüber. Brasch sah ihr schönes Gesicht wie in einem Spiegel. Als sie sich wieder umdrehte, lächelte sie ihn an, ein helles, ganz und gar ironiefreies Lächeln.

»Sie sind ein merkwürdiger Polizist. Haben Sie nicht einmal Kaffee im Haus?«

»Ich glaube schon«, sagte er, aber er rührte sich nicht von der Stelle. Was wollte diese Reporterin von ihm? Warum stand sie in seiner Küche, wo doch eigentlich Leonie stehen sollte?

»Ich könnte etwas kochen«, sagte Ina. »Haben Sie Hunger? Ich bin eine gute Köchin. Früher habe ich davon geträumt, ein eigenes Restaurant aufzumachen.«

Brasch beobachtete, wie sie ihren Mantel abstreifte und ihn zusammen mit dem schwarzen Rucksack über die Lehne eines Stuhles legte, doch er tat das, als wäre er gar nicht wirklich da. So wirkte die Fremdheit manchmal; dass man wie durch einen magischen Spiegel in die Wirklichkeit blickte, sich aber in keinster Weise beteiligt fühlte.

Ina holte aus einem Schrank ein paar Dosen, eine Packung Spaghetti und etliche Gewürze hervor. »Damit ließe sich schon etwas anfangen.«

»Hören Sie«, sagte Brasch und machte eine hilflose Geste, die ihm selbst die Sprache nahm. Der Blick in den leeren Kühlschrank ließ Ina die Stirn runzeln, dann schaute sie ihn an.

»Ich will Ihnen ein paar Fotos zeigen, Fotos, die vielleicht wichtig sind. Aber vorher möchte ich Ihnen gerne etwas kochen. Mögen Sie Spaghetti?«

»Was sind das für Fotos?«

Ina fand den Schrank mit den Kochtöpfen. Zwei leicht zerschrammte Töpfe hatte Leonie dagelassen. »Keine Angst, ich will Ihnen keine Aktfotos von mir unter die Nase halten. Alles hat mit Ihrem Fall zu tun.« Ina ließ Wasser in den Topf laufen und setzte ihn auf den Herd. Sie bewegte sich wie jemand, der eine gewisse Übung darin hatte, nachts in einer fremden Küche Spaghetti zu kochen. Als sie die Ärmel ihrer schwarzen Bluse hochkrempelte, sah Brasch wieder die dunklen Narben an ihren Handgelenken. Für solche Narben konnte es nur eine Art von Unglück geben.

»Sie können auch etwas tun«, sagte Ina und schaute ihn wieder mit einem ironiefreien Lächeln an. »Ein wenig Musik wäre nicht schlecht. Würde mir beim Kochen helfen.« Wenn sie sich auch nur eine Sekunde unsicher gefühlt hatte, nachts in sein Haus zu kommen, so war der Augenblick längst vergangen.

Brasch schaltete das Radio an. Der Nachtfalke war noch immer auf Sendung und erteilte seine gelogenen Ratschläge, aber ein paar Stationen weiter wurde ruhige Klaviermusik gespielt. Als er sich wieder umwandte, schien sich der Raum vollkommen verändert zu haben. Passierte so etwas zwischen zwei Atemzügen? Ein wunderbares, alltägliches Küchenbild: Zwei Töpfe standen auf dem Herd, Wasser brodelte, und Ina hantierte mit Gewürzen. Zum ersten Mal nahm er Inas Parfüm wahr; ein kühler, frischer Geruch, als wäre sie soeben aus einem kalten, salzigen Meer mitten in seine dunstige Küche gestiegen.

Dann stellte sie zwei schmucklose weiße Teller auf den Tisch, aber das registrierte Brasch nur ganz beiläufig. Er beobachtete Ina und bemerkte Dinge, die ihm an ihr noch nicht aufgefallen waren. Sie ging wie auf Zehenspitzen, beinahe so, als ob sie unter ihren Füßen keinen festen Grund, sondern schwankendes Eis vermutete, und als sie die Soße abschmeckte, kniff sie die Augen zusammen, als könnte sie so sämtliche unerwünschten Sinneseindrücke ausschließen.

»Wird nicht gerade ein Festessen werden«, sagte sie, ohne sich vom Herd umzuwenden.

Brasch wusste, dass er schon längst etwas hätte sagen müssen, ein paar belanglose Worte, um die ungewöhnliche Situation ein wenig gewöhnlicher zu machen. Ich hatte einen harten Tag, wir stecken noch ziemlich am Anfang unserer Ermittlungen, leider werde ich Ihnen nichts zu dem Fall sagen können, alles, was Sie wissen wollen, beantwortet Ihnen unsere Pressestelle. Stattdessen fragte er sich, welche stummen, unausgesprochenen Gedanken um Ina herumschwirrten. Solche Gedanken mussten wie ein buntes, flirrendes Energiefeld sein. Wie sah sie ihn? Warum war sie da? Eine Frau wie Ina würde nichts ohne einen guten Grund tun.

»Sie reden nicht viel.« Ina stellte eine weiße Schüssel mit den Nudeln und eine kleinere mit einer roten Soße auf den Tisch. »Hat Ihre Frau Sie deshalb verlassen?«

»Wir waren nicht verheiratet«, sagte Brasch.

»Ich habe so eine Eigenschaft.« Ina setzte sich. Ihre Hände mit den vielen tanzenden Sommersprossen waren ein wenig gerötet. »Ich spüre es sofort, wenn ich einen Mann vor mir habe, den seine Frau verlassen hat. Da brauche ich erst gar nicht seine Wohnung zu sehen. Aber Frauen mögen es nun einmal nicht, wenn man nicht mit ihnen redet. Das ist ein kostenloser Ratschlag, Herr Polizist.« Ina schaute ihn an, und für einen Moment wirkte ihr Blick ernst und sorgenvoll.

»Warten Sie deshalb vor meinem Haus, um kostenlose Ratschläge loszuwerden?«, fragte Brasch. Kleine, weiße Wolken stiegen von den Nudeln auf. Brasch konnte sich nicht erinnern, wann er zum letzten Mal in seiner Küche gegessen hatte.

Ina antwortete nicht. »Sie haben nichts zu trinken im Haus?« Missmutig runzelte sie die Stirn und beugte sich ein wenig vor, als spräche sie zu einem begriffsstutzigen Kind. Irgendwie schien sie plötzlich schlechte Laune zu bekommen. »Keinen Schluck Wein? Und Bier ist auch keines mehr da?«

Brasch schüttelte den Kopf. »Nur noch zwei Flaschen Sekt.« Nach einem Bissen wusste er, warum Inas Laune in einen gefährlich anfälligen Bereich geraten war. An den Nudeln hatte sie, die Superköchin, nichts falsch machen können, aber in der roten Soße züngelten tausend unsichtbare Flammen, die jedem gewöhnlichen Mitteleuropäer den Rachen verätzten. Allenfalls ein paar gutwillige Exil-Inder hätten so etwas als Delikatesse begriffen.

Der Sekt war lauwarm, doch Ina kippte ihn herunter, als wäre es Mineralwasser, das sie eigenhändig aus einer kristallklaren, eiskalten Quelle geschöpft hatte. Brasch spürte, wie der Sekt seine Müdigkeit vertrieb.

»Was interessiert Sie so an dem Mordfall?« Er schob den Teller mit den ungenießbaren Nudeln ein Stück von sich. »Oder lauern Sie auch anderen Polizisten nachts vor ihren Häusern auf?«

Ina schaute ihn nicht an. Ihre kleinen, rosigen Hände kramten aus ihrem Rucksack eine Schachtel Zigaretten und einen braunen Umschlag hervor. Während sie die Zigarette ansteckte, sagte sie leise: »Ich will, dass Sie Stocker überführen. Er ist der Mörder.«

Eine Stille trat ein, in die auch die Klaviermusik, die wie in weiter Ferne spielte, nicht eindringen konnte. Brasch war nicht wirklich überrascht, Stockers Namen zu hören. Gab es jemanden in diesem Fall, der Stocker nicht für den ersten Verdächtigen hielt? Ja, dachte er dann, eine Person gab es, die Stocker entlasten wollte. Diese Person war eine Frau, ihr Name hatte sechs Buchstaben und begann mit L, und sie hatte bis vor sechs Wochen in diesem Haus gewohnt.

Ina strich sich eine rote Strähne aus dem Gesicht und schaute ihn an. Sie lächelte nicht mehr; in ihren grünen Augen glomm ein dunkles Licht. Nun war sie am Ende all ihrer kleinen Inszenierungen angekommen. Deshalb hatte sie ihm aufgelauert, um diesen einen Satz zu sagen.

»Ich nehme an, dass Sie einen guten Grund haben, Stocker zu verdächtigen.«

Ina trank einen kurzen, nervösen Schluck Sekt. »Ich habe tausend gute Gründe. Ich kenne Stocker seit mehr als fünfzehn Jahren. Damals war er Dozent und ich Studentin an der Sporthochschule. Aus dieser Zeit habe ich zwei kleine Souvenirs zurückbehalten, die mich jeden Tag an ihn erinnern.« Inas altes, spöttisches Lächeln blitzte auf, dann schob sie langsam die Ärmel ihrer Bluse zurück.

Die beiden Narben an den Handgelenken kannte Brasch längst, aber nun, im forschenden Licht der Küche, wirkten sie besonders hässlich und deplatziert.

»Sie haben versucht, sich das Leben zu nehmen?«

Ina nahm einen tiefen Zug ihrer Zigarette und nickte zögernd. »Ich war unbeschreiblich dumm und schämte mich so. Er hatte versprochen, mich zu heiraten, und war doch längst verheiratet. Er hatte sogar ein Kind, mindestens ein Kind.«

»Dann tun Sie das alles nur aus Rache?« Brasch spürte, wie kalt und nüchtern er plötzlich klang. Konnten selbst schöne, scheinbar erfolgreiche Menschen wie Ina einen Schmerz nicht loswerden, der sich vor Jahren wie eine geheime Krankheit in sie hineingeschlichen hatte?

»Das ist es nicht.« Inas linke Hand tastete wie ein kleines, verirrtes Tier über den Tisch, als suche sie da etwas. Dann zuckte sie plötzlich zurück. Ina drückte ihre Zigarette in den Nudeln vor sich aus und schob Brasch den braunen Umschlag zu. »Ich weiß, dass er schuldig ist, und ich kenne auch sein Motiv. Er hat eine neue Freundin, und da war die andere, die tote Lehrerin, ihm lästig. Mit ihr hat er auch ein Verhältnis gehabt. Möglicherweise hat sie ihn auch erpresst und gedroht, es seiner Frau zu sagen. Stockers Frau ist krank, Depressionen, Tablettenmissbrauch. Was immer er auch tut, sie darf nie etwas davon erfahren.«

Fast hätte Brasch gelacht, ein kühles, abschätzendes Polizistenlachen. So einfach war das also: Ein Mann, der seit Jahren seine Frau betrügt, tötet seine Geliebte, weil er eine Neue hat und sie ihm im Weg ist. Statt aber wirklich zu lachen, griff Brasch nach dem braunen Umschlag und öffnete ihn vorsichtig.

Ina war eine gute Fotografin. Das erste Foto war gestochen scharf und direkt von vorn aufgenommen worden. Leonie sah sehr gut aus. Sie hielt ihren Kopf ein wenig geneigt, sodass man meinen konnte, sie wollte ihn auf Stockers Schulter legen. Stocker hatte sich bei ihr eingehakt. Er blickte zu Boden. Sein Gesicht wirkte nachdenklich und ernst. Ein glückliches Liebespaar sah anders aus.

»Das ist Stockers Neue«, sagte Ina. »Ich habe sie gestern Nachmittag bei einem Spaziergang im Stadtwald erwischt.«

Braschs Magen schrumpfte in absoluter Rekordzeit zusammen. Solch ein Foto zu sehen war wie eine kurze, grausame Reise in eine andere Realität, eine Realität, die eigentlich gar nicht existieren durfte. Noch vor sechs Wochen hätte sich solch eine Szene allenfalls in einem fremden Universum, in einer weit entfernten Zeit abspielen können.

»Sie ist auch Lehrerin«, fuhr Ina fort. »Arbeitet an seiner Schule.« Offenbar waren ihre Recherchen über Leonie noch nicht sehr weit gediehen.

Das zweite und dritte Foto zeigte Stocker in einem Restaurant. Es war von außen durch ein großes Fenster aufgenommen worden und daher nicht so einwandfrei. Stocker saß an einem der hinteren Tische und redete auf einen jungen Mann ein, der nur schemenhaft zu erkennen war.

»Gestern Abend. Stocker hat mit seinem Sohn in einer Pizzeria gegessen. Sie haben sich gestritten. Leider konnte ich nicht verstehen worüber.«

Auf dem vierten Foto verließ Stocker mit seinem Sohn das Restaurant. Jetzt erkannte Brasch, dass Ina Recht hatte. Es war der ernste, wortkarge junge Mann, den er als

Beschützer der kranken Katharina Stocker kennen gelernt hatte. Er trug wieder sein Wollmützchen und machte ein düsteres Gesicht.

»Auch Stockers Sohn ist krank. Jedenfalls scheint er weder zu arbeiten noch zur Schule zu gehen. Früher war der Junge ein begabter Fußballspieler, ganz der Stolz des Vaters. Aber Stocker hat kein Glück mit seiner Familie. Ein Mensch wie er bringt allen nur Unheil.«

An Inas Tonfall erkannte Brasch, dass sie sich tatsächlich auf einem Kreuzzug befand, eine betrogene, verratene Frau, die gegen Stocker kämpfte und für all die, denen er angeblich Gefahr und Unglück brachte.

»Haben Sie Stockers Frau einmal kennen gelernt?«

»Vor Jahren, ein paar Wochen nach meinem Selbstmordversuch. Da war sie noch Lehrerin am Gymnasium in Bonn. Ich hatte mich als junge Journalistin vorgestellt, die etwas über neue Unterrichtsmethoden schreiben wollte. Eigentlich wollte ich ihr die Wahrheit über ihren Mann, diesen Scheißkerl, sagen. Aber sie war so nett, so aufgeschlossen. Wir hätten Freundinnen werden können.«

Ina rauchte wieder. Sie sah plötzlich müde aus. Die anderen Fotos gaben nicht viel her. Stocker beim Verlassen der Schule, Stocker in einer Telefonzelle. Stocker vor der Universitätsklinik. Das letzte Foto zeigte ihn mit Grupes Witwe. Er hatte zärtlich den Arm um Elisabeth Grupe gelegt und sie ein wenig an sich herangezogen, als wolle er sie vor einem kalten Wind schützen. Das Foto hatte kein Geheimnis, es verriet nichts, was nicht auf Anhieb zu sehen war, und doch tat es eine Wirkung, die allen Bemühungen Inas widersprach. Es war beinahe wie ein Freispruch. So konnte niemand eine Frau umarmen, deren Mann er auf dem Gewissen hatte.

»Was soll ich mit den Fotos anfangen?«, fragte Brasch. Im Radio begann eine Stimme Nachrichten vorzulesen. Es war Mitternacht.

»Erkennen Sie Stockers Motiv nicht? Er hat zwei Frauen und muss eine davon loswerden.« Im kalten, grellen Küchenlicht sah Brasch, dass an Inas dünnem Hals eine Ader pulsierte. Als er nicht reagierte, nahm sie Leonies Foto und schob es ihm wie eine wertvolle, alles entscheidende Spielkarte zu.

Brasch schüttelte sanft den Kopf. Zum ersten Mal begriff er, wie verzweifelt und rachsüchtig Ina sein musste, wenn sie Stocker noch immer mit ihrem Hass verfolgte. »Ich glaube nicht, dass uns diese Fotos weiterhelfen. Außerdem hat Stocker ein Alibi.«

Ina sagte nichts. Ihre grünen Augen tasteten kalt und nüchtern sein Gesicht ab; der Zauber, der sie umgeben hatte, war plötzlich von ihr genommen. Mit einer langsamen, nachdenklichen Bewegung griff sie in ihr Haar und zog das kleine, samtene Haarband heraus. Dann schaute sie wieder Brasch an. Ihr war ein ganz anderer Gedanke gekommen. »Die Frau, die hier bei Ihnen gelebt hat ... ist sie auch Polizistin?«

»Nein«, sagte Brasch. Er blickte zum Fenster. Hatte er wirklich angenommen, dass er mit der Reporterin über Leonie sprechen konnte?

»Eine Künstlerin?« Ihr rotes Haar fiel Ina jetzt um die Schultern, als wäre es ein warmes, seidiges Tuch, das sie einhüllen wollte. Durfte man solche Haare berühren? Plötzlich dachte Brasch daran, was geschehen könnte, wenn er mit Ina nicht in seiner schmucklosen Küche, sondern in einem intimen Restaurant sitzen würde. Er war in seinem Leben nur zweimal verliebt gewesen.

Das Telefon, das aus dem Wohnzimmer herüberschrillte, klang wie eine Alarmglocke. Ina zuckte zusammen und griff sofort nach ihren Zigaretten, als könnte sie das irgendwie beruhigen. Der Anrufer war hartnäckig. Nach dem vierten schrillen Läuten ging Brasch in das Wohnzimmer. Hier war es dunkel, nur ein paar kalte Mondschatten fielen durch das Fenster herein. In diesem vagen Licht sah Brasch vor allem Dinge, die nicht mehr da waren: Dort hatte Leonies Klavier gestanden, da ihr blaues Sofa, dort die Kommode, die sie von ihrer Großmutter geerbt hatte.

Das Telefon klingelte weiter, mit einer Dringlichkeit, die sich mit jedem Läuten zu steigern schien. Mehler, dachte Brasch, oder Pia. Ein Anruf um diese Zeit konnte nur einen dienstlichen Grund haben.

Leonie sprach ganz leise seinen Namen aus, beinahe wie eine Frage, auf die er eine Antwort finden sollte. Für einen Moment spürte Brasch eine ungeheure Erleichterung. Fast war es ihm, als wäre Leonie endlich heimgekehrt, als wäre sie aus einem tiefen Koma erwacht und sagte nun das erste erlösende Wort.

»Hast du schon geschlafen?«

»Nein«, sagte Brasch. Er spürte sein Herz schlagen, und er hörte seine Stimme, die viel zu hart und förmlich klang. Und dann fiel ihm auch noch ein, dass Leonie vielleicht auf dem Weg zu ihm war und dass sie Ina in seiner Küche antreffen würde. »Wo bist du?«

»Es ist etwas passiert. Ich dachte, dass ich dich anrufen könnte«, sagte Leonie nun ein wenig lauter. »Nicht, dass es mir Angst macht, aber ...« Sie zögerte und atmete tief ein, als würde sie eine Zigarette rauchen.

»Hat es mit Stocker zu tun?«, fragte Brasch, aber sofort

wusste er, dass er schon wieder einen schwerwiegenden Fehler gemacht hatte. Er hätte zuhören sollen, statt nüchterne, glasklare Polizistenfragen zu stellen.

»Nein«, erwiderte Leonie. Ein sanfter Ärger hatte sich in ihre Stimme geschlichen, den Brasch nur allzu gut kannte. »Aber vielleicht habe ich mich geirrt. Vielleicht sollten wir morgen darüber sprechen. Morgen ...«

Im nächsten Augenblick hatte sie aufgelegt. Ein leeres, sinnloses Signal glühte in seinem Kopf.

Morgen, dachte Brasch dumpf, was ist morgen? Die Dunkelheit, die ihn umgab, kam ihm noch abweisender und undurchdringlicher vor. War Leonie in Gefahr? Warum hatte sie ihn nach sechs Wochen zum ersten Mal angerufen? Panisch rief er ihr Mobiltelefon an. Eine mechanische Frauenstimme erklärte, dass der Teilnehmer zurzeit nicht erreichbar sei. Dann versuchte Brasch sich an Charlotte Frankhs Telefonnummer zu erinnern. Die Nummer, die er wählte, stimmte sogar. Wenigstens das Zahlengedächtnis funktionierte einwandfrei. Doch die störrische, eigenwillige Leonie ging nicht an den Apparat. Nicht einmal der Anrufbeantworter sprang an.

Brasch konnte sich vorstellen, wie Leonie in der fremden Wohnung saß und mit zornigen Augen auf das Telefon starrte, ohne sich zu rühren. Sollte er einen Streifenwagen herüberschicken? Sollte er dafür sorgen, dass Leonie an den Apparat ging und ihm den Grund für ihren Anruf verriet? Nein, er wusste ja nicht einmal, von wo sie angerufen hatte.

Kann die Abwesenheit eines Menschen einem anderen körperliche Schmerzen bereiten? Es ist paradox, aber das Nichts kann weh tun. Das Herz schlägt rückwärts, das Atmen fällt schwer, weil die Lungen nicht so recht arbeiten wollen, und überhaupt bestehen sämtliche Organe auf einer ordentlichen Auszeit. Brasch ließ sich erschöpft in seinen letzten Sessel sinken. Er schloss die Augen, und für ein paar Momente hatte er nur einen düsteren stillen Ozean in den Ohren. Wellen der Stille brandeten heran, aber diese Stille drang nicht wie ein fremder, ferner Laut auf ihn ein, sondern kam aus ihm, so als hätte er irgendwo in sich, in einem verborgenen Winkel, ein winziges Stück Stille mit sich getragen, das nun mit seiner Einsamkeit größer und größer wurde. Was war er eigentlich? Was hatte er getan?Er war Polizist, nichts sonst; die letzten zwei Monate hatte er beinahe jeden Tag damit verbracht, den Mord an einer Frau aufzuklären, die in einem Parkhaus tot in ihrem Auto gefunden worden war. Der Mörder war ihr Ehemann gewesen. Konnte die Stille, die man mit sich herumtrug, einen Menschen schier überwältigen, sodass man am Ende jedes Wort für sinnlos und verloren hielt? Vielleicht war es wirklich sein Schweigen, das Leonie von ihm getrieben hatte.

Brasch wählte noch einmal die Nummer von Charlotte Frankh, doch wieder ging niemand an den Apparat. Dann dachte er daran, dass Ina in der Küche saß und auf ihn wartete. Vorsichtig bewegte er sich zwischen den feindlichen Schatten in den Flur. Leise klassische Musik lief, das grelle Licht war angeschaltet, aber Ina war verschwunden. Ihr leerer Stuhl stand ein wenig zurückgeschoben da, und der schwarze Rucksack schien leicht hin und her zu pendeln, als wäre Ina gerade erst aufgestanden und hinausgegangen, doch vielleicht kam es ihm auch nur so vor. Er betrachtete seine eigene, grell erleuchtete Küche wie einen Tatort, an dem etwas vollkommen Rätselhaftes geschehen war.

Auf dem Tisch neben den beiden Tellern mit den Nudeln, die so kalt und gelb wie ein absurdes Kunstwerk aussahen, lag noch der braune Umschlag mit den Fotos. Brasch lauschte. Kein Geräusch im Haus war zu hören, keine Schritte, keine Wasserspülung. Alles klang nach Abwesenheit, nur die laute Stille war immer noch in seinem Kopf. Als er aus dem Fenster des leeren Raumes, der einmal Leonies Arbeitszimmer gewesen war, auf die Straße blickte, sah er, dass Inas stolzer BMW unverändert vor dem Haus stand.

Er musste nicht lange suchen. Er fand sie in seinem Schlafzimmer. Sie hatte sich nicht ausgezogen, sondern nur ihre schmalen, grünen Lederschuhe abgestreift. Zusammengekauert lag sie unter ihrem schwarzen Mantel auf dem schmalen Bett und schlief. Eine gewisse Erschöpfung war ihrem Gesicht anzumerken, und doch wirkte es im Schlaf viel friedlicher und entspannter. Wie ein kleines, sommersprossiges Mädchen, das sich in die Haut einer erwachsenen Frau verkrochen hatte, sah sie aus. Auch Ina war keine geborene Jägerin. Die sinnlose Jagd auf Stocker hatte sie ermüdet.

Brasch gönnte sich ein paar Momente, Ina anzuschauen, dann schloss er leise die Tür.

Die Nacht verbrachte er in seinem halbierten Wohnzimmer. Er setzte sich in den Ledersessel und wartete auf den Schlaf. Aber ohne eine gewisse Ration Bier hatte es der Schlaf nicht sonderlich eilig. Brasch hatte auch das Gefühl, als würden sich gewisse Dinge unaufhörlich um ihn herum bewegen. Die Schatten im Zimmer waren kleine Tiere, die beinahe lautlos umherhuschten, und dann glaubte er auch, Geräusche vorzuahnen. Im nächsten Moment würden Schritte aus einer fernen Stille herüberdringen, oder das Telefon klingelte Alarm, oder eine Stimme riefe nach ihm. Leonie hatte es sich anders überlegt. Sie stand schon in der Tür, schwebte durch die Dunkelheit. Schließlich glitt zwischen Schlaf und Nicht-Schlaf wirklich jemand heran. Ein freundlicher Schatten, der gar nicht nach Leonie roch, beugte sich vor und küsste Brasch auf den Mund, ein leiser, vorsichtiger Kuss, wie ein Flügelschlag eines besonders schönen, roten Schmetterlings.

9

Brasch erwachte in seinem Ledersessel, weil er den Regen hörte. Der Regen kam von Süden und schlug hart gegen die Fenster. Vom Rhein drang das Nebelhorn eines Schiffes herüber. Zum ersten Mal, seit Leonie fort war, hatte Brasch das Gefühl, dass sie nicht wie ein Gespenst durch seinen eigenen Schlaf gewandelt war. Jedenfalls nicht, nachdem er von dem sanften, roten Kuss geträumt hatte. Als der Regen mit einem Schlag aufhörte, umhüllte ihn eine vollkommene Stille. Nur ein paar Vögel sangen in die Dämmerung hinein. So konnte der Tag anfangen, ganz ohne einen viel zu schweren Gedanken, ganz ohne das Gefühl, schon längst wieder unterwegs sein zu müssen. Dann fiel Brasch ein, dass Ina in der Nacht in sein Bett geschlichen war und dort schlief. Eine grundlose Heiterkeit erfasste ihn. Es war eine halbe Ewigkeit her, seit er das letzte Mal mit jemandem gefrühstückt hatte. Er würde Brötchen besorgen, selbst gemahlenen Kaffee kochen, und dann würde er mit Ina sprechen, nicht über Stocker, den vermeintlichen Mörder, sondern über Leonie. Er würde nicht ihren Namen nennen, aber vielleicht konnte Ina ihm ein paar Dinge erklären. Frauen verstanden andere Frauen. Sie wussten um ihre gegenseitigen Geheimnisse, und wenn er wirklich zuhörte, würde er vielleicht etwas über Leonie erfahren, was sie selbst ihm nie verraten hatte.

In seiner Küche hatte in der Nacht ein fleißiger Kobold kleine, lautlose Wunder gewirkt. Nichts wies mehr auf ein vollkommen verunglücktes Mitternachtsessen hin. Die kalten Nudeln waren entsorgt, die schmutzigen Teller und Töpfe abgewaschen. Auch der braune Umschlag mit den Fotos lag nicht mehr da. Ina hatte gründlich aufgeräumt, bevor sie sich davongemacht hatte. Aber hatte sie überhaupt geschlafen, oder war ihr Schlaf nur vorgetäuscht gewesen? Ein billiger Reportertrick? Hatte sie sich ungestört in seinem Haus umschauen wollen, um etwas zu entdecken, das mit den Ermittlungen zu tun hatte?

Auch sein karges Schlafzimmer verriet die ordnende Hand einer Frau. Nichts sah durchsucht aus, alles lag an seinem Platz. Das Bettzeug war sorgfältig zurechtgelegt, eine Decke ordentlich darüber ausgebreitet. Nur etwas gehörte da nicht hin. Offenbar hatte Ina mitten in der Nacht eine kleine, spannende Entdeckung gemacht. Sie hatte ein gerahmtes Foto von der Wand genommen und auf das Bett gelegt. Leonie auf einer kanarischen Insel: schwarzes, hochgestecktes Haar, ein sonnengebräuntes Lachen, ein helles Augenfunkeln und im Hintergrund das tiefblaue Meer.

Neben dem Bild lag eine bunte Tarotkarte. Ein Mann schien auf dem Kopf zu stehen, dann erst erkannte Brasch, dass die Karte »Der Gehängte« hieß und der Mann an einem Galgen baumelte. Auf der Rückseite hatte Ina in großer, kantiger Schrift eine Kölner Telefonnummer aufgeschrieben.

Auf Beerdigungen zu gehen gehört nicht zu den Lieblingsbeschäftigungen von Polizisten.

Wenn er ehrlich war, musste Brasch zugeben, dass er

sich immer weniger um die eigentlichen Ermittlungen kümmerte. Er war am Morgen nicht ins Präsidium gefahren, sondern überließ es Mehler und Pia, die Berichte über die Hausdurchsuchungen bei Charlotte Frankh und Grupe durchzuarbeiten. Auch für eine neuerliche Befragung von Grupes Witwe interessierte er sich nicht. Stattdessen hatte er den Morgen damit verbracht, Leonie zu suchen.

Sie hatte sich in Luft aufgelöst, war in der ganzen Stadt nicht zu finden, weder in der Schule noch in Charlotte Frankhs Wohnung. Brasch war sogar zu ihren Lieblingsstellen am Rhein gefahren, wo Leonie manchmal stundenlang saß, Schiffe zählte oder sonst was machte. Ihre besondere Fürsorge hatte sie auch nicht zu Marga Frankh, ihrer Klavierlehrerin, getrieben. Auch dort Fehlanzeige. Blieb der Melatenfriedhof. Die Beerdigung.

Es hatte aufgehört zu regnen, als er über einen Seitenweg den Friedhof betrat, doch aus den alten Bäumen fielen noch dicke Regentropfen. Sie komponierten ihre eigene Musik, eine Regenmusik der Bäume, traurig und monoton. Ich möchte ein Baum sein, hatte Brasch als Kind oft gedacht, mit Füßen, die tief in der Erde ruhen, und Armen, die bis in den Himmel reichen. Für gewöhnlich ist ein Friedhof an einem regnerischen Vormittag im April ein Ort der Ruhe. Doch schon von weitem hörte Brasch das Stimmengewirr, das von der Trauerhalle herüberdrang und das so gar nicht zu der Regenmelodie der Bäume passte. Schulkinder plärrten durcheinander, gedämpft zwar, aber dennoch laut und deutlich zu verstehen. Offenbar wurde die Trauer für die tote Lehrerin von einer zunehmenden Langweile abgelöst.

Etwa achtzig Kinder standen an beiden Seiten der

geöffneten Tür zur Trauerhalle. Während die Kinder in den ersten zwei, drei Reihen noch mit andächtiger Miene in die Kapelle hineinblickten und auf die sanfte Orgelmusik lauschten, löste sich an den Rändern die geordnete Aufstellung allmählich auf. Es wurde gedrängelt, geschoben, geflüstert und gezischelt. Erst als Brasch sich dem Vorplatz näherte und die Kinder auf ihn aufmerksam wurden, kehrte eine gewisse Ordnung zurück, beinahe so, als stände ihm auf die Stirn geschrieben: Vorsicht, Polizist im Anmarsch!

Die Orgel im Innern der Trauerhalle brauste plötzlich auf, ein heftiger Sturm aus Tönen, ein Orkan, der allen in den Ohren dröhnte und vor dumpfer Ehrfurcht die Köpfe einziehen ließ. Dann trat abrupt Stille ein; eine kurze, heilige Stille, in der sich nichts zu regen schien. Die Kinder erstarrten vor Schrecken oder tiefer Verwunderung, und selbst die Bäume machten keine Regenmusik mehr. Es war, als blicke man in in großes schwarzes Loch, das die Orgel in Zeit und Raum gebrannt hatte, und da, in diesem Loch, ahnte man nichts weiter als den kalten Tod, der Charlotte Frankh vor drei Tagen umfangen hatte.

Im nächsten Augenblick traten ein Priester im ernsten, schwarzen Talar und, mit langsamen, zögerlichen Schritten, vier alte Männer aus der Leichenhalle. Der Sarg, den die Männer trugen, war mit Rosen übersät; rote und weiße Rosen. Sie waren zu einem Muster zurechtgelegt, das vielleicht eine Bedeutung hatte, aber Brasch konnte nicht erkennen, welche. In solchen seltenen Momenten, die so tieftraurig waren, dass er kaum atmen konnte, begriff er, dass er den richtigen Beruf gewählt hatte. Gerechtigkeit – darum ging es. Irgendjemand musste in all diesem Durcheinander aus Liebe und Hass, Wahrheit und

Lüge für Gerechtigkeit sorgen. Seine Großmutter, die abergläubische Alte, die nie aus ihrem Eifeldorf herausgekommen war, hatte ihm einmal erklärt, dass nur zwei Menschen die Seele eines Getöteten retten konnten: Die Priester waren dazu da, den verirrten Seelen der Selbstmörder den Weg zu weisen, und nur die Polizisten konnten die Seele eines Ermordeten besänftigen, indem sie seinen Mörder fingen.

Als Erste verließ Marga Frankh hinter dem Sarg die Kapelle. Vielleicht sah so Gottesfurcht oder ein unerschütterlicher Glaube aus. Die Trauer hatte sie jedenfalls nicht niedergedrückt; sie ging, als hätte sie sich in ein stählernes Korsett gezwängt, den grauen Kopf hoch erhoben und die Augen starr nach vorn gerichtet. Geißler folgte ihr mit starrer Miene einen halben Schritt zurück; er beugte sich ein wenig vor, als habe er tatsächlich das Gefühl, die stolze, stählerne Marga Frankh jeden Augenblick stützen zu müssen. Hinter ihm schritt eine groß gewachsene, blonde Frau, die ein weißes Taschentuch an ihr Gesicht gedrückt hielt. Sie gehörte einwandfrei nicht zum Lehrerkollegium. Möglicherweise war sie die abweisende kanadische Freundin der Toten, um die Brasch sich auch noch nicht gekümmert hatte.

Dann schon, nach zwei anderen Trauergästen, kam Leonie. Sie ging allein, ohne eine Begleitung an ihrer Seite. Der Schmerz verlieh ihr eine Schönheit, die Brasch so noch nie an ihr gesehen hatte. Fast hätte er ihren Namen gerufen, mitten hinein in die Totenstille des Leichenzuges. Wie alle anderen trug auch sie dunkle Trauerkleidung, doch hatte sie sich einen gelben Schal um die Schultern gelegt, der wie ein grelles Licht in schwarzer Nacht herüberleuchtete. Als sie an ihm vorbeischritt, wandte sie plötzlich den Kopf und schaute zu ihm hin. Für einen Moment glaubte Brasch, sie würde ihm zunicken, sich eine kleine, versöhnliche Geste erlauben, aber dann blickte sie ihn nur vorwurfsvoll an, so als wäre er ein Eindringling, der hier auf dem Friedhof nichts zu suchen hatte.

Stocker folgte dem Trauerzug in einer der hinteren Reihen. Neben ihm ging tatsächlich seine weiße Frau. Sie hatte sich bei ihm eingehakt und bewegte sich sehr langsam, aber wenigstens funktionierte ihr gläsernes Herz wieder so leidlich, dass sie sich auf den Beinen halten konnte. Sie trug eine Sonnenbrille, die entschieden ein paar Nummern zu groß geraten war, und hatte ihr blondes Haar unter einem schwarzen Kopftuch verborgen. Auch den jungen Frank Grupe entdeckte Brasch. Er hatte Tränen in den Augen und schüttelte immer wieder den Kopf, als wäre er in ein stummes Gespräch vertieft, als gäbe es da jemanden neben ihm, einen schönen Geist, den nur er sah und der unaufhörlich mit ihm redete.

Zuletzt schlossen sich die Schulkinder dem Trauerzug an. Brasch folgte in einigem Abstand. Einmal meinte er Ina zu sehen, die hinter einem großen Grabmal stand und zu ihm herüberstarrte, aber dann, beim nächsten Blick, war niemand mehr da. Als sich eine einsame Geige erhob, wusste Brasch, dass die alten Männer das Grab erreicht hatten und den Sarg in die Erde hinabließen. Ein junges Mädchen, das er vorher nicht bemerkt hatte, stand da und spielte. »Air« von Johann Sebastian Bach. Wenn Töne auch Farben sein könnten, dann war es, als stiege ein kleiner, trauriger Regenbogen über dem Friedhof auf.

Leonie war eine Expertin für Regenbögen gewesen. Als Brasch nach ihrem ersten gemeinsamen Abend mit in ihre

Wohnung gekommen war, hatte es ihn erstaunt, etliche Bilder von Regenbögen zu sehen, die sie in ihrer Wohnung verteilt hatte. Sogar auf dem Klo hing ein Bild. Regenbögen waren für ihn Kitsch und falsche Romantik, aber natürlich hatte er gelogen und die Bilder, die Leonie selbst gemalt hatte, ausgiebig bewundert. Überhaupt hatte er am Anfang viel gelogen; er hatte Dinge gesagt, die er so gar nicht meinte, aus Angst, Leonie könnte ihn so langweilig und uninteressant finden, wie er sich manchmal selber vorkam.

Als sie in das Haus am Rhein gezogen waren, hatte Leonie aufgehört zu malen. Erst vor fünf Monaten hatte sie wieder angefangen, doch diesmal waren ihre Bilder ganz anders gewesen, keine kitschigen Regenbögen mehr, die sich über Berge oder Flüsse mit bunten Booten spannten. Sie hatte schwarze Landschaften gemalt, in denen nichts zu erkennen war; manchmal allenfalls ein weißer Fleck, der ein Mensch, ein vager Umriss sein konnte oder ein winziges, verirrtes Licht. Sie hatte auch nicht gewollt, dass er ihr beim Malen zuschaute. Dabei sah sie dann, wenn sie sich konzentrierte, wenn sie ganz in sich versunken war, am schönsten aus. Brasch liebte vor allem ihr Schweigen; sie verstand es, stumm, nur mit ein paar warmen Gesten, einen Menschen in ihre Nähe zu ziehen und ihn mit der Stille, die sie umgab, wie in eine Decke einzuhüllen. Dann aber wieder konnte ihr Schweigen wie eine Waffe sein, feindlich und abweisend, so wie in den letzten Tagen, die sie in ihrem Haus gewohnt hatte. Ihr war übel gewesen; schon am frühen Morgen war sie aufgestanden und hatte sich erbrochen, und dann hatte sie das ganze Wochenende auf dem Dachboden verbracht, der mittlerweile zu ihrem Atelier geworden war. Sogar ein unbequemes Klappbett stand da, auf dem sie manchmal schlief.

Die Tür war abgeschlossen gewesen. Brasch hatte ihren Namen gerufen, erst leise, dann drängender, doch Leonie hatte ihm nur mit ihrem kalten Schweigen geantwortet. Wenn sie wirklich malte, dann bewegte sie sich vollkommen lautlos. Keinen Laut vernahm Brasch durch die geschlossene Tür; kein Geräusch, dass sie mit Farben hantierte, Pinsel säuberte oder einfach nur dastand und seufzend ihr halb fertiges Bild betrachtete. Brasch hatte gespürt, dass er immer zorniger wurde. Ein seltsames Gefühl regte sich in ihm; es war sein Haus, sie war seine Frau, auch wenn sie nicht verheiratet waren. Warum öffnete sie die Tür nicht für ihn? Doch statt auf die Tür einzuhämmern, sie mit Gewalt aus den Angeln zu heben, wie es ihm zuerst eingefallen war, hatte er das Schloss schließlich vorsichtig wie ein geschickter Einbrecher mit einem Schraubenzieher geöffnet.

Leonie sollte keine Geheimnisse vor ihm haben. Sie sollte ihm alles zeigen, was sie malte. Dann, als er eintrat, fiel ihm ein, dass ihr Schweigen und ihre Geheimnistuerei vielleicht einen ganz simplen Grund hatten. Sie malte ein Bild für ihn, zum Geburtstag, als besondere Überraschung. Zwei Regenbögen in schwarzer Flusslandschaft.

Er sah Leonie nicht sofort. Der Raum war ein einziges Durcheinander, Farbtöpfe, alte Pappen, die den Boden bedeckten, unzählige Pinsel in kleinen Blechdosen, angefangene Bilder, in denen die Farben Schwarz und Gelb vorherrschten. Wie lange war er nicht mehr auf dem Dachboden gewesen? Leonies harmlose Sonntagsmalerei hatte sich offenbar in eine ernste, düstere Passion verwandelt.

Sie lag zusammengekauert auf ihrem Klappbett. Die Beine hatte sie angewinkelt, als friere sie im Schlaf, und im Arm hielt sie irgendein rosafarbenes Stofftier, das Brasch noch nie gesehen hatte. Sie sah nicht wirklich wie ein zu groß geratenes Kind aus, eher wie eine erschöpfte, erwachsene Frau, der in letzter Zeit ein paar Dinge zu schwer gefallen waren. Die zwei leeren Rotweinflaschen neben ihrem Bett verrieten, auf welche Art und Weise sie sich ein wenig Ruhe verschafft hatte.

Ohne ein Wort an Leonie zu richten und sie vielleicht zu wecken, hatte Brasch den Dachboden verlassen und das Schloss wieder eingesetzt.

Zwei Tage später war Leonie mit all ihren Sachen ausgezogen, während er auf dem Präsidium in einen Mordfall vertieft gewesen war.

Wie ein junger Hund lief Brasch ihr nach, als Leonie sich allein und mit langsamen Schritten von den anderen Trauergästen entfernte. Sie ging in einen abseitigen Winkel des Friedhofs, ohne sich auch nur einmal nach ihm umzusehen, so sicher war sie, dass er ihr folgte. Dann, neben einem großen, sandfarbenen Grabstein, auf dem ein Engel mit einem abgebrochenen Flügel Wache hielt, blieb sie stehen und wartete auf ihn.

»Habt ihr eine Spur von ihrem Mörder?« Als Leonie sich plötzlich umdrehte, sah Brasch, dass sie eine Sonnenbrille trug, irgendein teueres Modell, das er nicht kannte. Natürlich kam ihm sofort wieder Stocker in den Sinn. Machte er Leonie Geschenke? Gab es Männer, die Sonnenbrillen verschenkten?

Brasch ging einen Schritt näher. Immer wieder war er überrascht, wie schön Leonie war. Der gelbe Schal ließ ihr schwarzes Haar im Licht aufschimmern, das matt und diffus durch die Bäume fiel; die Lippen hatte sie sanft mit einem sehr dezenten Lippenstift nachgezogen. »Ich habe dich den ganzen Vormittag gesucht«, sagte Brasch. »Ich habe mir Sorgen gemacht.«

Leonie lächelte leise und machte eine wegwerfende Handbewegung. Brasch wusste nicht, ob sich diese Geste gegen ihn richtete. Er hätte gerne ihre Augen gesehen.

»Warum hast du mich angerufen?«

Leonie lächelte wieder. »Es war ein Irrtum«, sagte sie. »Ich hatte eine Frage, nur eine einfache Frage, aber ich glaube, es hat sich schon erledigt.«

Brasch kam ihr noch einen Schritt näher; im Hintergrund hörte er Stimmen. Offenbar schienen sich die Trauergäste zu zerstreuen und den Friedhof zu verlassen, und dann frischte plötzlich der Wind auf, und die Bäume spielten wieder ihre Regenmusik.

»Warum kommt ihr in dem Fall nicht weiter?«, fragte Leonie. »Warum könnt ihr nicht herausfinden, wer sie umgebracht hat?« Der vorwurfsvolle Tonfall hätte ihr selbst von Staatsanwalt Dr. Schroedel eine gewisse Bewunderung eingetragen.

Als Brasch etwas erwidern wollte, irgendeine billige Antwort, die er gar nicht meinte, klingelte sein Mobiltelefon. Mit einer schnellen Handbewegung stellte er den Apparat ab.

Leonie hatte sich wieder umgedreht. Es tropfte von den Bäumen, aber es klang nicht mehr wie Regenmusik. Brasch fror. So sah die nackte Ohnmacht aus, die auch Verzweiflung oder Hilflosigkeit hieß. Er war auf dem Planeten der Einsamkeit gelandet und stand dem geliebten Menschen gegenüber, den er aber nicht erreichen konnte, nicht mit einem einzigen Wort, auch wenn er hundertundeine Sprache sprechen oder die schönsten Gedichte erfinden würde. Vielleicht gab es irgendwo am Himmel einen Satelliten für hoffnungslos Verliebte, über den er ihr sein SOS zufunken konnte, oder vielleicht musste er ein Raumschiff einmal um den Planeten schicken, damit es ihr seine Flaschenpost überbrachte. Brasch streckte seine Hand aus, um Leonie sanft an der Schulter zu berühren, aber dann wurde daraus nur eine müde, verirrte Geste, die nicht einmal für ihn selbst eine Bedeutung hatte.

»Könnte es sein, dass Charlottes Mörder ein Irrer ist, dem es gefällt, Frauen zu erschrecken, der dabei vielleicht ein wenig zu weit gegangen ist?« Was war da in Leonies Stimme? Die sonderbare Hoffnung, dass alles nur Zufall war, dass irgendein Psychopath ihre Kollegin sozusagen aus Versehen ermordet hatte?

»Nein«, sagte Brasch, »es gibt nichts, was dafür spricht.« Eine kleine, seltsame Heiterkeit kroch in sein Herz zurück und brachte es wieder auf Betriebstemperatur. Leonie wollte etwas von ihm, eine Auskunft, einen Rat. Doch als sie sich umdrehte und ihn anschaute, erstarrte er; der plötzliche Kältetod mochte so kommen, mit solch einem tiefen, schnellen Absturz in arktische Temperaturen. Leonie hatte ihre Sonnenbrille abgenommen, ihre braunen Augen waren dunkel, fast schwarz, als sie ihn anschaute und ihm ihre rechte Hand entgegenstreckte. Ein harmloses Utensil hatte sie da, einen neuen, roten Kinderschuh.

Sie bemerkte seine Verwirrung nicht. »Es ist sehr merkwürdig«, sagte sie. »Jemand hat mein Auto aufgebrochen, absolut professionell, ohne einen Kratzer, nur um mir diesen Kinderschuh auf den Beifahrersitz zu legen.«

Brasch nickte und starrte den Schuh an. Seine Gedanken brauchten einen Moment, bis sie ins Laufen kamen. Anscheinend hatte Leonie keine Zeitung gelesen, wusste nichts von dem schönen, sauberen Gegenpart zu diesem Schuh, der neben der Leiche von Charlotte Frankh gehangen hatte. Er zog eine kleine Plastiktüte aus der Tasche. »Ich würde den Schuh gerne untersuchen lassen«, sagte er, »vielleicht finden wir Fingerabdrücke.« Als er den Schuh mit der Plastiktüte ergriff, berührte er Leonie ganz sanft an den Fingerspitzen.

»Du meinst, es hat etwas zu bedeuten?«, fragte sie. Nun klang sie eindeutig um drei Tonlagen versöhnlicher. »Und es hat etwas mit dem Fall zu tun?«

»Es wäre möglich«, sagte Brasch vage. Leonies Augen schauten ihn an, schwarze Perlen, mit einer geheimnisvollen Sehkraft ausgestattet. Begriff sie, dass der rote Schuh eine Warnung war, dass der Mörder sie ins Visier genommen hatte? »Du bist ganz sicher, dass dein Wagen abgeschlossen war?«

»Ganz sicher.« Keine Spur von Angst schwang in ihrer Stimme. »Warum tut jemand so etwas? Legt mir einen Kinderschuh ins Auto?«

»Wir werden es herausfinden«, erwiderte Brasch. Als er sich aus einem Reflex umdrehte, sah er Stocker etwa hundert Meter entfernt an einer Weggabelung. Seine weiße Frau stand neben ihm, und beide schauten zu ihnen herüber. Auch Leonie hatte die beiden entdeckt, aber sie sagte kein Wort. Für einen Moment glaubte Brasch, Stocker würde zu ihnen kommen, eine scheinbar harmlose Plauderei beginnen, doch dann drehte er auf den Hauptweg ab und schritt mit seiner weißen Frau davon.

»Wann hat man dir den Schuh in den Wagen gelegt?«,

fragte Brasch. Der Himmel hatte sich wieder zugezogen, schwarze Wolken schoben sich ineinander.

»Gestern am späten Nachmittag, als ich kurz in der Schule war.« Leonie machte ein paar Schritte auf den Hauptweg zu. Sie wollte gehen; nun war es genug der kurzen Audienz. Braschs Herz reagierte panisch, mit einem wilden, hektischen Beat. Wenn er sie schon nicht berühren durfte, hätte er wenigstens etwas sagen müssen. Malst du wieder? Denkst du manchmal an mich? Oder etwas aus der schmerzvollen Abteilung ›Weißt du noch, wie wir …?‹

Brasch sagte kein Wort. Er sah, wie Leonie wieder ihre Sonnenbrille aufsetzte.

»Übrigens habe ich jetzt eine Wohnung«, sagte sie und lächelte ein leichtes, rätselhaftes Lächeln. »Mülheim, nicht gerade die beste Gegend, aber mit Blick auf den Rhein.«

»Gratuliere«, sagte Brasch leise. Abrupt wechselte sein Herz den Takt und spielte Blues. »Du solltest uns die Adresse mitteilen, aus polizeilichen Gründen, versteht sich.«

Leonie schüttelte den Kopf. »Noch nicht«, sagte sie. »Noch möchte ich lieber keinen Besuch bekommen.« Brasch wusste nicht, ob sie ihn absichtlich missverstanden hatte.

Sie standen auf dem Hauptweg. Aus den schwarzen Wolken fielen ein paar Regentropfen. Von den vielen Trauergästen war niemand mehr zu sehen, nur die vier Totengräber machten sich noch an Charlotte Frankhs Grab zu schaffen; sie hatten das Erdloch bereits zugeschüttet, ordneten die Kränze und brachten das provisorische Holzkreuz an.

»Ich muss gehen«, sagte Leonie und tat Brasch den Gefallen, wenigstens entschuldigend zu lächeln. »Ich habe

Marga versprochen, sie nicht mit Geißler, dem alten Schwätzer, allein zu lassen. Sie versteht überhaupt nicht, warum ihr den Mörder nicht fassen könnt.«

Brasch nickte stumm. Sie gaben sich förmlich die Hände, wie zwei Menschen, die wussten, dass sie sich eine lange Zeit nicht wiedersehen würden. Leonie zog ihre Hand als Erste zurück. »Es ist gut zu wissen, dass du nicht allein bist«, sagte sie. »Gestern, als ich angerufen habe, war doch eine Frau bei dir, nicht wahr?«

»Nein«, log Brasch und schaute an ihr vorbei. »Ich hatte nur schon geschlafen; das war alles.«

Brasch rannte. In seinem Kopf spielte ein Schlagzeug; es dröhnte und scheppterte, trieb ihn an, immer schneller zu laufen. Er war nicht in Form, er atmete Feuer. Er wusste endlich, was Liebe war. Liebe war ein bisschen Glück und viel Angst und Verzweiflung. Liebe war, wenn man um das Leben eines anderen viel mehr fürchtete als um das eigene. Er rannte an der jungen Begräbnisgeigerin vorbei, die mit ihrem Geigenkasten unter dem Arm gemächlich auf den Ausgang zusteuerte. Das Schlagzeug spielte immer lauter, der Takt wurde immer wilder. Als Brasch auf die Aachener Straße vor dem Friedhof rannte, wäre er beinahe gestürzt. Wo stand sein Wagen? Für einen Moment glaubte er, dass eine kleine Katastrophe passiert war. Jemand hatte ausgerechnet jetzt sein Auto gestohlen oder ihn zumindest zugeparkt. So war er manchmal, dass er immer das Schlechte annahm. Nur Pessimisten sahen die Welt, wie sie war. Optimisten hatten immer Unrecht. Doch in diesem Fall waren alle Sorgen unbegründet. Sein Wagen sprang auch sofort an, und das Schlagzeug in seinem Kopf schlug einen weicheren Takt.

Die Aachener Straße vor dem Friedhof war vierspurig, an dieser Stelle eine echte Rennstrecke, ohne die kleinste Möglichkeit zu wenden. Brasch setzte ein paar hundert Meter auf dem Gehweg zurück, vorbei an drei aufgebrachten Alten, die voll ehrlicher Entrüstung ihre Krückstöcke in die Höhe stießen. Einer schrieb sich dann sein Kennzeichen auf. Als Brasch rückwärts in die Piusstraße einbog, die zur Trauerhalle führte, entdeckte er im Rückspiegel keine Spur von Leonie. Sie hatte den Ausgang an der Trauerhalle genommen, aber vielleicht war er zu spät. Vielleicht war sie schon gefahren, oder jemand hatte sie erwartet und mitgenommen.

Sein Herz schlug wieder einen härteren Takt. Wenn er Leonie nicht fand, würde er ihr die halbe Polizei Kölns auf den Hals hetzen müssen. Ratlos starrte er vor sich hin. Dann nahm er den roten Kinderschuh, der in der Plastiktüte gefangen war, und setzte ihn auf das Armaturenbrett. Im nächsten Moment sah er, wie Leonie zweihundert Meter vor ihm aus einer Parklücke auf die Straße bog. Sie hatte sich ordentlich Zeit gelassen, fast als hätte sie auf ihn gewartet, als wollte sie sichergehen, dass er ihr tatsächlich nachstellte.

Sie fuhr ihren roten, sechzehn Jahre alten Volvo. Zumindest einen neuen Wagen hatte sie sich nicht zugelegt. Brasch zählte langsam bis zehn, dann folgte er ihr. Er schaltete sein Mobiltelefon wieder ein und überlegte, ob er Mehler bitten sollte, ihn bei der Verfolgung abzulösen, aber dann kam ihm dieser Gedanke feige und falsch vor. Wenn Leonie direkt zu ihrem neuen, trauten Heim nach Mülheim fuhr, wäre Mehler ohnehin nicht rechtzeitig zur Stelle.

Leonie bog auf die Innere Kanalstraße, wie Brasch es

erwartet hatte. Doch statt in Richtung Westen zu fahren, schwenkte sie sofort auf die Aachener Straße ein. Sie passierte den Melatenfriedhof. Hatte sie ihn bereits entdeckt und unternahm eine kleine, ziellose Spazierfahrt? Brasch versuchte, in gefälligem Abstand hinter ihr zu bleiben, aber vor ihm zogen drei, vier Wagen an Leonie vorbei. Auf einem Abschnitt, wo jeder beschleunigte, entwickelte Leonie sich zu einem echten Verkehrshindernis. Kurz vor der nächsten Kreuzung hatte Brasch sie direkt vor sich. Eine Todsünde bei jeder Verfolgung; nur absoluten Stümpern passiert solch ein Missgeschick. Er sah Leonies Silhouette vor sich. Sie hob die Hand wie zu einem ironischen Gruß, aber vielleicht war es auch nur eine zufällige Geste, die nicht ihm galt. Dann blinkte an ihrem Volvo plötzlich die Warnblinkanlage auf, und im nächsten Moment gab Leonie Vollgas. Sie war eine gute, sichere Autofahrerin. Rasant schwenkte sie an einem Auto vor ihr vorbei und raste auf die Kreuzung, als die Ampel längst Rot zeigte.

Brasch beobachtete, wie von links ein Taxi heranrauschte und laut hupend vollbremste. Von rechts zog eine Straßenbahn auf die Kreuzung. Das warnende Gebimmel der Bahn schrillte auf. Für einen winzigen, panischen Augenblick glaubte Brasch ein Standbild vor sich zu sehen: der letzte, festgefrorene Moment vor dem Unfall, bevor alles eine falsche, bedrohliche Richtung nahm. Dann lief der Film mit rasantem Tempo weiter. Leonie glitt mit knapper Not an der unaufhörlich warnenden Straßenbahn vorbei und verschwand hinter ihr.

Brasch bremste ab. Es gibt eine Gefühlsmischung, die wirkt in jedem Menschen hochexplosiv oder ruft zumindest unangenehmste Nebenwirkungen hervor. Zorn und

Angst gehören zu dieser Mischung, dazu eine ordentliche Portion Verzweiflung und Ratlosigkeit. Und Liebe in ihrer bleischweren, dunkelsten Spielart. Brasch fühlte sich betrogen. Er sah den roten Kinderschuh vor sich, den der Mörder Leonie in den Wagen gelegt hatte. Aber was tat Leonie? Sie spielte Rennfahrerin, sie verlor den Verstand und raste bei Rot über eine der gefährlichsten Kreuzungen Kölns, nur um ihm zu entfliehen.

Die Ampel sprang auf Grün, und Brasch gab langsam Gas. Hinter ihm dröhnte ein Streifenwagen mit eingeschalteter Sirene heran, aber das war nicht mehr als ein Zufall und hatte nichts mit Leonie zu tun. Mehr als sechs Wochen hatte sie bei der getöteten Charlotte Frankh gewohnt, und nun hatte der Mörder ihr eine eindeutige Warnung zukommen lassen. Vielleicht war alles ein Irrtum gewesen, eine Verwechslung? Vielleicht hatte der Mörder eigentlich Leonie gemeint? Aber wie passte Grupe in dieses Bild? Wenn er in der Nacht in seinem Sternenpalast gewesen war, dann hatte er vermutlich etwas gesehen, das er auf keinen Fall sehen durfte.

Als sein Telefon klingelte, glaubte Brasch zuerst, Leonie würde ihm aus einem Irgendwo Kölns einen heiteren, triumphierenden Gruß zurufen. Solche Dinge traute er ihr mittlerweile zu. Doch Mehler war am Apparat. Seine Stimme klang heiser und so, als müsste er wieder einmal eine schlechte Nachricht überbringen.

»Wir müssen eine Fahndung rausgeben«, sagte Brasch. »Sofort. Leonie ist bei Charlotte Frankh ausgezogen, und ich muss noch in der nächsten Stunde wissen, wo sie jetzt wohnt.«

Mehler sagte einen Moment nichts, er atmete nur leise aus, aber irgendwie war sein Schweigen voller Mitleid, als könnte er mit dem eigenen Herz empfinden, wie sehr Brasch Leonie vermisste.

»Es hat mit dem Fall zu tun. Deshalb muss ich wissen, wo Leonie ist.« Brasch hörte, dass seine Stimme zitterte. Er war angespannt und müde, und er hatte ein paar Rechtfertigungen nötig.

Mehler gestattete sich noch einen langen Atemzug. »Dr. Schroedel hat unser Team verstärkt. Zehn Leute. Haben vor einer Stunde angefangen. Wir haben uns auch noch einmal den Jungen vorgenommen, der Grupe bedroht hat. Er hat kein Alibi, behauptet, er wäre im Kino gewesen, aber kann sich an keinen Film erinnern. Außerdem wissen wir jetzt genau, dass Grupe in der Mordnacht die Polizei in Ehrenfeld angerufen hat. Das hat die Stimmenanalyse eindeutig ergeben.« Wieder atmete Mehler schwerfällig aus.

»Noch mehr Neuigkeiten?«, fragte Brasch. Er bog von der Aachener Straße ab. Natürlich war von Leonie weit und breit nichts mehr zu sehen.

»Ja«, sagte Mehler zögerlich. »Irgendjemand hat geplaudert. Von dir und Leonie. Du bist raus aus den Ermittlungen.« Seine letzten Worte kamen im Flüsterton, aber dann fing er sich wieder und wurde offiziell. »Ich bin beauftragt, dir mitzuteilen, dass du morgen früh zu Schroedel kommen sollst. Mit einem Urlaubsantrag für mindestens zehn Tage.«

»Alles klar«, sagte Brasch. Er ließ Mehler keine Zeit mehr, ein »Tut mir Leid« anzubringen, und schaltete das Telefon ab. Er musste nicht lange darüber nachdenken, wer ihn bei Schroedel abserviert hatte. Hallo, Ina, dachte er, hallo und vielen Dank. Ihre kurze, gemeinsame Nacht war also doch nicht so ohne Folgen geblieben.

10

In Köln gibt es eine Menge öder Orte, an denen man nicht eine Stunde, geschweige denn sein ganzes Leben verbringen möchte. Manchmal hatte Brasch sich gefragt, wer es an solchen Orten aushielt; an einer schmucken, vierspurigen Ausfallstraße, unter dem grauen Betonhimmel einer Autobahnbrücke, an einer einsamen Kiesgrube, die sich wie ein Geschwür in die Landschaft gefressen hatte. Aber vielleicht ging es nur um die Frage, was Heimat war. Für manchen mochte ein Kleingarten zwischen zwei Eisenbahnlinien das Stück Heimat sein, für das er sein Leben hergeben würde. Während ein anderer, der irgendwo in Marienburg in einer noblen Villa wohnte, niemals wissen würde, wo er wirklich zu Hause sein konnte.

Brasch fuhr an ein paar Schrottplätzen vorbei, dann bog er nach links ab und parkte unter einer langen, dunklen Eisenbahnbrücke. Er wusste nicht genau, wo er sich befand, irgendwo in einem Stadtteil, der besonders grau und trostlos war, aber den malerischen Namen Bilderstöckchen trug. Plakate von längst vergangenen Konzerten klebten an den Wänden, dazwischen waren die üblichen Graffiti aufgesprüht. Irgendwo stand auch: Elke, ich liebe dich! Als würde hier jemand sehenden Auges vorbeikommen und auf einen Liebesschwur achten.

Leonie hatte ihn aus seinem alten Leben geworfen.

Nicht einmal in sein Haus konnte er zurückkehren. Eigentlich gehörte es ihr; sie war wochenlang in der Gegend herumgelaufen und hatte es gefunden. Die Eigentümerin war ins Altenheim gekommen, und drei Tage, nachdem sie den Kaufvertrag unterschrieben hatte, war sie plötzlich gestorben. Aus Heimweh, hatte Leonie voller Mitgefühl gesagt, weil sie ihr Haus verlassen musste.

Warum hatte Leonie nicht darauf bestanden, dass er auszog? Das hätte ihn weniger verletzt als ihr plötzliches Verschwinden. Wann kennt man einen Menschen? Wann weiß man, wie er denkt und fühlt? Ob er einen verraten, ob er einen Mord begehen kann? Drei Wochen bevor Leonie ihre Sachen packte, hatte Brasch eines Morgens zufällig einen ihrer Kontoauszüge in der Küche entdeckt. Leonie schlief noch; er musste früher ins Präsidium, weil er im Parkhausmord eine erste Festnahme vorbereitete. Kontoauszüge sind langweilige Belege des Alltags. Litaneien von Abbuchungen: die Stromrechnung, die tägliche Zeitung, die Glasversicherung, die milde Gabe an den Tierschutzverein. Aber Leonies Kontoauszug wies eine Besonderheit auf; sie hatte zwanzigtausend Mark abgehoben und war einigermaßen tief in die roten Zahlen gerutscht. War der Kontoauszug eine Art dezenter Hinweis gewesen? Hallo, ich habe ein Geheimnis vor dir! Bitte, frage mich, versuche, mein Geheimnis herauszubekommen! Aber er hatte nichts gefragt, er hatte die Angelegenheit vergessen, wie man kleine, alltägliche Dinge vergaß.

Brasch nahm den kleinen, roten Schuh vom Armaturenbrett und schaute ihn sich durch die Plastikhülle an. Nichts Besonderes war an dem Schuh. Kein geheimes

Zeichen, keine versteckte Botschaft. Gab es auf der Welt etwas Harmloseres als einen Kinderschuh? Und doch war der Schuh eindeutig eine Warnung, auch wenn Leonie sie offensichtlich gar nicht verstanden hatte. Hätte sie ihm sonst den Schuh in die Hand gedrückt und wäre vor ihm geflohen, statt seinen Schutz zu suchen? Eine Frage jedoch war wichtiger als jede andere: Was hatte sie getan, dass jemand sie bedrohte?

Er wählte die Nummer ihres Mobiltelefons, doch nur eine mechanische Frauenstimme verkündete, dass der Teilnehmer zurzeit nicht erreichbar sei, dann versuchte Brasch, auf die denkbar einfachste Art an ihre neue Adresse zu kommen. Aber die Auskunft der Telekom wusste nichts von einer geänderten Telefonnummer. Für die Telekom waren eine gewisse Leonie Stiller und ein gewisser Martin Brasch immer noch ein Paar.

Blieb ein zweiter Versuch: Hedwig, Leonies Schwester, konnte von ihrer neuen Wohnung wissen. An ihrem Anschluss sprang jedoch nicht einmal der Anrufbeantworter an. Anscheinend hatte Hedwig wieder eine heftige Affäre und war schon seit geraumer Zeit nicht mehr in ihrer Wohnung gewesen, um das Band abzuhören.

Als er Pias Handy anwählte, landete er nur in ihrer Mailbox. Er sprach einen faden Gruß hinein und bat ohne große Zuversicht um ihren Rückruf. Wenn Pia in einer Lagebesprechung hockte, konnte es Stunden dauern, bis sie sich meldete.

Einen Moment saß Brasch ratlos da und schloss die Augen. Mülheim nach Leonie und ihrem Wagen abzusuchen war ein ziemlich aussichtsloses Unterfangen. Und vielleicht hatte sie ihn auch angelogen, vielleicht hatte sie sich in einem ganz anderen Stadtteil einquartiert. Brasch brauchte ein mittleres Wunder, um sie zu finden, oder er brauchte jemanden, der ihn zu ihr führte.

Als er die Augen wieder öffnete, sah er ein kleines Mädchen, das in seinen Wagen hineinblickte. Das Mädchen hatte schokoladenbraune Haut, kleine, wilde Zöpfe, die um ihren Kopf herumtanzten, und Augen, die noch dunkler waren als ihre Haut. Wo kam in dieser trostlosen Gegend ein Mädchen her? Brasch lächelte die Kleine an, aber sein Lächeln schien nicht besonders freundlich und vertrauenserweckend zu wirken, jedenfalls nicht für achtjährige Mädchen. Die Kleine furchte die Stirn, als würde ihr ein düsterer Gedanke durch den Kopf kriechen, dann drehte sie sich hastig um und lief die Straße hinunter. Irgendwo da, jenseits der Eisenbahngleise, musste es eine Siedlung geben.

Brasch startete den Motor wieder. Zeit für einen Hausbesuch, auch wenn er gar nicht mehr im Dienst war. Einen Menschen gab es; einer würde wissen, wo Leonie jetzt wohnte.

Marienburg hielt noch einen verdienten, späten Nachmittagsschlaf, aber wahrscheinlich sah es hier immer so leblos aus, ein anderer öder Ort in Köln. An Langeweile und Parkplätzen herrschte hier kein Mangel. Und doch konnte es auch in solch einer langweiligen Straße eine echte Überraschung geben. Brasch stellte den Motor ab und blickte zu Stockers Haus hinüber. Im nächsten Moment wurde die Haustür geöffnet. Eine Frau trat heraus; vollkommen unscheinbar war sie, wie ihr eigener Schatten. Graues Haar, eine dünne, spillrige Gestalt unter einem langen, schwarzen Mantel, die Brasch wieder an Bulimie denken ließ. Bulimie bei Professoren. Elisabeth

Grupe verließ das Haus recht hastig. Sie blickte sich ein-, zweimal um, als müsste sie sich wirklich vor Verfolgern hüten, und ging dann in Richtung Bonner Straße davon.

Brasch wartete ein paar Minuten, bis er seinen Wagen verließ. Sollte Stocker erst das Kaffeegeschirr für Elisabeth Grupe abgeräumt haben. Eigentlich verliefen Kondolenzbesuche anders herum; da saß die Witwe trauernd zu Hause und empfing Gäste, die Trost und gute Wünsche mitbrachten.

Nach dem zweiten Klingeln wurde Brasch geöffnet; diesmal regelte keine Gegensprechanlage den Besucherverkehr. Doch der arrogante Spiegel im Fahrstuhl riet ihm dringend zu einer sorgfältigen Rasur. Ordentliche deutsche Kriminalbeamte sahen nicht aus wie Menschen, die Liebeskummer hatten und ihre Nächte mit wirren Träumen in einem Sessel verbrachten.

Die Tür war halb geöffnet; kein Empfangskomitee stand bereit. Hatte Stocker damit gerechnet, dass Elisabeth Grupe noch einmal zurückgekehrt war?

Brasch klopfte an die halb geöffnete Tür. Stille atmete ihm entgegen. Doch dann hörte er ganz fern in der Stille eine Stimme. Die weiße Frau sprach, sie flüsterte eindringliche, sanfte Worte. So redete man auf ein krankes Kind ein, das Angst hatte und fiebernd im Bett lag. Brasch räusperte sich. Obwohl es in dem langen Flur recht dunkel war, bemerkte er ein großes Schwarzweißfoto an der Wand. Eine ungefähr dreißigjährige Katharina Stocker saß in Reiterkluft auf einem großen, majestätisch wirkenden Pferd und grüßte zum Betrachter hinab. Dann fiel Brasch noch etwas anderes auf; es roch nach Medikamenten, als hätte er sich in den dunklen Gang einer Arztpraxis verirrt. Dieser Geruch war ihm bei seinem ersten Besuch nicht aufgefallen. Er widerstand der Versuchung, schnell die Mäntel und Jacken zu durchsuchen, die neben der Fotografie an einer Garderobe hingen.

Als er sich umwandte, stand die weiße Frau in der Tür am Ende des Ganges und schaute ihn an. Ein fahles Licht ließ ihr Haar aufschimmern. »Entschuldigung«, sagte Brasch verlegen. »Ich habe angeklopft, aber niemand hat geantwortet.«

Katharina Stocker sagte nichts, so als wäre er gar nicht da, als würde sie ihn gar nicht sehen. Dann schloss sie die Tür hinter sich und kam näher. Die seriöse Trauerkleidung hatte sie längst abgelegt; sie trug einen weißen Bademantel; ihre Füße waren nackt.

»Ich habe geduscht«, sagte sie, als sie Braschs Blick bemerkte. »Ich dusche dreimal am Tag. Mindestens.« Mit einer abrupten Handbewegung deutete sie Brasch, ihr zu folgen.

Die Küche war ein großer, gemütlicher Raum. Ein riesiger Farn hing vor dem Fenster, daneben waren getrocknete Kräuter aufgereiht. Alle Schränke waren aus einem dunklen, teuren Holz gefertigt. Von den Spuren eines netten Kaffeeklatsches mit Elisabeth Grupe war nichts zu sehen. Keine schmutzigen Tassen auf dem Tisch, keine eingeschaltete Kaffeemaschine, aber die gab es hier ohnehin nicht. Doch auch hier roch es nach Medikamenten.

»Was wollen Sie?«, fragte Katharina Stocker. »Warum lassen Sie uns nicht in Ruhe?« Ihr Gesicht verriet deutliche Zeichen von Schlaflosigkeit; dunkle Schatten unter den Augen, Falten, die sich immer tiefer in die Haut gruben. Nur ihre Stimme klang nicht müde, eher angriffslustig.

»Ich möchte Ihren Mann sprechen«, sagte Brasch. »Es geht nur um eine kurze Auskunft.«

Sie bot ihm nicht an, Platz zu nehmen. Für einen kurzen Moment fragte Brasch sich, an welcher Krankheit sie leiden mochte. Aber vielleicht war es nur das Leben; vielleicht wurde das Leben für jeden früher oder später zu schwer. Dann dachte er, dass Elisabeth Grupes hastiger Rückzug einen anderen Grund haben konnte. Stocker war nicht zu Hause, und seine Frau hatte sie ganz uncharmant vor die Tür gesetzt.

»Was wollen Sie von meinem Mann?« In ihren Augen funkelte ein blaues Licht, das vielleicht Zorn war oder zumindest ein tief empfundener Ärger.

»Ich möchte ihm nur eine Frage stellen.«

Sie zog eine Schachtel Zigaretten aus der Tasche ihres Bademantels. »Stellen Sie mir die Frage. Vielleicht kann ich Ihnen helfen.« Ganz langsam, als sollte es wie eine Provokation wirken, steckte sie sich eine Zigarette an. Nikotin schien ihr Lebensmittel Nummer eins zu sein. Der Zeigefinger ihrer rechten Hand war gelb vor Nikotin.

»Nein«, sagte Brasch. »Diese Frage möchte ich lieber Ihrem Mann stellen.«

Katharina Stocker lachte auf, aber es war ein verrückter, schriller Laut, der mit einem echten Lachen keine Ähnlichkeit hatte. Schlechte Schauspieler auf schlechten Boulevardbühnen verkauften so etwas als Ausbruch von Heiterkeit. »Hat die Frage etwas mit Ihrer kleinen Freundin zu tun? Mein Mann hat mir längst erzählt, dass Ihre Freundin die Sozialklempnerin an der Schule ist. Hat ein paar Probleme gegeben, nicht wahr?« Sie setzte sich und schlug die nackten Beine übereinander. Wie weiße Knochen sahen ihre Beine aus, dünn und ohne jede Farbe.

Brasch wandte sich zur Tür. Eine verzweifelte, halb entblößte Frau allein zu befragen konnte ihn leicht auf Platz eins der Abschussliste seiner Dienststelle bringen. »Sie wissen also nicht, wo Ihr Mann ist?«

»Wo soll er sein? Auf dem Trainingsplatz. Er sollte sich da ein Zelt aufstellen mit einem kleinen Gaskocher und einer bequemen Luftmatratze für die Nacht.« Sie machte mit der Zigarette in der Hand eine hastige Geste. »Er hält das alles hier nicht mehr aus. Die Krankheiten, das Schweigen den ganzen Tag. Das ist alles zu viel für ihn.«

Brasch nickte der weißen Frau zu. An der Tür, die hinaus in den dunklen Gang führte, drehte er sich noch einmal um. Aus einem Grund, den er selbst nicht ganz begriff, spürte er keinerlei Mitgefühl mit Katharina Stocker. Sie war nichts anderes als eine betrogene Ehefrau, die sich den größten Luxus erlaubte, den sie kannte: mit allem Drum und Dran, auf höchstem Niveau zu leiden. Mit einem leichten Lächeln gestattete er sich eine kleine Rache dafür, dass sie Leonie eine Sozialklempnerin genannt hatte.

»Besitzen Sie eigentlich eine Waffe?«, fragte er.

Katharina Stocker schüttelte stumm den Kopf. »Sie glauben doch nicht wirklich, dass ich ...«, sagte sie leise. Nun klang sie wieder vollkommen erschöpft.

»Nein«, erwiderte Brasch und öffnete die Tür. »Das glaube ich eigentlich nicht.« Doch dann fiel ihm ein, dass sie möglicherweise ein gutes Motiv für einen Mord gehabt hätte. Was hätte sie getan, wenn Stocker sie verlassen wollte, weil er sich in Charlotte Frankh verliebt hatte? Und war nun nicht Leonie ihre Rivalin geworden?

11

Es gibt Kabarettisten, die reisen seit zwanzig Jahren mit einem einzigen Programm durch das Land. Überall, wo sie sind, kriegt das Programm riesige Lacher; da können sie gar nichts verkehrt machen, selbst wenn sie mal einen schlechten Tag haben. Das Programm heißt: Frauen und Männer passen nicht zusammen. Dafür lassen sich unzählige lustige Beispiele finden: Was macht ein Mann nachmittags um fünf Uhr auf einem Fußballplatz, während seine Frau einsam und leicht bekleidet zu Hause sitzt und unangemeldeten Besuch empfängt?

Nur noch drei, vier Spieler schoben lustlos den Ball hin und her, als Brasch sich dem Trainingsgelände näherte. Stocker schien hier eine Art Stammplatz zu haben; er stand an derselben Stelle, an der Brasch ihn bei seiner ersten Begegnung entdeckt hatte. Doch diesmal war Stocker nicht allein; Ina, die Reporterin, stand neben ihm. Sie trug ein dunkelgrünes Cape und versteckte ihr rotes Haar unter einer Kapuze, als müsse sie sich tarnen. Die Unterhaltung, die beide führten, schien nicht sonderlich erbaulich und ziemlich einseitig zu sein. Ina redete, wobei sie große, pathetische Gesten vollführte, die Brasch noch nie an ihr gesehen hatte. Stocker aber schüttelte nur hin und wieder den Kopf, ohne Ina wirklich anzuschauen. Dann warf er seinen Zigarillo vor sich in den Sand. Grußlos wandte er sich um und ging davon.

Brasch folgte ihm, als sein Telefon klingelte.

Pia klang voller Mitgefühl. »Schroedel ist ein Idiot, dass er dich so abserviert«, sagte sie. Zum ersten Mal duzte sie ihn am Telefon.

»Das geht schon in Ordnung«, sagte Brasch. Er behielt Stocker im Auge, der langsam auf den Parkplatz zusteuerte. Von Ina war nichts mehr zu sehen; sie hatte ihren Wagen offenbar auf der anderen Seite des Trainingsgeländes geparkt. Oder sie spielte ihr eigenes Versteckspiel und schlich hinter Brasch her.

»Außerdem macht uns dieser alte Lateinpauker verrückt«, fuhr Pia fort. »Behauptet, jemand hätte ihn gestern Nacht angerufen und gesagt, er wäre als Nächster dran.« Sie lachte spöttisch auf. »Wahrscheinlich der besondere Dank eines Schülers.«

Brasch beobachtete, dass Stocker in einen schwarzen Geländewagen stieg. Er schien ihn nicht bemerkt zu haben.

»Wo bist du?«, fragte Pia. »Sitzt du irgendwo in deinem leeren Haus und starrst vor dich hin?«

Für einen Moment war Brasch erstaunt, dass sie ihm ganz leicht, ohne ein Zögern eine solche Frage stellte, als wäre sie eine alte Freundin. »Hör zu«, sagte er leise. Er schloss seinen Wagen auf und stieg ein, während Stocker dreißig Meter vor ihm aus seiner Parklücke fuhr. »Ich habe den zweiten roten Kinderschuh. Jemand hat ihn Leonie ins Auto gelegt.«

Pia schwieg einen Augenblick lang. Es hörte sich an, als habe sie sich gesetzt, als sei das Gespräch für sie plötzlich eine sehr ernste, dienstliche Angelegenheit geworden. Mit einer ganz besonderen Neuigkeit. Brasch startete den Wagen und rollte langsam über den Parkplatz.

»Bring den Schuh gleich ins Präsidium«, sagte Pia eindringlich. »Weiß Mehler davon?«

Brasch beobachtete, dass Stocker nach links auf die Hauptstraße abbog. »Später«, sagte er. »Zuerst muss ich Leonie finden. Sie wohnt seit gestern irgendwo in Mülheim, aber sie hat mir nicht verraten, wo genau. Kannst du ein paar Leute nach ihrem roten Volvo, Baujahr 84, suchen lassen? Beginnt mit den Straßen unten am Rhein.«

»Werde ich machen.« Auf einmal klang Pia wie eine kleine, diensteifrige Polizeischülerin, die sie eigentlich niemals gewesen war. »Aber Mehler wird davon erfahren.«

»Wenn du Leonie findest«, sagte Brasch, »dann sorge ich dafür, dass du irgendwann mit Steigeisen und Eispickel den Dom raufklettern kannst.«

Pia lachte. »Das ist gut gelogen«, meinte sie, und Brasch unterbrach die Verbindung.

Wusste Stocker, wo Leonie war? Hoffnung und Furcht sind seltsame, widerstreitende Gefühle. Brasch hoffte und fürchtete zugleich, dass Stocker so viel mehr von Leonie wusste und ihn zu ihr führte. Er mochte sich eine Menge kleiner, unangenehmer Dinge vorstellen. Vielleicht wollte Stocker ihre neue Wohnung inspizieren, um hier und da schon einen wohlmeinenden Renovierungsvorschlag loszuwerden. Oder er hatte eine Flasche Sekt dabei, und es gab eine kleine, intime Einweihungsparty, zu der aus Gründen der Pietät keine weiteren Gäste eingeladen waren. Stocker war jedenfalls nicht der treu sorgende Ehemann, der geradewegs zu seiner leidenden Gattin nach Hause fuhr. Arglos und ohne auf einen Verfolger zu achten, schwenkte er Richtung Westen auf die Innere Kanalstraße ein. Mülheim lag in westlicher Richtung.

Eifersucht ist eine kaum beherrschbare Empfindung. Was tut ein Mann, wenn er seine Frau mit einem anderen sieht? Wenn er beobachten muss, wie sie sich umarmen, sich vielleicht um den Hals fallen, aus einer Wiedersehensfreude, die früher nur ihm gegolten hatte? Brasch versuchte sich zu wappnen, doch dann bescherte Stocker ihm eine weitere Überraschung. Er bog plötzlich ab und fuhr in Richtung Zentrum weiter. Zehn Minuten später parkte er im Friesenviertel direkt vor dem Herz & Schmerz und ging hinein, ohne sich zu kümmern, ob ihn jemand beobachtete. Es war drei Minuten vor sieben. Kaum die richtige Zeit, um sich in einer Bar einen netten Abend zu machen.

Brasch postierte sich auf der gegenüberliegenden Straßenseite der Bar. Wer würde auftauchen? Er erwartete, eine bleiche, abgehetzte Leonie zu sehen. Oder Ina, die rothaarige Reporterin, hatte Stocker überzeugt, ihre ernste Diskussion in einem etwas intimeren Ambiente fortzusetzen. Doch niemand kam. Stocker hatte kein geheimes Rendezvous. Dann fuhr ein Taxi vor, und eine blonde, stark geschminkte Frau stieg aus und eilte auf hohen Absätzen in die Bar. Brasch folgte ihr in einigem Abstand.

Dunkelheit umfing ihn und der widerwärtige Geruch von altem Zigarettenrauch. Nur vorne an der Bar gab es eine kleine Insel aus Licht. Rita war die Herrscherin auf dieser lauschigen Insel und Stocker ihr einziger Untertan. Er hatte eine Flasche Sekt und ein hohes Glas vor sich stehen. Ansonsten war die Bar vollkommen leer.

»Ist noch geschlossen!«, rief Rita herüber. Brasch beachtete sie gar nicht und ging langsam auf die Theke zu. Die Blonde aus dem Taxi war offenbar schon in einem der hinteren Räume verschwunden.

Rita zeigte sich allenfalls milde überrascht, als Brasch ihre Insel aus Licht betrat. Sie legte ihre Zigarette in einem Aschenbecher ab und nickte ihm lächelnd zu. »Welche Ehre, ein echter Polizist«, sagte sie in leicht ironischem Tonfall und warf Stocker einen schnellen Seitenblick zu. Natürlich hatte sie gelogen und kannte ihren mysteriösen Mister Geo viel besser, als sie zugegeben hatte.

Stocker blickte nur flüchtig von seinem Glas auf. Die Flasche vor ihm war schon fast leer.

»Sie sollten nicht so viel trinken«, sagte Brasch und setzte sich auf den Barhocker neben Stocker.

»Ich wusste gar nicht, dass Sie auch für Alkoholkontrollen zuständig sind.« Stocker schaute mit glasigen Augen zu ihm auf. Entweder war er völlig übernächtigt, oder der Alkohol hatte schon erste Spuren hinterlassen.

Rita spielte ganz die aufmerksame Gastgeberin und stellte ein Glas vor Brasch auf die Bar. Dann trat sie dezent einen Schritt zurück und zog einen Schmollmund, aber vielleicht war das nur ihre Art, Brasch zu zeigen, dass er ab sofort für die Unterhaltung zuständig war.

»Wie ich gehört habe, kommen Sie häufiger hierher?«

Stocker nahm einen kräftigen Schluck, bevor er antwortete. »Mit Charlotte? Das ist lange her, aber hier habe ich meine Ruhe. Bis vor drei Minuten befand ich mich in dem Glauben, dass mich hier niemand aufspüren würde.«

Brasch trank. Der Sekt war eiskalt, nicht so ein billiges, warmes Gesöff, das Rita ihm bei seinem ersten Besuch vorgesetzt hatte. »Vor wem laufen Sie davon? Vor der rothaarigen Reporterin?«

Stocker zuckte mit den Achseln, dann wandte er sich zu Brasch um und hielt sein Glas, als wolle er ihm zuprosten. Er lächelte. »Vor dieser kleinen rothaarigen Hexe? Nein, sie kann mich nicht fertig machen. Ich laufe vor allem davon. Mein Leben ist mir auf den Fersen. Ich versuche, meinem Leben davonzulaufen. Aber vergebens, leider.«

So viel bitteren Zynismus hatte Brasch von einem Mann wie Stocker nicht erwartet.

»Geht es Ihnen nicht auch so?«, fragte Stocker und beschrieb mit den Händen einen Kreis, eine große, ausufernde Geste, die zu einem Kneipenschwätzer, aber nicht zu ihm passte. »Dass Sie von allem genug haben, dass Sie mit Ihrem Leben noch einmal ganz von vorn anfangen möchten? Lieber Gott, spule das Band zurück und starte es dann neu. Eine neue Jugend, eine neue Familie, einen neuen Beruf. Aber natürlich ist es eine Illusion. Eine äußerst törichte Illusion.« Wieder nahm er sein Glas und kippte den Rest hinunter.

Rita blickte Brasch kurz an und rollte mit den Augen, ein überraschendes Zeichen einer gewissen Komplizenschaft; wahrscheinlich hatte sie sich dieses defätistische Gerede schon eine Zeit lang anhören müssen.

»Wissen Sie, wo Leonie ist?«, fragte Brasch. Er spürte, dass seine Stimme plötzlich rau und kehlig klang.

»Ah, deshalb reisen Sie mir nach!« Stocker zog den letzten Zigarillo aus seiner Schachtel und steckte ihn sich an. Seine Bewegungen wurden schon fahrig und ungenau. »Interessiert Sie der Mordfall eigentlich, oder machen Sie das Ganze nur, um hinter Leonie herlaufen zu können?«

Brasch überhörte den Vorwurf in Stockers Stimme. »Sagen Sie mir einfach, wo Leonie ist. Ist sie in ihrer neuen Wohnung?«

»Ich weiß es nicht. Ich kenne auch ihre neue Wohnung nicht. Wenn es das ist, was Sie wissen wollen.« Man sah Stocker nicht an, ob er log oder ob es nur eine müde, ehrliche Antwort war. »Aber wann haben Sie endlich herausgefunden, wer Charlotte umgebracht hat?«

Brasch antwortete nicht, sondern trank noch einen Schluck Sekt. Für einen Moment versuchte er, sich Stocker mit seiner weißen, leidenden Frau vorzustellen, wie sie miteinander redeten, wie sie sich berührten, aber da war nichts. In seiner Vorstellung gelang ihm kein idyllisches Stillleben aus dem Hause Stocker und Gattin.

»Ich habe eine Bitte«, sagte Brasch. »Eine ungewöhnliche Bitte. Kümmern Sie sich um Leonie. Seien Sie bei ihr, so oft es geht. Und teilen Sie uns mit, wo sie jetzt wohnt.« Er hörte sich selbst zu, hörte seine Worte wie Worte aus einer fremden Sprache, die er sich nur mühsam übersetzen konnte. Was redete er da? Wollte er Stocker ihr förmlich in die Arme treiben? Wie wär's, lieber Herr Stocker, wenn Sie sich um meine Frau kümmern und ein wenig auf sie Acht geben?

Doch wenn er und die gesamte Kölner Polizei Leonie nicht finden konnten, war es am besten, Stocker wäre bei ihr.

Stocker schüttelte den Kopf. »Wissen Sie, was ich heute tun werde, Herr Polizist?« Das war keine wirkliche Frage. »Ich werde hier sitzen und mich betrinken. Und in ein paar Stunden, kurz bevor ich hier von meinem Barhocker falle, wird Rita mir ein Taxi rufen, und ich werde nach Hause fahren und mich in meinem Bett verkriechen. So werde ich es machen, nicht wahr, Rita?«

Rita nickte Stocker mit einem milden, höflichen Lächeln zu. Ganz wohl schien sie sich in ihrer Haut nicht zu fühlen. Brasch fiel ein, dass ihr Laden ja wegen ein paar Gramm Kokain, die man bei ihren Gästen gefunden hatte, von der Schließung bedroht war. Er legte seine Visitenkarte vor Stocker auf die Bar. »Rufen Sie mich an, wenn Sie etwas von Leonie gehört haben. Tag und Nacht.«

Stocker beachtete die Visitenkarte nicht; er lachte kurz auf, aber so, wie ein Betrunkener lacht, dem man gerade einen besonders schlechten Witz erzählt hat. Dann schaute er an Brasch vorbei und hielt Rita die leere Sektflasche hin, offenbar wild entschlossen, sich in möglichst kurzer Zeit in einen kräftigen Rausch hineinzutrinken.

Zum ersten Mal hatte Brasch die andere, die kalte, abweisende Leonie gesehen, als ihr alter Malerfreund zu Besuch gekommen war. An einem Sonntagabend um elf Uhr hatte jemand Sturm geklingelt. Ihr Malerfreund sah genauso aus, wie Brasch sich einen erfolglosen Künstler vorgestellt hatte: lange Haare, die er zu einem Zopf gebunden hatte, einen Dreitagebart und ein Lächeln, das eine übertriebene Mischung aus Arroganz und purer Verachtung darstellte.

Wie nur hatte Leonie mit ihm zusammen sein können?

Der Malerfreund beachtete Brasch gar nicht; für einen Polizisten hatte er nur einen halben, spöttischen Blick übrig. Brasch beobachtete durch die geöffnete Küchentür, was geschah.

»Was willst du?«, hatte Leonie gefragt. Noch nie hatte er ihre Stimme so gehört. Ihre Stimme war aus blankem Eis, und aus diesem Eis ließen sich vollkommene Dinge formen: Dolche und Speere und Lanzen aus Eis, die schönsten, tödlichsten Waffen.

Dem Malerfreund verging das spöttische Lächeln. Er war aus dem einfachsten, plausibelsten Grund hergekommen, den man sich denken konnte. Er war pleite, er brauchte Geld. Doch die sanfte, edelmütige Leonie, die an keinem Bettler vorbeigehen konnte, ohne ihm eine Münze zuzustecken, hatte nur ihr eisiges Schweigen für ihn. Der Malerfreund aber redete sich immer weiter in die eigene Erbärmlichkeit hinein, hüpfte von einer Entschuldigung zur nächsten, warum seine Geschäfte nicht so liefen. Die Galeristen verstanden ihn nicht, das Publikum bestand ohnehin nur aus Ignoranten, aber das hatte er ja schon immer gewusst. Auch die Leute in den Museen hatten von nichts eine Ahnung, aber die Nachwelt ... die Nachwelt würde ihm die gebotene Ehre erweisen....

Irgendwann hatte das Gerede des Malerfreunds Brasch zu langweilen begonnen. Leonie würde ihn noch eine gnädige Weile reden lassen und ihn dann ohne einen Pfennig vor die Tür setzen. Brasch hatte die Terrassentür geöffnet und war über die Wiesen zum Rhein hinuntergegangen. Doch statt eine gewisse Genugtuung darüber zu empfinden, wie Leonie ihren arroganten Künstler-Ex behandelte, war er seltsam beunruhigt gewesen. Ein ungebetener, grausiger Gedanke hatte ihn erfasst: Wann war seine Zeit bei Leonie abgelaufen? Wann würde sie so kalt und abweisend mit ihm reden?

Dritter Teil

12

Das Haus lag in völliger Dunkelheit da, obschon Brasch beobachtet hatte, dass Elisabeth Grupe hineingegangen war. Was tat sie? Brauchte sie kein Licht, konnte sie im Dunkeln sehen? Oder leuchteten ihr die Sterne ihres Mannes?

Brasch hörte sein eigenes Klingeln, das irgendwo in den Tiefen des Hauses verhallte. Dann endlich, als er schon wieder abdrehen wollte, sah er hinter dem Glasfenster in der Tür einen schmalen Schatten. »Polizei Köln«, sagte Brasch. »Ich habe ein paar Fragen an Sie.« Er nahm seinen Ausweis und hielt ihn gegen das Fenster.

Elisabeth Grupe trug eine graue Strickjacke über ihrem Nachthemd.

»Sie haben schon geschlafen?«, fragte Brasch. Es war einundzwanzig Uhr zehn.

Elisabeth Grupe lächelte matt. Sie öffnete die Tür nur einen Spalt. »Nein«, sagte sie. »Warum kommen Sie? Man hat mir ausgerichtet, Sie seien nicht mehr im Dienst.«

Brasch nickte. »Nein«, sagte er dann, weil eine plumpe Lüge viel leichter fiel, als die Wahrheit zu sagen. »Ich ermittle nur verdeckt.«

»Aber Ihre junge Kollegin hat mir erklärt ...«

»Warum haben Sie nach mir gefragt?«

Statt zu antworten, wandte Elisabeth Grupe sich abrupt um und wich zurück. Aber sie schloss die Tür nicht, tauchte einfach in die Finsternis ein, aus der sie gekommen war. Brasch drückte die Tür leise hinter sich zu, dann ging er in den dunklen Flur hinein. Für einen seltsamen Augenblick hatte er das Gefühl, sich unter Wasser zu bewegen, als würde er durch ein dunkles Meer schreiten, in dem ganz andere Gesetze der Schwerkraft galten. Heiß und stickig war es; er kam nur langsam voran. Dann entdeckte er in all der Finsternis einen Funken Licht.

Elisabeth Grupe wartete als eine leuchtende Silhouette in ihrem Wohnzimmer. Die Möbel, die dort standen, hatte sie sorgsam beiseite geräumt und auf dem hellen Parkettboden große, weiße Kerzen verteilt. Wie stumme andächtige Wächter mit leuchtenden Köpfen verharrten sie da. Hatte Elisabeth Grupe ihre eigene Totenmesse für ihren Mann abgehalten?

Sie nickte Brasch zu. Langsam ließ sie sich in ihrem Nachthemd auf einem roten Samtkissen nieder, das mitten im Raum lag. »Entschuldigen Sie. Auf Besuch war ich nicht mehr eingestellt.«

Kleine, flackernde Schatten warfen die Kerzen an die Wände. Irgendwo schienen auch Kräuter oder Räucherstäbchen zu verbrennen.

Elisabeth Grupe deutete auf ein zweites Kissen neben der Tür. »Das tue ich manchmal, dass ich alles Licht ausschließe. Dass ich nur dasitze, in eine Flamme starre und meditiere. Meine Gedanken fliegen dann, fliegen hinauf zu ganz anderen Orten, die mir viel mehr gefallen als diese Welt hier unten.«

Ungelenk setzte Brasch sich auf das rote Kissen. Vielleicht waren sie sich doch gar nicht so unähnlich, dachte er, dieser Rektor, der in die Sterne schaute, und seine Frau, die sich eine Burg aus brennenden Kerzen baute, um sich zu verstecken.

»Sie haben mir eine Frage gestellt«, sagte sie und blickte auf ihre dünnen Hände, die im Kerzenlicht merkwürdig gelb und leblos wirkten. »Und ich will sie Ihnen beantworten. Ich habe nach Ihnen gefragt, weil ich Ihnen etwas erzählen wollte. Ich habe etwas gefunden, was Sie aber vielleicht schon wissen. Es war in Georgs Papieren, die er bei sich hatte, als er starb. Ihre Kollegin hat sie mir ausgehändigt.«

Brasch wartete. Er wusste nichts von wichtigen Papieren, die Grupe bei sich getragen hatte. Aber vielleicht hatte Pia etwas übersehen.

Elisabeth Grupe starrte wieder in die Flammen. So ähnlich mochte es in einem buddhistischen Tempel sein, dass man durch das Licht und die Hitze auf den eigenen Gedanken wie auf einem fliegenden Teppich davongetragen wurde.

»Es geht um einen Brief, den Katharina ihm geschrieben hatte. Ganz zusammengefaltet steckte er in seiner Brieftasche.«

»Waren Sie deshalb heute bei Stocker?«

Sie schaute ihn überrascht an, und für einen Moment lag ein goldenes Lächeln auf ihrem Gesicht. »Sie haben mich gesehen? Ja, wegen dem Brief war ich heute bei Katharina Stocker. Zum ersten Mal in meinem Leben stand ich ihr gegenüber. Ehrlich gesagt, war ich nicht sehr beeindruckt. Ihr geht es wie den meisten Frauen. Irgendwann beginnt einen das Alter zu zerstören, und sie hat diesen Kampf längst verloren. Aber das ist vielleicht kein Wunder, kein wirkliches Wunder.«

Brasch schloss die Augen. Die plötzliche Hitze machte ihm zu schaffen. Er spürte, wie ihm eine Schweißperle auf die Stirn trat und ihm dann unendlich langsam, als würde für sie eine ganz andere Zeitrechnung gelten, die Schläfe hinabrann. »Was war das für ein Brief?«, fragte er im Flüsterton.

»Katharina hat meinen Mann um Hilfe gebeten. Der Brief ist ein einziger Hilferuf. Ihr Sohn ist krank, todkrank. Leukämie ist heimtückisch. Und er hat nur eine letzte Chance. Wenn sich jemand findet, der ihm geeignetes Knochenmark spenden kann. Leider aber hat er keine Geschwister. Nur Geschwister sind im allgemeinen die geeigneten Spender.«

Brasch schlug die Augen wieder auf. Die Kerzen flackerten stumm, und der ganze Raum tanzte vor ihm auf und ab. Er verstand nicht. Vielleicht war es die Hitze oder die Müdigkeit, aber seine Gehirnzellen schienen mit stark vermindertem Tempo zu arbeiten.

Elisabeth Grupe schwieg. Sie blickte über die Kerzen hinweg. Erst da bemerkte Brasch, dass sie am Fenster eine kleine, hölzerne Statue aufgebaut hatte, die einen Buddha oder irgendeinen unbekannten Gott darstellen mochte. Ihr schien die Hitze nichts auszumachen. Sie trug eine Strickjacke und schwitzte nicht, wahrscheinlich weil in ihrem ausgemergelten Körper kaum genug Flüssigkeit steckte.

»Aber warum«, fragte Brasch schließlich, »warum schreibt Katharina Stocker Ihrem Mann deswegen einen Brief?« Irgendwo in einer anderen Dimension und doch nur ein paar Zentimeter von ihm entfernt klingelte sein Telefon. Brasch reagierte nicht. Selbst der Gedanke an Leonie und ihr Verschwinden war für Momente ausgelöscht.

»Verstehen Sie denn nicht?«, fragte Elisabeth Grupe. Sie erhob sich ein wenig von ihrem Kissen. Nun klang ihre Stimme seltsam ernst und eindringlich. »Sie hat Georg gefragt, ob er sich als Spender zur Verfügung stellen könnte.« Sie schaute ihn an. Das Licht einer Kerze funkelte in ihren Augen. »Weil er der Vater von ihrem Kind ist.«

Es gibt Sätze, die hinterlassen ein tiefes Loch, eine Leere, in der sich nichts bewegt, kein Gedanke Gestalt annimmt.

»Wo ist der Brief?«, flüsterte Brasch. Die Hitze und das Licht lähmten ihn zusehends; am liebsten wäre er aufgesprungen, hätte die Kerzen gelöscht und die Fenster aufgerissen, um endlich einen klaren Gedanken fassen zu können.

Als hätte Elisabeth Grupe seinen Wunsch erraten, richtete sie sich langsam auf und begann die Kerzen auszublasen, bis auf eine einzige, die vor dem Fenster neben der hölzernen Statue stand.

»Sie hat ihn mir abgenommen«, sagte sie, wobei sie dem Wort »sie« eine andere, besondere Betonung gab, die ihren jahrelangen Hass auf Katharina Stocker erahnen ließ. »Bevor sie mich vor die Tür gesetzt hat.«

Brasch konnte in der Dunkelheit ihr Gesicht nicht sehen; vielleicht suchte sie die Schatten, vielleicht hatte sie deshalb die Kerzen gelöscht. »Wissen Sie, wann Ihr Mann diesen Brief bekommen hat?«

»Vor etwa zwei Wochen muss es gewesen sein, aber er hat kein Wort mit mir darüber gesprochen. Ich habe nur gespürt, dass er noch unruhiger war, dass er noch mehr mit sich rang, als er das ohnehin schon tat.«

»Wusste Stocker davon?«, fragte Brasch. Er bedauerte

plötzlich, dass er kein Tonband bei sich hatte. »Dass sein Sohn von einem anderen ist?« War Stocker deswegen, als er ihn vor einer Stunde in der Bar verlassen hatte, mit bitterem Zynismus der Trunkenheit entgegengesegelt?

Elisabeth Grupe lachte kurz auf, ein Laut, der in dem dunklen, stickigen Zimmer eher gespenstisch klang. »Ich glaube, er wusste es von Anfang an, aber wollte es nicht wissen. Katharina ist seine Liebe und sein Fluch. Er hat sie Georg weggenommen und kann sie nicht verlassen, auch wenn er es eigentlich möchte. Sie hat ihn an sich gefesselt. Mit ihrer Krankheit, ihrer Unfähigkeit zu leben.«

»Daher seine Affären? Als Fluchtversuche?«

»Vielleicht«, erwiderte Elisabeth Grupe. Sie stand da, ein kleiner, grauer Schatten, und bewegte sich nicht. »Männer sind merkwürdig. Sie können sich immer eine ganze Menge vormachen. Oder sie versuchen Dinge, die jedermann sieht, nicht zu sehen.«

Dann blies Elisabeth Grupe die letzte Kerze aus. Wie eine weiche, viel zu warme Decke legte sich die Dunkelheit über Brasch. Unwillkürlich verwirrte sein Atem sich. Sein Polizistengehirn witterte Gefahr. In einem langen Moment Dunkelheit konnte vieles geschehen, aber dann hörte er nur ein, zwei zögernde Schritte, und das Licht sprang an. Zwei nackte, grelle Neonleuchten vor dem Fenster zuckten auf. Elisabeth Grupe verwandelte sich wieder in eine alte, abgehärmte Frau, die eine graue Strickjacke und ein langes Nachthemd trug, und ihr Buddha war nur eine hässliche, nichts sagende Holzfigur, von bleichen Kerzen umringt, die in einem ordentlichen deutschen Wohnzimmer eigentlich nichts zu suchen hatte. Welch ein seltsames Arrangement hatte Elisabeth Grupe da um sich aufgebaut! Im nackten Licht sah es aus, als hätte ein Kind mit Kerzen ein Spiel gespielt, das kein Erwachsener je verstehen konnte.

Brasch machte einen Schritt auf sie zu, doch sie schüttelte heftig den Kopf.

»Ich bin müde«, sagte sie leise und machte eine zaghafte Geste der Abwehr. Zum ersten Mal bemerkte Brasch ein Zittern an ihr. Ihre Hand zitterte, und ihre Stimme schwankte. »Ich habe viel zu viel gesagt. Und übermorgen muss ich meinen Mann begraben.«

»Wissen Sie, wer Charlotte Frankh getötet hat?«, fragte Brasch. Er behielt sie im Auge. Sie versuchte sich ganz klein zu machen unter seinem Blick; jedenfalls legte sie die Arme um die Schultern, als würde sie frieren, als läge die Temperatur im Zimmer nicht bei gut und gerne dreißig Grad. »Ihr Mann hat gewusst, wer Charlotte Frankh getötet hat«, fuhr Brasch fort. »Er war in der Nacht in seinem Observatorium und hat den Mord beobachtet. Und deshalb musste auch er sterben. Aber warum hat er den Mörder nicht angezeigt? Er muss einen guten Grund dafür gehabt haben.«

»Vielleicht«, flüsterte Elisabeth Grupe. Gedankenverloren und ohne Brasch anzuschauen, sprach sie in den Raum hinein. »Ich weiß nichts.«

Brasch ging zur Tür. Als er sich noch einmal umdrehte, saß Elisabeth Grupe auf einem Stuhl und hatte die Augen geschlossen. Wie eine Blinde hielt sie ihr Gesicht. Im nächsten Moment klingelte das Mobiltelefon zum zweiten Mal. Diesmal nahm Brasch den Anruf entgegen. Pia meldete, dass vier Streifenwagen ganz Mülheim abgefahren waren. Ein roter Volvo, Baujahr 84, war nirgendwo aufgetaucht.

Stimmen waren in der Nacht. Das gab es manchmal. Vom Rhein wehten sie herüber. Märchenstimmen, dunkle Männerstimmen, Gesänge von Wassergeistern. Es rauschte und gurgelte um ihn, es hallte und wisperte. In der Nacht wirkte der Fluss wie ein lebendiges Wesen, das Geheimnisse flüsterte, alte, sagenhafte Geschichten vor sich hin erzählte. Aber am lautesten waren die Stimmen der Angst, die Brasch durch den Kopf hallten. Wo war Leonie? Geräuschlos, ohne eine Spur war sie in der Stadt verschwunden. Konnte ihr etwas geschehen? Stellte ihr jemand nach? Vielleicht stand genau in diesem Moment jemand vor ihr und hielt ihr eine Waffe an den Kopf.

Sterne tummelten sich auf dem Wasser, tanzten hin und her, ein silberner Reigen. Einmal schrie ein Nachtvogel so laut, dass Brasch zusammenschrak. Dann wählte er zum x-ten Mal die Nummer von Leonies Mobiltelefon, aber natürlich erreichte er sie nicht. Ihr Apparat blieb abgeschaltet.

Langsam ging er über die feuchten Wiesen zurück zu seinem Haus. Die Nacht kam ihm wie ein viel zu großer, leerer Raum vor. Voll ferner, sinnloser Geräusche, die alle feindlich klangen. Autos fuhren irgendwo, Hunde jaulten sich in den Schlaf. Unglaublich, dass irgendwo Menschen Haut an Haut lagen, Worte flüsterten und Küsse tauschten.

Zwischen all seiner hilflosen Angst empfand Brasch plötzlich eine ungeheure Wut auf Leonie. Warum tat sie ihm so etwas an? Versteckte sich vor ihm und begab sich in Gefahr? Einen langen Schrei hätte er hinaus in die Nacht schicken wollen, einen Schrei, der wie ein Blitz über der Stadt durch den Himmel zuckte und sie in ihrem Versteck aufschreckte. Hatte sie ihn angelogen?

Lag ihre neue Wohnung gar nicht in Mülheim? Manche Lügen waren so einfach.

Die Gestalt, die auf seiner Terrasse saß, entdeckte er erst, als er beinahe vor ihr stand. Erleichterung erfasste ihn. Voller Überschwang übernahm sein Herz das Denken. Leonie, dachte sein Herz ganz laut und aufgeregt, mitten in der Nacht war Leonie zurückgekehrt. Doch dann blitzte in dem wenigen Licht eine rote Haarsträhne auf.

»Hallo«, sagte Ina leise. »Ich habe auf Sie gewartet.«

Brasch antwortete nicht sofort. Offenbar hatte Ina viele schlechte Angewohnheiten. Sie log, sie kümmerte sich um Dinge, die sie nichts angingen, und sie tauchte immer dann auf, wenn niemand sie gebrauchen konnte.

Ina erhob sich von dem alten Gartenstuhl. Brasch konnte sie riechen; sie hatte ihr Parfüm gewechselt, ein neuer, aufdringlicher Duft, den er bisher an ihr nicht wahrgenommen hatte.

»Was wollen Sie?«, fragte er unfreundlich.

Ein winziges grünes Licht glomm in ihren Augen. »Oh«, sagte sie, bemüht, irgendwie ernst und verständnisvoll zu klingen. »Sie sind wütend auf mich. Deshalb bin ich gekommen. Die Sache mit dem Staatsanwalt war eine Dummheit, die mir Leid tut. Ich hätte ihm das mit Ihrer Freundin nicht sagen sollen, aber ich war böse auf Sie.« Sie lachte zu laut. Solch ein Lachen kannte Brasch; es war ein billiger Köder, es sollte ihn einfangen und neugierig machen. Er ging an ihr vorbei zur Terrassentür.

»Wollen Sie nicht wissen, warum ich böse auf Sie war?«, fragte sie ihm aus der Dunkelheit hinterher.

»Nein«, sagte er, »es gibt nichts, das mich weniger interessiert.« Er schloss die Tür auf. Seit Monaten schon hatte er das Haus nicht mehr durch diese Hintertür betreten; der Gedanke, um das düstere Haus herumzulaufen und sich von hinten hineinzuschleichen, war ihm noch unheimlicher und unerträglicher vorgekommen. Er machte kein Licht, sondern ging durch den kleinen Flur in das Wohnzimmer. Ina folgte ihm. Reporter mussten wohl so sein, unerschütterliche, hartnäckige Wesen, die sich nicht abweisen ließen, wenn es darauf ankam.

»Aber ich wollte mich nicht nur entschuldigen«, sagte sie. »Ich wollte Ihnen auch etwas Wichtiges mitteilen.«

»Haben Sie wieder ihre Tarot-Karten gelegt? Oder haben Sie noch einmal bunte Fotos geknipst, die Sie mir zeigen wollen?« Brasch wandte sich nicht um. Für ein paar Sekunden war es hinter ihm so still, als hätte Ina sich tatsächlich auf dem Absatz umgedreht und wäre in die Nacht davongeschwebt. Dann hörte er, wie ein Feuerzeug aufflammte. Nein, Frauen wie Ina verschwanden nicht so einfach; sie waren eine Pest, sie hatten alle Zeit der Welt und konnten es sich in den unpassendsten Momenten gemütlich machen.

»Früher war ich mir immer sicher, dass alle Männer polygam sind. Sie rennen herum, suchen ihren Spaß und geilen sich auf, mehr oder minder elegant. Monogame Männer waren Urviecher, habe ich gedacht, die vor fünfhundert Jahren ausgestorben sind, doch seit ich Sie kenne, denke ich anders darüber. Ein paar Männer von dieser ganz treuen Sorte gibt es also noch. Irgendwie beruhigt mich das.« Wieder kam dieses viel zu spöttische Lachen. Eigentlich hätte Brasch wütend über ihr Gerede sein müssen, dann jedoch fiel ihm etwas an ihrem Lachen auf; es war ziemlich versteckt und kaum zu hören. Wenn ihr Lachen eine chemische Substanz gewesen wäre, dann hätte er da zwischen groben Portionen von Spott, Arroganz und Zynismus etwas anderes entdeckt: zwanzig Prozent reine, glasklare Einsamkeit. Darum jagte sie Stocker nach, darum stand sie jetzt da.

»Was also wollten Sie mir sagen?« Brasch wandte sich nun doch um. Plötzlich fiel ihm auf, wie kalt und feucht es im Haus war. So als wäre es tatsächlich unbewohnt, als wäre nicht nur Leonie, sondern auch er schon vor langer Zeit ausgezogen.

»Ich habe mich geirrt«, sagte Ina. Sie kam näher und postierte sich genau vor Brasch. Wieder war dieses kleine Licht in ihren Augen. »Über Stocker. Er ist kein Mörder, auch wenn alles zusammengepasst hätte. Er hat Charlotte Frankh nicht umgebracht.«

»Woher wissen Sie das so plötzlich?«

Ina zog an ihrer Zigarette. »Ich habe ihn gefragt. Und ich habe es in seinen Augen gesehen.« Ein Hauch von Erschöpfung war plötzlich in ihrer Stimme. Sie streckte ihre linke Hand aus, als wollte sie Brasch berühren, aber dann strich sie sich nur eine rote Haarsträhne zurecht.

»Nicht gerade ein überzeugender Beweis.«

»Haben Sie auf Stockers Augen geachtet? Haben Sie ihm schon einmal in die Augen geschaut?« Ina drehte sich um. Sie ging zu dem einzigen Ledersessel hinüber und setzte sich. Es wurde ganz allmählich ein wenig heller im Zimmer; wahrscheinlich weil der Mond mittlerweile höher am Himmel stand. »Stocker ist älter geworden. Er hat Falten bekommen, er raucht zu viel, er trinkt wahrscheinlich auch, aber seine Augen sind immer noch jung; blaue, magische Augen wie bei einem kleinen, aufgeweckten Jungen, den man ständig in den Arm nehmen möchte. Wegen seiner Augen habe ich mich damals in ihn verliebt.«

»Und in seinen Augen haben Sie gelesen, dass er unschuldig ist?«

Wieder glühte die Spitze ihrer Zigarette auf. »Ich kenne Stocker. Er ist ein Scheißkerl. Er nutzt alle Menschen aus, wie er mich ausgenutzt hat, und er mag es, wenn ihn jemand anhimmelt und bewundert. Aber im Moment hat er ganz andere Sorgen. Es ist sein Sohn, er ist todkrank.«

»Leukämie«, sagte Brasch.

»Sie wissen davon?« Ina schnippte erst die Asche, dann auch ihre Zigarette auf den Boden, als säße sie in irgendeinem schmutzigen Wartesaal und nicht in seinem Wohnzimmer. »Würde jemand, dessen Sohn ständig ins Krankenhaus muss, eine Frau umbringen? Stocker tut mir Leid.«

Brasch antwortete nicht. Er dachte an Stockers ewig leidende Frau, die ausgesehen hatte, als wollte sie ihrem Sohn die tödliche Krankheit streitig machen. Dann fiel ihm Leonie wieder ein. »Ich wäre Ihnen dankbar, wenn Sie jetzt gehen würden. Ich erwarte noch einen Anruf.« Für einen Moment glaubte er beinahe, was er sagte.

»Von Ihrer Freundin?« Ina erhob sich. Ihr Gesicht sah ganz silbrig aus, silbrig und mit roten, makellosen Lippen. »Sie verstehen die Frauen nicht, Herr Polizist. Heute Nacht ruft Ihre Freundin bestimmt nicht mehr an. Wenn sie überhaupt noch einmal anruft.«

Als sie an ihm vorbei zur Tür ging, nahm Brasch wieder ihr schweres Parfüm wahr. Wie ein Versprechen war dieses Parfüm, wie ein geheimnisvoller und doch ein wenig aufdringlicher Lockruf: Komm, berühre mich, versuche es! Funktionierte die Liebe so? Wenn jemand rief: Ich mag dich, ich finde dich interessant. Dann entgegnete der andere: Ja, dann mag ich dich auch und finde dich auch interessant? War alles nur ein Handel mit einer eigentümlichen, schillernden Währung?

Brasch kamen seine Gedanken nutzlos vor. Er sah, dass Ina an der Tür innehielt. Sie kauerte sich in ihrem dunkelgrünen Cape zusammen. Sie war so verletzlich, dass sie bis vor ein paar Stunden noch Stocker mit ihrem jahrelangen Hass verfolgt hatte. Was wäre, wenn er tatsächlich zu ihr hinginge und seine Hände auf ihr Gesicht legen würde? Wenn er ihre Lippen berührte? Vielleicht täte sich damit ein Tor in eine ganz andere Zeit für ihn auf. Er würde von einem Leben in das nächste springen, nur weil er plötzlich einem anderen Menschen nahe war.

»Eines musst du noch wissen.« Das plötzliche Du klang kalt und abrupt, trotz eines matten Lächelns. »Nur einmal habe ich dir wirklich die Unwahrheit gesagt. Dass ich kochen kann, war eine glatte Lüge. Alles andere stimmte beinahe.«

Brasch würde nie wieder schlafen, und die Nacht würde nie ein Ende haben. Er saß in seinem Sessel und starrte auf die Wiesen hinaus, über denen der Mond in voller Schönheit aufgezogen war. Vor sich hatte er sein Mobiltelefon hingelegt und den kleinen, roten Kinderschuh, den er doch nicht ins Präsidium gebracht hatte. Ein weiteres Dienstvergehen, das Schroedel mit der Akribie eines guten Juristen ahnden würde.

Was bedeutete dieser Kinderschuh? Warum war der erste Schuh für die ermordete Charlotte Frankh und der zweite für Leonie?

Harmlos glänzte der rote Schuh im Mondlicht; er sah aus, als wäre er ohne jedes Geheimnis, als gehörte er nur zu einer Puppe, mit der Kinder spielten, bevor sie abends einschliefen. War es möglich, dass Brasch die ganze Zeit in eine falsche Richtung gedacht hatte? Ein Irrer lief vielleicht umher, der junge Frauen bedrohte und als sein makabres Erkennungszeichen rote Puppenschuhe verteilte.

Brasch versuchte sich Leonie vorzustellen. Lag sie irgendwo am anderen Ende von Köln in einem warmen Daunenbett und schlief ganz ruhig? Oder war auch sie in diese endlose Nacht wie in ein weites, düsteres Meer getaucht?

Eine Fähigkeit hatte er nie besessen. Manche Menschen verstanden es, in den Stunden ihres größten Kummers glückliche Erinnerungen auf sich herabzurufen. Brasch konnte das nicht. Das kleine Glück, das er mit Leonie erlebt hatte, hatte ihn leer zurückgelassen. Für die Liebe zählte immer nur die Gegenwart. Erinnerungen waren nichts weiter als nüchterne Schwarzweißfotos. Erinnerungen konnten auch keine drängenden Fragen beantworten. Warum hatte Leonie ihn in seinem leeren Haus zurückgelassen?

Am letzten Abend, den Leonie im Haus verbracht hatte, war Brasch mit einer Flasche Champagner aus dem Präsidium gekommen. Der Parkhausmord war endlich aufgeklärt. Sie hatten im Büro gefeiert, echten Champagner getrunken, und Mehler hatte Pia auf den Mund geküsst. Seit langem hatte Brasch sich nicht mehr so ausgelassen und lebendig gefühlt. Schon in der Tür hatte er die Flasche Champagner geöffnet und laut Leonies Namen gerufen. Aber sie hatte ihm nicht geantwortet. Allein mit seiner guten Laune hatte er in dem hell erleuchteten Haus gestanden. Was hatte er tun sollen? Mit sich selbst tanzen? Sich freudig zuprosten? Später war Hedwig, Leonies kleine Schwester, vom Dachboden heruntergeschlichen. Wortlos hatte sie Tee gekocht und ihn Leonie in ihr Atelier heraufgebracht, als wäre ihre Schwester eine Todkranke, die sie vor Brasch und aller Welt abschirmen müsste.

Am nächsten Tag hatte Leonie das Haus leer räumen lassen, während er nichts ahnend im Präsidium seinen Bericht über den Parkhausmord schrieb. Es war ein wahres Kunststück, was beherzte deutsche Möbelpacker in ein paar Stunden alles fertig brachten. Ein halbes Leben ließ sich in einer ordentlichen Achtstundenschicht einpacken und abtransportieren.

Der Mond schien immer heller ins Zimmer. Vorsichtig tastete er den kleinen, roten Kinderschuh auf dem Fensterbrett ab, dann wanderte sein Licht weiter, leuchtete das leere Zimmer aus. Brasch sah seinen eigenen Schatten an der Wand wie in einem blinden Spiegel. Langsam nahm er das Telefon und wählte. Es war fast zwei Uhr in der Nacht. Pias Stimme klang fröhlich aus ihrer Mailbox. Im Präsidium jedoch meldete sich die Bereitschaft nach dem zweiten Klingeln. Ein junger Beamter, den Brasch nur vom Sehen kannte, nannte beflissen Namen und Dienstgrad. Dass Brasch sein Fall entzogen worden war, hatte sich bis zum Bereitschaftsdienst noch nicht herumgesprochen. Der Kollege war ausgesprochen auskunftswillig. Keine Spur von Leonie Stiller, überhaupt war alles ruhig.

»Nichts Besonderes«, sagte der Beamte. »So eine geruhsame Nacht hatten wir schon seit Wochen nicht mehr.«

13

Mehler stand vor der Schule. Rauchend, mit ausdruckslosem Gesicht, blickte er zum Parkplatz hinüber, fast, als wollte er die Autos zählen, die in rascher, bunter Folge von der Straße abbogen. Lehrer waren pünktliche Zeitgenossen, auch noch an einem Freitagmorgen. Dass aber auch Brasch auftauchte, schien Mehler einigermaßen zu verwundern. Zögernd hob er die Hand zu einem kurzen Gruß.

»Ihr ermittelt weiter an der Schule?«, fragte Brasch. Die ersten Schüler schoben sich lärmend und drängelnd an ihnen vorbei.

Ganz gegen seine Gewohnheit hatte sich Mehler nicht rasiert. Ein dunkler Bartschatten überzog sein Gesicht. »Wir untersuchen noch, ob einer der Schüler ein Motiv hatte, Frankh und Grupe umzubringen. Gestern Nachmittag habe ich mir die kanadische Freundin der Toten vorgenommen. Sie hat das Verhältnis der Frankh mit Stocker bestätigt, aber die Affäre war wohl wirklich zu Ende, obwohl sich die Frankh insgeheim noch Hoffnungen gemacht hat.«

Brasch registrierte, dass der graue Geißler in Hut und Mantel auf die Schule zueilte. Von Leonie und ihrem roten Volvo war noch nichts zu sehen; Stockers schwarzer Geländewagen hingegen belegte bereits einen der besseren Parkplätze.

»Wirst du heute deinen Urlaub beim Staatsanwalt einreichen?«, fragte Mehler. Er warf seine Zigarette vor sich in den Rinnstein; offenbar war es Geißler, auf den er gewartet hatte.

»Ja«, log Brasch, »aber vorher möchte ich noch kurz mit Stocker reden. Ganz privat, wenn du gestattest.«

Mehler nickte kurz. Dann machte er einen Schritt auf Geißler zu und drückte ihm die Hand.

Im Lehrerzimmer herrschte eine Stimmung, die jede Beerdigung wie einen fröhlichen Kindergeburtstag aussehen ließ. Niemand sagte ein Wort; ein paar Lehrer sortierten Kopien oder blätterten in Schulbüchern; andere standen reglos am Fenster, blickten hinaus und rauchten hektisch eine letzte Zigarette, wie aufgeregte Dompteure, bevor sie in den Löwenkäfig stiegen. Nur eine junge, blonde Frau, die eine große, unmoderne Hornbrille trug, schaute Brasch offen an und nickte ihm zu. Kannte er die Frau? Stocker saß nicht an seinem Platz. Drei Schnellhefter und ein Fußballmagazin lagen verlassen da.

»Sie müssen im Kartenraum nachschauen«, sagte die Lehrerin mit der Hornbrille, die seinen suchenden Blick bemerkt hatte. »Wenn ihm alles zu viel wird, zieht er sich zu seinen Landkarten zurück.«

Brasch lächelte ihr dankbar zu. Stockers Fanclub hatte neben Charlotte Frankh und Leonie anscheinend noch ein drittes weibliches Mitglied.

Der Kartenraum lag nur drei Türen neben dem Lehrerzimmer, aber irgendein kluger Architekt hatte die Dinge so angeordnet, dass man das Gefühl hatte, einen kräftigen Schritt in Richtung Unterwelt getan zu haben. Kein Fenster erhellte den Raum; die Wände waren aus nacktem, grauem Beton. Brasch schob sich an zerschrammten

Kartenständern und unzähligen eingerollten Karten vorbei, die an ihren Haken von der Decke hingen. Mitten in dem winzigen Raum baumelte eine einzige Funzel über einem alten Holztisch. Stocker saß da, als hätte er den heiligen Gral gefunden: eine Kaffeetasse, von der kleine Wölkchen aufstiegen und die er mit den Händen umklammerte. Er blickte auf und ließ sich zu einem matten Lächeln verleiten. Dass er keine acht Stunden Schönheitsschlaf hinter sich hatte, war unschwer zu erkennen.

»Hätte mir denken können, dass Sie mir keine Ruhe lassen«, sagte er, aber es klang nicht sonderlich unfreundlich.

»Haben Sie etwas von Leonie gehört?«, fragte Brasch förmlich. Er spürte selbst, wie aufgeregt er war.

Stocker ließ von seinem heiligen Gral ab. Er hob die Hände, dann jedoch ließ er sie sofort wieder sinken und legte sie vor sich auf den Tisch. In einem kleinen, gläsernen Aschenbecher brannte ein Zigarillo still vor sich hin. »Ich muss mich entschuldigen«, sagte er, »wegen gestern Abend. Ich war ein wenig durcheinander. Die Beerdigung von Charlotte. Mein Sohn, der wieder ins Krankenhaus muss. Da möchte man am liebsten den Kopf für eine Weile in den Sand stecken. Oder sich volllaufen lassen. Kennen Sie das Gefühl, Herr Kommissar?«

Brasch schwieg. Trocken und muffig war die Luft im Kartenraum; es roch nach altem Papier. Plötzlich hatte Brasch einen gänzlich ungebetenen Gedanken; er sah Stockers große, stark geäderte Hände und stellte sich vor, wie sie Leonie berührt hatten, wie sie über ihre zarte, weiße Haut gewandert waren. War Leonie bei Stocker vielleicht eine ganz andere, war sie nicht die zarte, stille Katze, die sich an ihn schmiegte?

»Sie haben auch die brave Rita ganz verstört.« Stocker lehnte sich auf seinem Stuhl zurück, als säße er in irgendeinem behaglichen, eleganten Restaurant. »Die Kleine glaubt, dass Sie ihr schönes Lokal zumachen wollen. Wegen ein paar Gramm Kokain, und weil sie Ihnen über mich nicht ganz die Wahrheit gesagt hat. Aber so streng werden Sie ja wohl nicht sein, nicht wahr?«

Mit dem Fuß schob er einen kleinen Hocker vor, der unter seinem Tisch stand, und bedeutete Brasch mit einer freundlichen Geste, sich zu setzen. Dann griff er hinter sich und holte aus einem Regal, verborgen zwischen ein paar ausrangierten Schulbüchern, eine angebrochene Flasche Kognak hervor. Er lächelte, als wäre ihm damit ein besonderes Kunststück gelungen.

»Ein paar kluge Professoren haben vor kurzem herausgefunden, dass beinahe fünfzig Prozent der deutschen Lehrer gelegentlich zum Alkohol greifen, wenn sie den Stress nicht mehr aushalten und es für sie eng wird. Aber, glauben Sie mir, in Wahrheit sind es viel mehr.« Stocker stellte zwei weiße Plastikbecher auf den Tisch und schenkte kräftig ein.

Dann schauten sie sich in die Augen und prosteten sich zu. Brasch nippte an seinem Kognak. Stocker lächelte genießerisch. Hatte er keinen Unterricht? Saß er hier, um sich vor der ganzen Welt zu verstecken?

»Sie haben also nichts von Leonie gehört?« Vorsichtig stellte Brasch den Becher auf den Tisch zurück. »Keine Nachricht? Keine Ahnung, wo sie sich aufhält?«

Stocker drückte den Zigarillo aus und gönnte sich noch einen ordentlichen Schluck. »Ich hätte Sie nicht anlügen dürfen«, sagte er. »Aber ich wusste, dass ich für Sie der Hauptverdächtige war. Weil ich eine Affäre mit Charlotte hatte und ...« Er blickte auf seinen Kognak und lächelte. »... und wegen Leonie. Sie haben uns einmal zusammen an der Schule gesehen, nicht wahr? Ich habe Sie sofort wieder erkannt, als Sie auf dem Trainingsplatz auf mich zuliefen. Ich habe erst gedacht, Sie wollten mir Vorwürfe machen. Aber ich bin wirklich unschuldig. In jeder Hinsicht.«

Brasch sah Stockers blaue Augen auffunkeln. Gegen seinen Willen begriff er beinahe, was Ina ihm erzählt hatte: von dem kleinen Jungen, dem niemand widerstehen konnte, der alle Frauen mit seinen Augen bezauberte.

Dann geschah etwas ganz anderes. Die Zeit blieb für einen winzigen Moment stehen, und als sie dann weiterlief, war Stocker nicht mehr der freundliche, redselige Lehrer mit den blauen Augen. Stocker hatte gelogen. Ganz beiläufig, in einer selbstsicheren Geste, hatte er eine Schachtel aus seiner Jackentasche gezogen und sich mit einem extralangen Streichholz einen Zigarillo angezündet.

»Sie waren in der Nacht in Grupes Sternenpalast«, sagte Brasch leise. Er spürte das seltsame, gebannte Erstaunen, das in seinen eigenen Worten lag. Eben, noch vor zwei Sekunden, war er bereit gewesen, Stocker zu glauben und eine andere Spur zu verfolgen. »Sie haben ihn dorthin bestellt und ihn vorsätzlich in die Tiefe gestoßen.«

Stocker fror mitten in der Bewegung ein, als hätte ihn jemand mit einem bösen Zauberspruch belegt. Er sagte nichts, atmete nicht, nur seine blauen Augen zuckten unruhig hin und her. Die Flamme erstarb auf seinem Streichholz. »Nein«, sagte er schließlich. »Ich verstehe nicht. Wieso sollte ich Georg umbringen?«

»Vielleicht weil er beobachtet hat, wie Sie am Abend

zuvor Charlotte Frankh getötet haben. Vielleicht, weil Sie erfuhren, dass Sie gar keinen Sohn haben, sondern dass Georg Grupe der Vater ist?«

Es konnte doch geschehen, dass Menschen innerhalb von Sekunden alterten, dass sie in ein, zwei grausamen Momenten ein paar Jahre übersprangen. Stocker erbleichte; mechanisch nahm er den Zigarillo aus dem Mund, legte ihn langsam in dem gläsernen Aschenbecher ab und schaute sich unruhig in dem engen, stickigen Kartenraum um, dann wischte er sich in einer müden, kraftlosen Geste mit beiden Händen über das Gesicht. »Woher haben Sie das alles?«, fragte er atemlos. »Wer sagt Ihnen so einen Unsinn?«

Brasch gönnte sich ein paar Momente Schweigen, dann deutete er auf die Streichholzschachtel, die Stocker auf den Tisch gelegt hatte. »Sie rauchen zu viel, Herr Stocker. Wir haben zwei besonders lange Streichhölzer in dem Observatorium gefunden, und ich gehe jede Wette mit Ihnen ein, dass sie aus dieser Schachtel stammen.«

Stocker starrte auf die Streichholzschachtel, als wäre ihm da aus einem anderen Universum, einer ganz anderen Dimension, ein Ding zugeflogen, von dem er sich überhaupt nicht vorstellen konnte, was er damit anfangen sollte. Er nahm die Schachtel, drehte und wendete sie. Dann legte er sie wieder vor sich auf den Tisch. Er atmete ganz abgehackt dabei, wie einer, dem das Herz wie ein kranker, fiebernder Vogel in der Brust flatterte. Er war angeschlagen, ein Boxer, der zum ersten Mal in seiner Karriere kurz vor dem Knockout stand.

»Sie haben sich mit Grupe vorgestern Abend getroffen«, fuhr Brasch fort. Ohne jede Regung schaute er Stocker an. »Sie haben ihn zu Hause angerufen und ihn in das Observatorium bestellt, und dann haben sie beide Streit bekommen. Schließlich hat Grupe gewusst, dass Sie Charlotte Frankh getötet haben. Er hat sie beobachtet, weil er wieder einmal eine Nacht in seinem Observatorium verbracht hatte. Hatten Sie vorgehabt, Grupe herunterzustoßen, oder ist es einfach so passiert, im Eifer des Gefechts? Vielleicht hatten Sie Grupe nur ein wenig einschüchtern wollen, oder er hat Ihnen zu viele Vorwürfe gemacht, hat Ihnen gedroht, wegen Charlotte Frankh zur Polizei zu gehen.«

Stocker starrte mit leeren Augen zu Brasch auf; offenbar hatte er ihn gar nicht gehört, hatte ganz andere Stimmen in seinem Kopf gehabt. »Thomas ist gar nicht mein Sohn?«, fragte er heiser. »Georg ist der Vater von meinem Sohn Thomas?«

Brasch nickte langsam. Er sah, wie Stocker nach dem weißen Plastikbecher vor sich griff, aber dann war der Weg für seine zitternde Hand viel zu weit. Auch Kognak half jetzt nicht weiter. Nichts half mehr weiter. Stocker hatte tatsächlich keine Ahnung gehabt, dass er, der seine Frau so oft betrogen hatte, selbst betrogen worden war. Sein angeblicher Sohn Thomas war ein Kuckuckskind; ein anderer, der sein bester Freund gewesen war, hatte es ihm vor mehr als zwanzig Jahren ins Nest gelegt.

Dann fand Stockers zittrige, kraftlose Hand doch den Plastikbecher. Er trank hastig aus, aber auch der Kognak brachte kein Leben in seine blauen Augen zurück. »Ich habe Grupe nicht umgebracht«, sagte er ohne jede Betonung. »Die Streichhölzer gehören meiner Frau. Heute morgen habe ich die Schachtel aus ihrer Jackentasche mitgenommen, weil ich mein Feuerzeug nicht finden konnte.«

14

Wie sieht jemand aus, der seine Frau der Polizei ans Messer liefert und dessen todkranker Sohn von einer Sekunde auf die nächste zum Kuckuckskind wird? Wie ein kalter, grauer Stein saß Stocker neben Brasch. Er schwieg, starrte vor sich hin, ohne überhaupt etwas wahrzunehmen. Nur einmal zog er seine Zigarillos hervor, aber dann steckte er die Schachtel hastig wieder in die Tasche zurück. Die Freude am Rauchen war ihm gründlich vergangen.

Auch Brasch sagte kein Wort. Seelenruhig, wie jemand, der ganz besonders auf die Verkehrsregeln achtete, fuhr er nach Marienburg. Warum hatte sich Katharina Stocker mit Grupe getroffen? Hatte sie auch Charlotte Frankh getötet, um eine Rivalin aus dem Weg zu räumen? Brasch dachte an die weiße, unentwegt leidende Frau, der er zweimal in ihrer Wohnung begegnet war. Niemand konnte sagen, ob ein Mensch zu einem Mord fähig war, aber irgendetwas stimmte an der Geschichte für ihn nicht. Wenn sie tatsächlich Grupe von der Plattform des Observatoriums gestoßen hatte, dann hatte sie den geheimen Vater ihres Kindes getötet, den Einzigen, der ihren Sohn durch eine Knochenmarkspende vor dem sicheren Tod bewahren konnte. Plötzlich fiel Brasch ein, was der blasse Gerichtsmediziner zu Pias Entrüstung gesagt hatte. In Grupes Unterkleidung waren Spuren von Sperma gefunden worden. War ihr Treffen ein romantisches Stelldichein gewesen, das dann ein wenig zu leidenschaftlich verlaufen war? Aber für ein Rendezvous konnte man sich gewiss behaglichere Orte als eine graue Betonkuppel vorstellen.

»Hat Ihre Frau eine Waffe?«, fragte Brasch in die Stille hinein.

Stocker rührte sich nicht gleich. Dann schaute er zu Brasch herüber. »Wie kommen Sie darauf? Es gibt niemanden, der friedliebender ist als Katharina.« Abrupt beugte er sich vor, als habe er plötzlich Schmerzen, die sich durch seinen Unterleib wühlten, und hielt sich am Armaturenbrett fest. Laut keuchend atmete er ein und aus.

»Sie hatten wirklich keine Ahnung, dass Sie gar keinen Sohn haben, dass Georg Grupe der Vater ist?«

Stocker schüttelte langsam den Kopf. »Wir haben damals, am Ende unseres Studiums, alles zusammen gemacht. Katharina war eine erfolgreiche, umschwärmte Reiterin, aber ich war bei ihr die Nummer eins. Daran hatte ich nie einen Zweifel. Natürlich wusste ich, dass Georg heimlich in sie verliebt war, aber er hat bei Frauen nie einen Stich gemacht. Er war schüchtern und linkisch. Wenn es darauf ankam, wusste er nie, was er sagen sollte.«

Leise lächelte Stocker vor sich hin; die kurze Erinnerung tat ihm gut; da war er der weiße, strahlende Ritter mit der schönen Katharina im Arm, und doch trug auch diese Erinnerung eine Lüge mit sich. Irgendwann hatte Katharina auch den schüchternen, ungeschickten Grupe erhört, vielleicht nur für eine Nacht, vielleicht aber auch jahrelang.

»Nein«, sagte Stocker plötzlich. Er richtete sich wieder auf. »Sie müssen sich irren. Wer sagt, dass Thomas nicht mein Sohn ist?«

»Elisabeth Grupe hat es mir gesagt. Es existiert ein Brief, in dem Ihre Frau Grupe bittet, Ihren Sohn zu retten und ihm Knochenmark zu spenden.«

»Nein«, wiederholte Stocker leise, aber es war kein wirklicher Widerspruch, sondern nur der müde Wunsch, das alles möge nicht wahr sein. Dann sank er in sein steinernes Schweigen zurück.

Brasch sah, dass Pia bereits vor Stockers Haus auf ihn wartete. Sie trug einen langen, roten Mantel; ihr kurzes, blondes Haar leuchtete. Wenn sie in diesem Aufzug auf eine Bühne getreten wäre, hätte man sie für eine Sängerin oder Tänzerin halten können, jedenfalls nicht für eine gewöhnliche Kriminalbeamtin.

»Haben Sie Mehler Bescheid gesagt?«, fragte Pia. Ganz förmlich war sie wieder beim »Sie« gelandet. In der Hand hielt sie ihr Telefon, als hätte sie gerade ein Gespräch unterbrochen, aber vielleicht war es nur ein Zeichen, dass sie Mehler herbestellen wollte.

Brasch schüttelte den Kopf. Aus einem Grund, der vielleicht verletzte Eitelkeit war oder einfach nur Zorn über Schroedels Entscheidung, hatte er Mehler nicht informiert.

Pia enthielt sich jeden Kommentars.

Schweigend fuhren sie im Fahrstuhl hinauf. Ernst und hohlwangig starrte Stocker sein eigenes Spiegelbild an, aber bei einem zufälligen, flüchtigen Blick erkannte Brasch, dass er keinen Deut besser aussah. Auch ihm hatten sich die düsteren Gedanken ins Gesicht gemeißelt. Mit einem gepflegten Bart, etwas längeren Haaren hätte er glatt als Stockers jüngerer Bruder durchgehen können.

Als Stocker seine Wohnungstür aufschließen wollte, wurde sie von innen geöffnet. Seine Frau stand da; sie war schon angekleidet, ganz dezent, schwarzer Pullover, schwarze Jeans, so als befände sie sich mitten in einer tiefen Trauer. »Was ist passiert?«, fragte sie und schaute Stocker an. »Etwas mit Thomas?«

Stocker schwieg, er berührte seine Frau nur sanft an der Schulter, dann ging er an ihr vorbei in die Wohnung und verschwand in einem der hinteren Zimmer. Das leise Erstaunen war lediglich in ihren Augen zu sehen, ein winziges Flackern, das Brasch nicht entging. Dann entschloss sie sich zu einem höflichen Lächeln. »Sie wollen zu mir?«

Brasch nickte. »Wir müssen Ihnen ein paar Fragen stellen. Es geht um den ungeklärten Tod von Georg Grupe.«

Sie nahm seine Erklärung mit einem gleichmütigen Nicken auf und schritt ihnen in die Küche voraus. Hier war die Welt noch in Ordnung. Es war warm und roch nach frischem Kaffee. Keine Spur mehr von übel riechenden Medikamenten. Pia schloss die Tür nicht hinter sich, sondern blieb an einen Türpfosten gelehnt stehen.

Brasch setzte sich. Er zögerte einen Moment. Dann legte er die Streichholzschachtel auf den Tisch. Für einen Moment beobachtete er sich selbst, beobachtete seine Hand, wie sie die Schachtel losließ und zurückwich. Seltsam, welch eine Bedeutung eine Schachtel Streichhölzer bekommen konnte.

»Gehört diese Schachtel Ihnen?« Er schaute Katharina Stocker an. Nun war sie eindeutig auf der Hut.

»Kann sein«, sagte sie, »aber ich verstehe nicht ganz.« Das Schwarz stand ihr; sie sah nicht mehr so krank und kraftlos aus, und wenn man sie lange genug anschaute, würde man vielleicht noch die schöne Frau in ihren Gesichtszügen erkennen, die sie einmal gewesen war. Nur das Flackern in ihren Augen bekam sie nicht unter Kontrolle.

Brasch entschloss sich zu einem Frontalangriff. »Warum haben Sie sich mit Grupe in seinem Observatorium getroffen? Ging es um Ihren Sohn Thomas, um die Knochenmarkspende, die ihn retten sollte? Oder hat Grupe Sie angerufen? Er hatte am Abend zuvor eine kleine und nicht ganz unwichtige Beobachtung gemacht, nicht wahr? Er hatte nicht nur in die Sterne geguckt, sondern hatte rein zufällig auch den Mörder von Charlotte Frankh gesehen.«

Katharina Stocker schloss die Augen und strich sich in einer beiläufigen Geste über ihren eleganten Pullover. Klein waren ihre Hände und so weiß und zart, als würde sie die grauen Dinge des Lebens gar nicht oder allenfalls in Handschuhen berühren. »Ich weiß nicht, was Sie von mir wollen«, sagte sie leise. »Außerdem habe ich heute keine Zeit für Sie. Ich habe einige Besorgungen zu erledigen. Mein Sohn muss wieder ins Krankenhaus.« Als sie die Augen wieder öffnete, machte sie Anstalten, sich zu erheben, so als wäre die Audienz zu Ende, als würde tatsächlich sie das Tempo dieser freundlichen Unterredung bestimmen.

»Wir haben zwei ganz besondere Streichhölzer in dem Observatorium gefunden«, sagte Brasch mit scharfer Stimme. »Schöne, lange Streichhölzer, mit denen sich dort jemand eine Zigarette angezündet hat, aber leider hat dieser Jemand es einigermaßen eilig gehabt. Die Streichhölzer sind nur halb abgebrannt, und unsere Techniker warten schon darauf, dass sie endlich loslegen können. Sie freuen sich immer wie Kinder, wenn sie etwas unter ihr Mikroskop kriegen und geben nicht eher

Ruhe, bis sie alles herausgefunden haben. Wenn ich ihnen diese Streichholzschachtel übergebe, dann werden sie nicht nur herausbekommen, ob die abgebrannten Hölzer aus dieser Packung stammen. Sie werden mir sagen, welches Holz verwendet wurde, wie alt es war, und wahrscheinlich erzählen sie mir auch noch, in welchem Wald der Baum gestanden hat, der für diese Streichhölzer gefällt werden musste. Und wer weiß? Vielleicht finden sie noch etwas anderes, einen winzigen Fetzen Haut zum Beispiel oder den hochfeinen Abdruck eines Fingernagels.«

Brasch sah, dass Pia an der Tür spöttisch vor sich hinlächelte. Sie wusste, was er in Wahrheit von den Kriminaltechnikern und ihren umständlichen Berichten hielt.

Katharina Stocker zeigte sich nicht sonderlich beeindruckt. »Möglicherweise bin ich vor ein paar Wochen einmal in dem Observatorium gewesen. Ich habe mich da manchmal mit Georg getroffen.« Sie mochte krank sein und zu Depressionen neigen, aber ihr Blick verriet, dass sie durchhalten wollte. Auch sie beherrschte ein paar schöne, gepflegte Lügen. Zwei Streichhölzer waren nicht Beweis genug.

Lautlos schob sich Stocker in die Tür. Sein Haar war nass und nach hinten gekämmt. Was hatte er getan? Den Kopf unter den Wasserhahn gehalten? »Katharina«, sagte er wie zu einem störrischen Kind, »es hat doch keinen Sinn.«

Hastig wandte sie sich zu ihm um. »Was hat keinen Sinn?«, fragte sie mit lauter Stimme. »Möchtest ausgerechnet du mir Vorhaltungen machen?« Ein jäher, uralter Zorn war in ihrem Gesicht zu lesen. Selbst Stocker war über ihren plötzlichen Ausbruch erstaunt.

»Ich meine nur, dass du die Wahrheit sagen solltest.« Er kam einen Schritt auf sie zu, doch so langsam, als würde er sich einem gefährlichen Tier nähern. »Die Polizei wird ohnehin alles herausfinden.«

In diesem einen langen Moment begriff Brasch, dass Stocker seine so kranke, so friedliebende Frau für eine zweifache Mörderin hielt. Irgendetwas ließ ihn plötzlich glauben, dass sie tatsächlich Grupe und Charlotte Frankh getötet hatte.

Katharina Stocker lachte; ein bitteres, sarkastisches Lachen, das sie über ihren Mann ausschüttete. »Willst du mir erklären, was Wahrheit und Lüge ist? Meinst du etwa, du bist ein Experte in Sachen Ehrlichkeit?«

»Vielleicht«, sagte Stocker im Flüsterton. »Ich hätte dir jedenfalls nicht mehr als zwanzig Jahre vorspielen können, dass wir einen gemeinsamen Sohn haben.«

Sie geriet nur einen winzigen Augenblick aus dem Takt, dann hatte sie ihr verletztes, bitteres Lachen wieder gefunden. »Ich weiß, was du willst.« Voller Zorn starrte sie Stocker an. »Eigentlich willst du mich loswerden. Darum ist dir jeder Vorwurf recht. Eigentlich glaubst du, dass es dir ohne mich viel besser gehen wird.« Mit einer besonders langsamen, gezierten Drehung des Kopfes wandte sie sich Brasch zu. »Herr Kommissar, warum denken Männer immer, dass sie sich so einfach aus ihrem alten Leben verabschieden können? Warum träumen sie davon, irgendwo neu anzufangen, mit einer anderen, jüngeren Frau, die sie bewundert und ihnen ein paar schöne, gesunde Kinder in die Welt setzt?«

Er sollte ihr erklären, wie Männer dachten? Einen Moment lang glaubte Brasch beinahe, dass sie wirklich eine Antwort auf ihre Fragen von ihm haben wollte. Aber dann lachte sie wieder ihr altes, bitteres Lachen. »Warum sind Männer nur solche Idioten? Ein paar Männer weniger und mein Leben wäre ganz anders verlaufen.«

Brasch registrierte, dass Pia, die noch immer neben der Tür stand und die Szene beobachtete, die Stirn runzelte. Bei Ehedramen war stets höchste Vorsicht geboten.

Katharina Stocker schob sich eine Zigarette in den Mund, doch als sie nach der Streichholzschachtel greifen wollte, zögerte sie. Jeder hatte das Zögern ihrer kleinen, weißen Hand bemerkt, und darum wirkte es noch intensiver und nachhaltiger.

»Hör mit dem Theater auf«, sagte Stocker im eindringlichen Flüsterton. »Wir müssen uns endlich der Wahrheit stellen.« Er kam einen Schritt näher, schlich fast auf Reichweite heran.

Katharina Stocker nahm die Streichholzschachtel nicht. Sie schaute Brasch an, schaute ihm geradewegs in die Augen. Das nervöse Flackern war wieder da, doch nun versuchte sie gar nicht mehr, es unter Kontrolle zu bringen. Wie aus dem Off kam Stockers leise Stimme. »Sag ihm, dass du am späten Abend noch das Haus verlassen hast. Sag ihm, was im Observatorium passiert ist.«

Sie schüttelte den Kopf. Mit der Zigarette im Mundwinkel erinnerte sie wieder an eine alternde, heruntergekommene Schauspielerin, die sich für ein letztes Vorsprechen ein wenig zusammengenommen hatte. Aber nun drohten ihr die Dinge zu entgleiten. Stockers flüsternde Stimme nagte an ihr, ging ihr durch Mark und Bein. Warum tat er das? Warum versuchte er, seine Frau zu einem Geständnis zu bewegen? Ein abenteuerlicher Gedanke zuckte Brasch durch den Kopf: Stocker hatte seiner Frau eine Falle gestellt, um sich ihrer auf perfekte Weise zu entledigen, und sie war hineingetappt. Sie hatte sich mit Grupe getroffen, hatte Spuren hinterlassen, und nun schnappte die Falle zu.

Ein kleines, goldenes Feuerzeug flammte vor ihrer Zigarette auf. Katharina Stocker schaute Pia dankbar an, die ihr mit einem höflichen Lächeln das Feuerzeug hinhielt.

»Entspannen Sie sich«, sagte Brasch. Pia schwebte zu ihrem Posten an der Tür zurück. Auf sie war Verlass; sie hatte wieder im richtigen Augenblick reagiert. »Rauchen Sie und erzählen Sie uns von der Nacht, als Sie Grupe getroffen haben. Warum hat er Sie angerufen? Was hat er Ihnen erzählen wollen?«

Sie inhalierte tief, mit halb geschlossenen Augen. Brasch kannte den Ausdruck auf ihrem Gesicht. So sahen Geständige aus, vor dem ersten, wichtigen Satz, der sie in ein Land der Ruhe und der Wahrheit führen würde. Auch Stocker schien den Atem anzuhalten. Erstaunt bemerkte Brasch, dass er die linke Hand seiner Frau hielt, beinahe wie ein Liebender.

»Es war ein Unfall, kein Mord«, sagte Katharina Stocker und schaute dem Rauch ihrer Zigarette nach. »Er ist abgestürzt. Ich habe ihn nur ein wenig zurückgeschoben, nur so weit, dass ich wieder atmen konnte. Er hat sich an mich gedrückt. Er wollte mich küssen. Er war sehr erregt. Und angetrunken. Jedenfalls roch er widerlich, nach Schweiß und Alkohol. Und er hat gesagt, dass er mich noch immer liebt. Und dass jetzt alles anders werden würde.« Sie verstummte abrupt; eine tiefe, gähnende Stille tat sich auf. Sie saugte an ihrer Zigarette, als enthielte sie kein Nikotin, sondern lebensspendenden Sauerstoff. Da war kein nervöses Flackern mehr, ein dunkler Ernst stand in ihren Augen, als sie Brasch anschaute.

»Aber warum hat Grupe Sie sprechen wollen? Was würde alles anders werden?« Brasch nickte ihr sanft und verständnisvoll zu, damit sie weitersprach.

»Haben Sie nicht gehört, dass es ein Unfall war? Dass er einen falschen Schritt gemacht hat und abgestürzt ist?« Mit ehrlicher Entrüstung wandte Stocker sich an Brasch. Hatte er alles schon gewusst? War es ihm nur um diese eine Wahrheit gegangen? Nun war er plötzlich der besorgte Anwalt seiner Frau.

Brasch zögerte. »Es muss einen Grund für das Treffen gegeben haben. Ging es um die Knochenmarkspende für Ihren Sohn?«

Katharina Stocker antwortete nicht. Sie strich sich über ihr weißes Haar und blickte wieder dem Qualm ihrer Zigarette nach.

Brasch hatte das Gefühl, dass ihr zweites Geständnis beinahe noch bedeutsamer war als ihre Beschreibung des angeblichen Unfalls.

Im nächsten Augenblick klingelte sein Telefon. Es war neun Uhr dreiundvierzig, als Leonie sich bei ihm meldete. Nur im ersten Moment war er erleichtert. Ihre Stimme klang aufgeregt und nach einer gefährlichen Überdosis Zorn.

15

»Warum kannst du nichts begreifen?«, fragte Leonie. »Warum schleichst du um mein Haus herum? Willst du mir Angst einjagen?« Ihr Zorn feuerte sie an; sie sprach schnell, ohne Luft zu holen. »Ich habe dir doch gesagt, dass ich dich noch nicht sehen möchte.«

Vor allem anderen hatte Brasch die Empfindung tiefer Schuld. Was hatte er ihr getan, dass sie so voller Zorn auf ihn war? Er sah Leonies Gesicht vor sich; nachtfunkelnde Augen, scharfe Falten auf der Stirn und ein leicht zitternder Mund. So wütend war sie nur ganz selten. Dann erst begriff er, dass sie einem kolossalen Irrtum unterlag. Er schlich nicht um ihr Haus. Wie sollte er? Noch immer hatte er nicht herausbekommen, wo sie überhaupt wohnte.

Brasch sprach ihren Namen aus, so sanft er konnte. »Ganz langsam, Leonie«, sagte er und spürte, dass Stocker ihm einen schnellen überraschten Blick zuwarf. »Ich bin hier bei Katharina Stocker. Ich stehe nicht vor deinem Haus.«

»Du hast nicht geklingelt? Läufst nicht um die Anlage herum?« Zaghafte Zweifel schlichen sich in ihre Wut. »Aber niemand kennt meine Adresse. Nur Achim, und er ist in der Schule.«

Ein Fausthieb, hübsch in den Magen platziert, hätte Brasch nicht härter treffen können. Also hatte Stocker die ganze Zeit gewusst, wo sie sich aufhielt. »Öffne die Tür nicht, wenn es noch einmal klingelt«, sagte er. Seine Stimme schwankte bedrohlich. »Und gib mir deine Adresse. Ich schicke dir eine Polizeistreife vorbei.«

Nach kurzem Zögern gehorchte Leonie. Die Furcht vor dem Unbekannten, der vor ihrer Tür stand, war größer als der Zorn auf Brasch. Eine Adresse in Köln-Langel, direkt am Rhein und nur einen Kilometer von ihrem gemeinsamen Haus entfernt. Auch die Geschichte mit der Wohnung in Mülheim war eine Lüge gewesen.

»Ich fahre mit Ihnen.« Stocker hielt schon lange nicht mehr die Hand seiner weißen Frau. Sie hatte auch längst den Rückzug in ihre inneren Gefilde angetreten; abwesend, mit halb geschlossenen Lidern rauchte sie ihre Zigarette. Vielleicht war sie ja wirklich eine Zauberin, konnte ihre Gedanken mit dem verwehenden Qualm einer Zigarette in die Welt hinausschicken.

Brasch sah Pia an. Sie hatte sich nicht gerührt, ein schöner Engel im roten Mantel, der auf Befehle wartete. »Nimm die beiden mit aufs Präsidium«, sagte er mit seiner Polizeistimme. »Der Staatsanwalt wird sich sehr für die Aussagen von Frau Stocker interessieren. Und grüß Doktor Schroedel von mir.«

Pia nickte, ohne ein Wort zu erwidern. Als Stocker noch einen Einwand machen wollte, hob Brasch nur kurz die Hand und ging an ihm vorbei zur Tür. Sein Blick war ernst und voller Entschlossenheit. Zum ersten Mal fühlte er sich Stocker überlegen. Und auch mit Stocker geschah etwas. Er schrumpfte ein wenig, er senkte den Kopf und wandte sich ab, um seine Frau anzuschauen, fast als müsse er sichergehen, dass sie seine letzten Worte nicht mitbekommen hatte.

Auch wenn sie träumte und meistens gar nicht da war,

hatte sie vielleicht Recht, dachte Brasch. Seit Jahren stand Stocker kurz davor, sie zu verlassen. Aber eines hatte sie offenbar nicht gesehen, so weit hatte ihr weiblicher Röntgenblick nicht gereicht: dass er ein Feigling war, dass er wie ein großes, starkes Raubtier zum Sprung in ein anderes Leben ansetzte, aber niemals springen würde.

Brasch eilte zur Tür. Dann zog er sein Mobiltelefon hervor und beorderte zwei Streifenwagen nach Langel, in Leonies geheime Straße hinter dem Deich. Jede Person, die sich in der Nähe ihres Hauses aufhielt, sollte unverzüglich überprüft und im Verdachtsfalle festgehalten werden.

Inmitten jeder ungeheuerlichen Angst gab es einen Hort der Ruhe und der Klarheit, so wie im Auge des Taifuns, wo sich kein Lüftchen regt. Als Brasch hinter dem Steuer seines Wagens saß, war er vollkommen gelassen. Er versuchte zu analysieren, die Dinge zusammenzuzählen. Er glaubte Katharina Stocker. Sie hatte Grupe nicht vorsätzlich getötet; er war die letzte Chance für ihren Sohn gewesen, seine Krankheit zu besiegen. Aber Brasch verstand noch immer nicht genau, warum Leonie in Gefahr war, warum jemand ihr nachstellte. Vielleicht hatte Katharina Stocker ihren Mann zusammen mit Leonie gesehen. Vielleicht war es Leonie, die Stocker helfen sollte, sein Leben zu ändern.

Vielleicht ist mein neues Lieblingswort, dachte Brasch. Vielleicht liebt Leonie mich noch. Vielleicht möchte jemand fliegen lernen und wie ein Vogel durch die Nacht segeln, und der andere möchte vielleicht ein Baum sein, mit Wurzeln tief in der Erde und mit Ästen, die er in den Himmel streckt.

Über Funk versuchte Brasch die beiden Streifenwagen zu erreichen, die er zu Leonie geschickt hatte, aber niemand meldete sich. Offenbar waren die Kollegen schon am Ziel und ausgestiegen. Brasch spürte, wie er noch ruhiger wurde. Es gab keinen Grund zur Besorgnis, sagte er sich, auch wenn es nicht stimmte. Die Sonne stand schon hoch am Himmel, der erste warme Frühlingstag im Jahr. Konnte bei solch einem Licht ein Verbrechen geschehen? Verbrechen geschahen in der Dunkelheit, nicht an einem angenehmen, langweiligen Vormittag. Wenn jemand Leonie ernsthaft nach dem Leben trachtete, warum hatte er dann nicht den Schutz der Dunkelheit gesucht?

Als Brasch von der Hauptstraße abbog und auf die Fähre in Langel zufuhr, kam er sich für einen Moment wie auf einer Spazierfahrt vor. Die Straße war leer, keine junge Mutter, die sich mit einem Kinderwagen abplagte, um ihrem Sprössling frische Luft zu verschaffen, keine Rentner, die ihren Dackel ausführten; nur auf dem Rhein herrschte Rushhour. Ein Containerschiff rauschte stromabwärts vor ihm vorbei, während sich zwei Frachtkähne mühsam den Fluss hinaufschleppten. Hundert Meter vor dem Fährableger steuerte Brasch nach rechts. Köln-Langel war ein weiterer öder Ort.

Brasch kannte die Wohnanlage, in der Leonie sich eingemietet hatte. Sie waren hier manchmal spazieren gegangen und hatten die Kinder beobachtet, die im Sommer hinter dem Deich spielten. Ein alter Gutshof war komplett restauriert und in moderne Eigentumswohnungen unterteilt worden. Kein billiges Vergnügen; die Wohnungen ähnelten kleinen Reihenhäusern, nur gab es hier auch noch eine Tiefgarage und einen weitläufigen Garten. Das ganze Gelände war recht unübersichtlich.

Die beiden Streifenwagen vor dem Haus hatten keine Neugierigen angelockt. Lediglich eine schwarze Katze saß auf einer Mauer und sonnte sich. Hier, sagte die sonnenbadende Katze, in meinem Revier droht niemandem Gefahr, nicht einmal den Mäusen. Als Brasch anhielt und an ihr vorbeilief, blinzelte sie ihn nur schläfrig an.

Die vier Polizisten waren bereits auf dem Rückweg. Der älteste, ein Schwarzhaariger mit Schnauzbart, nahm seine Mütze ab und lächelte Brasch an. »Alles ausgeflogen«, meldete er mit kölschem Zungenschlag.

»Sie haben nichts beobachtet? Niemanden gesehen?« Brasch blickte an den Beamten vorbei auf eine halb offene Eingangstür. Seine Ruhe war schlagartig aufgebraucht; einen kurzen, schmerzhaften Moment der Leere verspürte er, dann lief er auf Leonies Wohnung zu.

Er hatte trotz der Worte des Polizisten beinahe erwartet, eine verräterische Spur zu finden, ein abgerissenes Stück Stoff, einen einzelnen verlorenen Schuh; nur auf ihren Geruch war er nicht gefasst. Es roch nach frischer Farbe und nach Leonie. Ja, hier wohnte sie; es duftete nach ihrem Haar, ihren Kleidern, sogar nach dem besonderen Kaffee mit geschäumter Milch, den sie am Morgen immer trank. Alles war an seinem Platz. Ihr Mantel hing da, ihr alter, kostbarer Spiegel war ordentlich angebracht und starrte Brasch zur Begrüßung an. Und in dem Wohnzimmer stand ihr altes, zerschrammtes Klavier neben ihrem blauen Ledersofa. Brasch hätte monatelang im Sperrmüll leben können, aber Leonie besaß die geheime Fähigkeit, ihren Räumen schnell eine ganz eigene Atmosphäre zu verleihen. Nichts erweckte den Eindruck, als wäre sie gestern erst eingezogen. Lediglich in einer Ecke entdeckte Brasch drei aufgestapelte Kartons.

»Die Haustür stand offen.« Der schnauzbärtige Polizist war Brasch gefolgt. Er war ein wenig außer Atem. »Möglicherweise ist die Wohnungsinhaberin nur kurz zu einer Nachbarin gegangen und hat vergessen, die Tür zu schließen.«

Brasch schüttelte den Kopf. Über eine winklige Holztreppe lief er in die erste Etage hinauf. Diesen Teil des Hauses hatte Leonie noch nicht ganz erobert. Kartons standen im Flur, Regalbretter lehnten an einer Wand. Auch Leonies alter Kleiderschrank war noch nicht zusammengebaut; zerlegt sah er wie das Skelett eines großen, gutmütigen Tieres aus, das Brasch einmal sehr vertraut gewesen war. In Leonies Schlafzimmer lag eine Matratze auf dem Boden. Ihre Kleider hingen an einem großen Metallständer. Hier war ihre Anwesenheit am intensivsten zu spüren. Die Kleider verströmten Leonies Geruch, sie waren ihr Schatten, dutzendfach, in allen Farben aufgereiht und jederzeit bereit, zum Leben zu erwachen. Auf dem Boden stapelten sich ihre Bücher; ein kleines Holzregal hinter ihrem Bett war halb eingeräumt. Zwischen den Büchern entdeckte Brasch sich selbst: ein lachendes Gesicht auf einer Fotografie, die ziemlich genau fünf Jahre alt war. Leonie hatte ihn unten am Rhein bei ihrem ersten Spaziergang fotografiert. In jenem Moment hatte er begriffen, dass sie sich auch etwas aus ihm machte. Doch nun sah das Foto wie abgelegt aus, beiläufig aussortiert, weil es zwischen die Bücher geraten war.

Brasch hörte, dass die Polizisten unten miteinander sprachen. Auch die drei anderen waren zurückgekehrt und schauten sich noch einmal um. Zwei riefen sich zu, dass sie vergessen hatten, im Keller nachzuschauen. Brasch eilte ins Bad. Er befand sich seit drei Minuten im

Haus, und seine Unruhe hatte sich mit jeder Sekunde gesteigert. Wo war Leonie? Wohin war sie wieder ohne eine Spur verschwunden?

Ordentlich hatte sie ihre Kosmetika vor einem Spiegel aufgestellt. Weiße Handtücher lagen bereit, eine Haarbürste, Parfümflakons. Mit einer zarten Genugtuung erkannte Brasch, dass da nur eine einsame Zahnbürste in einem Plastikbecher stand. Das Fenster bot einen wundervollen, idyllischen Blick auf den Deich, die Wiesen dahinter, ein Wäldchen und schließlich den Rhein, der in größter Eile dahinfloss. Leonie musste im Lotto gewonnen haben oder über Nacht an Geld gekommen sein. Eine Wohnung mit solch einem Panorama war in Köln eigentlich unbezahlbar.

Brasch wollte sich schon von dem Postkartenblick abwenden, als er auf den Wiesen am Rhein, kurz vor dem kleinen Wäldchen zwei Gestalten entdeckte. Wie ein junges, vertrautes Paar sahen die beiden aus. Leonie trug keinen Mantel; ihr schwarzes Haar wehte im Wind. Sie ging ein wenig vorgebeugt, als wäre ihr kalt, aber vielleicht war es auch die Angst, die sie erschauern ließ.

Die zweite Gestalt hielt sich ein wenig hinter ihr. Auch sie ging gebückt und schien sich gegen einen heftigen Wind zu stemmen, aber Brasch wusste, warum sie sich scheinbar so mühsam und ungelenk bewegte. Sie hielt eine Waffe in der Hand, eine unauffällige, kleinkalibrige Waffe, mit der sie schon Charlotte Frankh getötet hatte.

Brasch hörte einen langen, tiefen Schrei, der durch seinen Kopf hallte. Vielleicht war es das Blut, das in seinen Ohren rauschte, oder aber das ganze Universum atmete plötzlich in einem langen, fürchterlichen Schrei aus. Er wandte sich um und stürmte die Treppen hinunter. Von den Polizisten war niemand zu sehen, vielleicht waren sie im Keller oder hielten an ihrem Streifenwagen ein Pläuschchen. Brasch hatte keine Gedanken dafür. Er rannte den Deich hinauf. Die Welt existierte gar nicht mehr. Sie hatte sich reduziert auf das eigene Atmen, auf ein paar Farben und Geräusche und auf Leonie und diese Gestalt am Wasser.

Vielleicht wusste die Gestalt, was kaum jemand wusste. Hinter den Bäumen lag ein hübscher, kleiner Sandstrand, wie man ihn in dieser Gegend nicht vermuten konnte. In lauen Sommernächten kamen Verliebte hierher, zelteten oder lagen unter freiem Himmel. Nirgendwo in Köln war man den Sternen näher. Es gab jedoch auch kaum einen besseren Platz, um am helllichten Tag jemanden zu erschießen und in den Rhein zu werfen.

Im Laufen zog Brasch seine Waffe. Er stürmte eine windschiefe Steintreppe hinunter, auf direktem Weg auf die Wiese zu. Mit jedem Atemzug sog er Feuer in seine Lungen, aber er war schnell, auch wenn er nicht gerade in bester körperlicher Verfassung war. Er kam näher. Ohne jede Deckung lief er über die Wiese. Irgendwo in halber Ferne wippte Leonies dunkler Kopf vor ihm auf und ab. Auch die Gestalt war deutlicher zu erkennen. Sie war recht groß, trug einen schwarzen Ledermantel und eine Wollmütze. Und sie bekam auch endlich einen Namen.

Fast sah es aus, als würde Thomas Stocker sich mit Leonie nur unterhalten, als würde er sie gar nicht mit einer Waffe bedrohen. Leonie strich sich sogar eine Haarsträhne zurück, eine kokette, aberwitzig anmutende Geste.

Als die beiden dann zwischen den ersten Bäumen verschwanden, hielt Brasch für einen Moment inne, um sich zu orientieren, doch diese Pause tat ihm gar nicht gut. Die Flammen, die er eingeatmet hatte, fraßen sich tiefer in seine Lungen. Ihm war übel, und als er einen langsamen Schritt nach vorn machte, drohten seine Knie nachzugeben. Leonie und Thomas Stocker hatten noch etwa fünfzig Meter bis zum Strand. Dann waren sie ganz allein auf der Welt. Dann würde sie niemand mehr sehen können, wenn nicht jemand zufällig von einem Schiff herüberblickte.

Brasch eilte auf den ersten Baum zu. Wenigstens hatte er nun ein wenig Deckung. Er sah, dass Thomas Stocker mit Leonie den kleinen, gewundenen Pfad zum Wasser hinunterging. Thomas Stocker hatte es nicht eilig. Er bewegte sich langsam und schwerfällig. Seine Krankheit macht ihm zu schaffen, dachte Brasch. Der junge Thomas Stocker war todkrank, aber deshalb war er vermutlich besonders gefährlich.

Als Brasch sein Telefon hervorziehen wollte, begriff er, dass er einen unverzeihlichen Fehler begangen hatte. Das Mobiltelefon war nicht in seiner Jacke; es lag noch im Wagen. Allein, ohne sich abzusichern, war er davongestürmt. Für einen Moment nahm ihm diese Erkenntnis wieder den Atem. Er spürte, wie ihm Schweiß auf die Stirn trat, dicke, schwere Perlen wie bei einem Fieberkranken. Er hatte sich wie ein Anfänger benommen, war geradewegs in Leonies und sein eigenes Unheil gestürmt.

Vorsichtig spähte er um den Baum herum. Thomas Stocker und Leonie hatten den Strand erreicht. Der junge Stocker hatte sich vor dem Wasser aufgebaut und blickte in Richtung Pfad. Zum ersten Mal konnte Brasch sein Gesicht sehen. Bleich sah er aus, mit düsteren, ernsten Augen. Ein junger Mann, der in Rekordzeit dabei war zu altern. Er hielt eine winzige Waffe in der Hand, aber ohne Kraft; er hatte sie auch nicht auf Leonie gerichtet. Leonie stand ganz reglos da, die Beine ein wenig verdreht, wie ein Mensch, der nach einer langen Krankheit laufen lernen musste und den ersten Schritt nicht fand. Brasch konnte ihr Gesicht nicht sehen, nur ihr schwarzes, langes Haar leuchtete im Sonnenlicht.

Die beiden redeten miteinander. Zwei Schauspieler hatten sich am Strand getroffen und probten; so sah die Szene aus. Thomas Stocker sprach mit ihr, erklärte ihr etwas. Einmal verzog er sogar das Gesicht zu einem matten Lächeln. Erklärte er Leonie, warum er Charlotte Frankh getötet hatte? Warum er nun auch sie töten würde? Was wollte er? Seine Mutter beschützen, ihr eine Rivalin vom Hals halten, die ihr den Mann nehmen könnte?

Brasch hätte mit gezogener Waffe den Pfad hinunterstürmen können, aber das wäre eindeutig ein Himmelfahrtskommando gewesen. Er schloss die Augen und zählte langsam bis drei. Er versuchte sich zu erinnern. Warum laufen einem so viele Erinnerungen davon? Einmal war er mit Leonie an diesem Strand gewesen. Wie nur hatte dieser Strand genau ausgesehen? Brasch hatte kleine, bunte Steine in den Rhein geworfen, Leonie hatte ihn geküsst und hinterher ein altes, angeschwemmtes Stück Holz mitgenommen, das nach Öl und schmutzigem Wasser gerochen hatte. Manchmal konnten drei Sekunden sehr lange sein; unendlich viel konnte in drei Sekunden geschehen.

Als er die Augen wieder öffnete, war immer noch kein Schuss gefallen. Die Szene hatte sich nicht verändert. Leonie stand reglos da, schaute Thomas Stocker an, der noch immer redete. Bleiche, kranke Worte, die Brasch nicht verstehen konnte.

Brasch kauerte sich auf den Boden. Feuchter Sand war der Boden, mit groben Gräsern, Disteln da und dort; auch zwei weiße Vogelfedern und ein paar Glassplitter lagen da. Er kroch auf allen vieren an dem Wäldchen entlang, um nicht gesehen zu werden, bewegte sich, so schnell er nur konnte, den Rhein hinauf. Irgendwo hinter dem Wäldchen gab es ein Feld, das vollkommen mit Brennnesseln überwuchert war, mannshohe Brennnesseln, das reinste Paradies für alle Brennnesselliebhaber und Freunde des Feuchtbiotops.

Hastig richtete er sich wieder auf, als er die Brennnesseln erreicht hatte. Er hörte keinen Schuss, keine Stimmen, nur ein Vogel sang ganz hoch über ihm. Brasch hielt den Atem an und schlug eine heftige Schneise durch das Brennnesselfeld. Er rannte auf den Rhein zu, der sich zum Glück durch ein lautes, heiteres Flüstern verriet. Das schmerzhafte Brennen an Armen und Beinen spürte er kaum. Aber nie wieder würde er einen Atemzug tun können, wenn Leonie vor seinen Augen sterben würde, wenn Thomas Stocker sie erschoss, weil Brasch als Polizist versagt hatte.

Hinter dem Brennnesselfeld lag ein Streifen von schmutzigem, hartem Sand. Brasch befand sich ein Stück oberhalb von Leonie und Thomas Stocker, und weil der Fluss hier eine leichte Biegung machte, konnte er sie von dieser Stelle des Ufers nicht sehen.

Was redete Thomas Stocker die ganze Zeit? Was tat er mit Leonie? Das Wasser war eiskalt. Schon nach ein paar Schritten reichte es Brasch bis zu den Hüften. Eine heftige Strömung umfing ihn und hätte ihn beinahe von den

Füßen gerissen. Wenn es ihn zu weit auf den Fluss hinaus treiben würde, dann hätte er keine Chance, Leonie zu retten. Er wollte nur ein kurzes Stück schwimmen, nur um die Biegung herum, genau auf den kleinen Sandstrand zu. Ein paar Enten schaukelten auf dem bräunlich schimmernden Wasser und schauten ihn mit milder Verachtung an. Draußen auf dem Fluss zog ein bunt geschmückter Ausflugsdampfer vorbei, auf dem aber kein Mensch zu sehen war. Es war noch keine Touristensaison.

Wenn Brasch die Beine ausstreckte, spürte er noch immer festen Grund unter seinen Füßen. Die starke Strömung zog ihn vorwärts, bis er die Biegung erreicht hatte. Wie eine Sandburg sah der Strand vom Wasser aus. Brasch warf sich zum Ufer herum. Irgendwo, ganz fern von ihm selbst, ahnte er, dass er fror, dass sein Körper von einer bleiernen Müdigkeit erfüllt war. Leonie konnte er nicht sehen, aber Thomas Stocker stand da. Er war ein anderer geworden. Er hatte seine Wollmütze abgenommen. Die Sonne reflektierte auf seinem kranken, kahlen Schädel. Wie ein Alien sah er aus, fremd und unwirklich. Er hatte keine Hand zum Schuss gehoben, zielte noch immer nicht auf Leonie, aber natürlich würde er den Finger am Abzug haben.

Brasch rief seinen Namen, auch wenn er in derselben Sekunde wusste, dass er damit schon wieder einen Fehler begangen hatte. Doch Thomas Stocker reagierte gar nicht; er drehte sich erst um, als Brasch mit einigem Getöse ans Ufer lief. So ein Gesicht hatte Brasch noch nie gesehen, so fahl und bleich, mit beinahe schwarzen Lippen, als hätte er sie mit einem Kohlestift nachgezogen. Nein, der Vergleich mit dem Alien stimmte nicht. Ein Gespenst stand da am Wasser, es hatte sich ins Licht getraut und hob den rechten Arm ein wenig. Hinter Thomas Stocker kam auch Leonie ins Blickfeld. Sie stand noch immer mit verdrehten Beinen da, doch dann bewegte sie sich. Sie erwachte aus ihrer Starrheit. Sie öffnete den Mund, als wollte sie ihm etwas zurufen, aber da hatte Brasch schon die Pistole gehoben und geschossen.

»Sie haben alles gewusst«, sagte Brasch. Er hatte sich eine Decke über die Schultern geworfen, aber die Kälte war ihm so unter die Haut gekrochen, dass er ein Zittern nicht mehr unterdrücken konnte. Anfang April war ein Bad im Rhein kein ausgesprochenes Vergnügen.

Pia hatte ausnahmsweise nicht auf ihn gehört. Sie hatte Katharina Stocker nicht ins Präsidium gebracht, sondern war mit ihr und ihrem Mann zum Deich gefahren.

Katharina Stocker nickte stumm. Sie starrte an Brasch vorbei zum Fluss hinunter. Zwei Sanitäter hatten ihren Sohn auf eine Trage geschnallt und kamen aus dem Wäldchen langsam näher. Aus der Entfernung sah Thomas Stocker mit seinem kahlen Schädel wie ein Hundertjähriger aus, der allenfalls noch ein paar Stunden zu leben hatte. Brasch hatte ihn an der Schulter erwischt. Wie gefährlich die Verletzung in seinem Zustand war, würden erst die Ärzte im Krankenhaus sagen können.

»Haben Sie auch gewusst, warum er es getan hat?«

Sie ließ ihren Sohn nicht aus den Augen, lief vom Deich nicht auf ihn zu, wandte aber auch nicht den Blick. Ihre Stimme war heiser, wie das Krächzen eines Verdurstenden, dem längst die Kehle verdörrt war. »Ich kann es mir denken«, sagte sie abwesend. »Er hat es wegen mir getan. Er wollte nicht, dass Achim mit einer anderen Frau wegging und mich allein ließ.«

»Sie hätten es verhindern können«, sagte Brasch, aber dann begriff er, wie sinnlos sein Vorwurf war. Er schaute sich nach Leonie um. Wo war sie? Wohin hatten die Beamten sie gebracht?

Brasch entdeckte Leonie auf dem Beifahrersitz in einem Streifenwagen. Sie saß da, ebenfalls in eine graue, grobe Decke gehüllt. Erschöpft und in sich gekehrt sah sie aus, aber nicht wie jemand, der einer großen Gefahr entgangen war. Still blickte sie vor sich hin, schien aber nichts wahrzunehmen, nicht den Mann, der ein paar Meter vor ihr stand und sie durch die Windschutzscheibe hindurch anschaute. Der Mann stand gebückt da, als wüsste er nicht, ob er sich nähern dürfte. Ein reiner, tiefer Schmerz war ihm ins Gesicht gemeißelt. Er hieß Achim Stocker, und er hatte gerade seinen Sohn und seine Frau verloren.

Brasch bemerkte, dass Leonie den Blick zu ihm hob, als hätte sie ihn kommen gehört. Und dann lächelte sie ihn plötzlich an, ein schwaches Lächeln, das gar nicht wusste, woher es kam.

Epilog

Der Tag war wie ein weißes Blatt Papier. Als Brasch erwachte, stand die Sonne schon hoch am Himmel. Es roch nach Blumen und frischem Gras; zum ersten Mal seit langer Zeit hatte er nicht das Gefühl, aus seinem Haus fliehen zu müssen.

Er hatte sich ein paar gebrauchte Möbel gekauft und die Zimmer gestrichen; ein grünes, ein blaues und sogar ein rotes Zimmer gab es nun im Haus, und im Garten hatte er einen Teich angelegt, wie ihn sich Leonie immer gewünscht hatte. Drei lange Tage hatten Mehler und er gebraucht, bis sie ein Loch ausgehoben hatten, das tief genug war. Dann hatte er mit Ton den Boden abgedichtet. Abends flirrten die Mücken über dem Teich, und einmal hatte er einen ausgewachsenen Fischreiher erwischt, wie er sich über die vier Fische, die Brasch ausgesetzt hatte, hermachen wollte.

Als Leonie ihn anrief, hatte ihre Stimme klein und krank geklungen. Drei Wochen hatte Brasch sie nicht gesehen, nicht seit dem Tag, als er auf Thomas Stocker geschossen hatte. Er wusste nicht, ob sie einsam war oder was sie dazu trieb, sich mit ihm zu treffen. Nicht am Rhein, hatte sie gesagt, auch nicht am Dom. Über den Melatenfriedhof wollte sie mit ihm spazieren gehen.

Schon von weitem sah Brasch, dass sie auf einer Bank saß und auf ihn wartete. Sie war zu früh gekommen, noch früher als er. Sie trug ein weißes, halblanges Kleid, das die Arme freiließ, und sie hatte ihr Haar schneiden lassen. Sanfte schwarze Locken berührten ihre Schultern.

Als sie ihn erblickte, erhob sie sich langsam. Eine frühsommerliche Stille lag auf den Wegen. Für einen Moment wusste Brasch nicht, wie er sie begrüßen sollte. Er küsste sie auf die Wange und entdeckte die graue Strähne in ihrem Haar.

»Schön, dass du kommen konntest«, sagte Leonie leise und wandte sich ab, als wäre sie plötzlich verlegen geworden.

»Geht es dir gut?«, fragte Brasch. Er flüsterte beinahe. Flüchtig berührte er ihre linke Hand. »Ich wollte dich ein paar Mal anrufen, aber dann ...«

Leonie antwortete nicht. Konzentriert blickte sie vor sich hin. Gab es da etwas zu entdecken? Erwartete sie noch jemanden?

Brasch spürte, dass er noch befangener und unsicherer wurde.

»Ich habe mich beurlauben lassen«, sagte Leonie. »Für den Rest des Schuljahrs. Ich muss die Wohnung einrichten. Ich habe auch wieder angefangen, Klavier zu spielen und ein paar Stunden am Tag zu üben. Vielleicht gebe ich sogar ein kleines Konzert. Hedwig will, dass ich bei einer Vernissage in ihrer Agentur spiele.«

Brasch lächelte. Es tat gut, Leonie reden zu hören. Sie war so sanft und melancholisch gestimmt, ganz anders als in den Tagen, als er sie zusammen mit Stocker gesehen hatte. Langsam schritten sie unter einem Baldachin aus hellen, grünen Blättern dahin. Rechts und links postierten stolze Grabmale, die beinahe alle schon ein Jahrhundert überdauert hatten.

»Ich habe einen Teich angelegt«, sagte Brasch. »Mit richtigen Fischen und Wasserpflanzen.« Er hatte so viele Fragen an Leonie, aber er erzählte von seinem Garten, davon, dass er auch noch vorhatte, eine Feuerstelle anzulegen. Außerdem wollte er noch einen Baum pflanzen, eine riesige Linde, die er eigens aus der Eifel herbringen lassen würde.

Leonie nickte gleichmütig zu seinen Worten. Vielleicht hat sie ähnliche Gedanken wie ich, dachte Brasch, vielleicht verbindet uns doch noch etwas.

Wie zufällig schritt Leonie in einen Nebenweg hinein. Hier wurde das Licht milchig und diffus, weil die Sonne kaum noch durch das dichte Dach aus Ästen und Blättern drang. Die Gräber waren kleiner und nicht mehr so monumental. Brasch fröstelte ein wenig, aber dann bemerkte er, dass Leonie wieder einen Ring trug, einen schmalen, silbernen Ring mit einem grünen Stein aus Jade, den er ihr einmal geschenkt hatte. Vor Verwunderung begann sein Herz zu flattern. Dann fiel ihm ein, dass er viel zu leichtfertig mit ihrer Verabredung umgegangen war. Er hätte Blumen für Leonie mitbringen sollen; vielleicht wäre es sogar klug gewesen, einen Tisch in einem guten Restaurant zu reservieren.

Das Grab, vor dem Leonie stehen blieb, sah beinahe aus wie ein Kindergrab. Der Stein war aus schlichtem, schwarzem Marmor. Nur ein Name stand da in schmalen, goldenen Buchstaben. *Thomas Stocker*.

Brasch spürte kein Erschrecken, er spürte nur, wie plötzlich jede Kraft aus ihm wich. Er war wie jemand, der zu lange gelaufen war, von dem all seine kleinen vorsichtigen Träume und Hoffnungen abfielen.

»Sie liegen alle auf diesem Friedhof«, sagte Leonie andächtig und blickte auf den Stein. »Charlotte, Grupe und Thomas Stocker, als hätten sie sich hier verabredet.« Dann schaute sie ihn an. Kein Vorwurf lag in ihren Augen, eher eine sanfte Anteilnahme, als wäre er der Trauernde von ihnen beiden. »Hast du nicht gewusst, dass er gestorben ist?«

Ein heftiger Wind fuhr durch die Bäume, die Blätter raschelten geheimnisvoll, als würden sie etwas verbergen. Brasch schwieg. Er ahnte zum ersten Mal, warum Leonie ihn auf den Friedhof geführt hatte, nicht, um ihm drei frische Gräber zu zeigen.

»Er ist nicht an der Schusswunde gestorben«, sagte Brasch.

»Nein.« Leonie wandte sich ab und ging weiter. Sie nahm tatsächlich seine Hand und zog ihn mit sich. »Du hättest nicht auf ihn schießen müssen. Er hätte mir nichts getan. Er wollte mir nur ein paar Dinge erklären, von Stocker, der gar nicht sein Vater war, von Grupe, der ihn gesehen hatte und zur Polizei gehen wollte. Und von seiner Mutter natürlich. Er hatte um sie viel mehr Angst als um sich selbst.«

Auf dem breiten Hauptweg stand das Licht; hier war es viel wärmer. Ein Eichhörnchen hockte auf einem steinernen Kreuz und putzte sich in der Sonne. So sah ein idyllischer Tag auf einem alten, stattlichen Friedhof aus. Brasch glaubte nicht, dass Leonie Recht hatte. »Aber warum hat er dann Charlotte Frankh erschossen?«, fragte er.

Zwei alte Frauen in Trauerkleidung kamen ihnen entgegen und nickten ihnen höflich zu. Leonie nahm ihre Sonnenbrille hervor und setzte sie auf. »Ich bin sicher, dass er Charlotte nicht töten wollte. Vielleicht wollte er ihr Angst einjagen, weil er glaubte, dass sie sich noch immer mit seinem Vater traf. Aber sie hat falsch reagiert. Sie wurde wütend und hat ihn und seine Mutter beschimpft; sie würden seinem Vater das Leben zur Hölle machen.«

Er sah sein Gesicht bleich und fern in ihrer Sonnenbrille gespiegelt. Leonie meinte so viel zu wissen, und die Polizei hatte so wenig herausgefunden. Niemand hatte Katharina Stocker angeklagt. Dafür, dass sie Grupe aus dem Observatorium gestoßen hatte, gab es keine Beweise. Aber eigentlich interessierte es Brasch auch gar nicht mehr. Er hatte ganz andere Fragen. Hast du eigentlich fliegen gelernt?, hätte er Leonie fragen können, oder: Warum hast du mich verlassen?

Leonie sprach nicht mehr. Sie steuerten eine Bank an und beobachteten, wie zwei Tauben über den Weg spazierten und aufeinander einhackten. Aber vielleicht war das nur ihre Art von Liebesspiel.

Brasch empfand selbst, wie feige er war. Er hielt noch immer Leonies Hand, doch in Wahrheit war er weit entfernt von ihr, bei seinen Fragen, die wie große, felsige Klippen waren, um die er nicht herumkam.

Leonie lehnte sich in der Sonne zurück und entzog ihm sacht die Hand, als wäre er ein Kind, das eingeschlafen war. Er ahnte, dass sie die Augen hinter ihrer Sonnenbrille geschlossen hatte. Entspannt atmete sie ein und aus. »Zuerst habe ich dir nur einen Brief schreiben wollen«, begann sie. »Aber dafür habe ich nie die richtigen Worte gefunden. Dann habe ich gedacht, dass du es nie erfahren solltest.«

Brasch fragte noch immer nichts. Er sah, wie ihre Brust sich hob und senkte, dann meinte er ein leises Zittern an ihr zu entdecken.

»Eigentlich müsste es auf diesem Friedhof noch ein

viertes Grab geben«, fuhr Leonie fort, ohne dass ihre Stimme schwankte oder verärgert klang. »Ich hatte eine Fehlgeburt. In der zehnten Woche.«

Er hatte plötzlich das Gefühl, als würde ihm seine Zunge im Mund verdorren. Die Stille schloss ihn ein, und mit jeder Sekunde, in der er kein Wort über die Lippen brachte, wurde die Stille um ihn höher und höher. Eine unsichtbare Mauer aus Stille. »Wann ist das passiert?«, krächzte er schließlich. Er wagte sogar Leonie anzuschauen.

Ein heller Glanz lag auf ihrem Gesicht. Mit einer langsamen, träumerischen Bewegung nahm sie die Sonnenbrille ab. Ihre Augen waren geschlossen. »Vor fast drei Monaten«, sagte sie vor sich hin. »Du warst nicht da. Nichts hast du damals mitbekommen. Tag und Nacht warst du wegen diesem Mordfall unterwegs, und wenn du kamst, hast du nur von deinen Ermittlungen geredet, oder du hast gar nichts gesagt. Hinterher konnte ich es nicht einmal ertragen, dich nur anzuschauen.«

Am meisten erschreckte ihn, dass kein Vorwurf in ihrer Stimme lag; es war, als wäre alles schon ganz weit von ihr abgerückt.

Als Leonie die Augen öffnete und ihn anschaute, waren ihre Augen schwarz, als würden sie ein Stück Nacht einfangen. »Ich glaube, ich kann dir nie wieder vertrauen«, sagte sie und stand auf. Sie setzte ihre Füße wie eine Tänzerin, als würde sie einen langen, geraden Kreidestrich entlanggehen, den jemand auf den Weg gemalt hatte. Ihr Schatten glitt groß und schwer über die Gräber. Dann blieb sie plötzlich stehen und wandte sich um. Schaute sie nur in die Sonne oder lächelte sie ihn an? Brasch wusste es nicht, aber er beschloss, zu ihr hinüberzugehen.

Danksagung

Mein Dank gilt Frauke Brodd für freundliche Telefonate und eine – fast immer – willkommene, konstruktive Kritik. Sowie Joachim Jessen und Thomas Schlück, die mich in vielen Gesprächen unterstützt haben. Den größten Dank aber sage ich Michaela, Jan und Lars.

DEBORAH CROMBIE

Ein neuer Fall für Inspector Kincaid und
Sergeant Gemma James.
Der Schwiegersohnes eines berühmten
Musikerehepaares wird tot aufgefunden...

Für alle Leser von Elizabeth George und
Martha Grimes

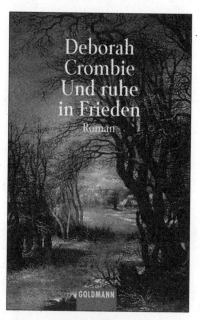

GOLDMANN

GOLDMANN

*Das Gesamtverzeichnis aller lieferbaren Titel erhalten Sie
im Buchhandel oder direkt beim Verlag.
Nähere Informationen über unser Programm erhalten Sie auch im Internet unter:*
www.goldmann-verlag.de

★

Taschenbuch-Bestseller zu Taschenbuchpreisen
– Monat für Monat interessante und fesselnde Titel –

★

Literatur deutschsprachiger und internationaler Autoren

★

Unterhaltung, Kriminalromane, Thriller
und Historische Romane

★

Aktuelle Sachbücher, Ratgeber, Handbücher und
Nachschlagewerke

★

Bücher zu Politik, Gesellschaft, Naturwissenschaft und Umwelt

★

Das Neueste aus den Bereichen
Esoterik, Persönliches Wachstum und Ganzheitliches Heilen

★

Klassiker mit Anmerkungen, Anthologien und Lesebücher

★

Kalender und Popbiographien

★

Die ganze Welt des Taschenbuchs

★

Goldmann Verlag • Neumarkter Str. 18 • 81673 München

Bitte senden Sie mir das neue kostenlose Gesamtverzeichnis

Name: _____

Straße: _____

PLZ / Ort: _____